世界
以深為海

人在時光中的萬千種方式

沈念／著

U0059273

人生海海，山山而川，不過爾爾

「我在萬般煎熬中終於懂得，我們來此世界，就是生死場上觀摩人間世道情態，
也將自我表演給別人看。有什麼可懼怕的呢？萬人如海，一身藏，卻無處，孰知悲喜。」

目錄
CONTENTS

第一輯　少年眼

▍長日無痕

　　夜色不安，天空中沒有一絲涼風，身上熱黏黏的。半夜我醒來的時候，正聽到堂屋裡外婆對外公說，明天小暑，入伏啦，就真正熱起來了。這時，屋角不知何時藏進來的一隻蟋蟀，發出了兩聲短促的低鳴：唧吱，唧吱。

　　鳴聲穿過耳畔，並沒趕走沉甸甸的睡意，我翻身側臥，涼席上的溼熱之氣，彷彿是一口能將人淹沒吞噬的沙地之井。迷糊之中，一個身影走進來，影子覆蓋牆身。我又沉沉睡去。

　　那年暑假，父母把我送到外婆家住些日子。那時，我以為小暑是一年中唯一的節氣。

　　向晚時分，薄薄的熱氣漫漶而至，日頭還晃悠悠地炫耀在河堤那棵高大的老樟樹的枝枒之間。陽光撥枝弄葉，織出萬縷金線。樹身周遭金光鑲嵌，光彩熠熠，是河堤上最美的靜物。老樟樹像一屏扇面，折起夕光，也收攏河堤上的風物。外婆家隔壁的猛子一頭大汗跑過來，叫我去河邊捉蟋蟀。這是我們很早之前的約定，他聲稱要馴養幾隻驍勇善戰的鬥士。猛子的性格像夏天一般燥熱，卻又寡言少語。他比我年長兩歲，是個會玩的高手，上樹下河，鑽窗過洞，但對我親密依順。外公看我們急急火火，說，別急，送上門的時候都有。我們來不及探究外公話中的玄機，頭也不回地爬上了堤坡。

第一輯　少年眼

河堤蜿蜒消失在視線的盡頭，據說它長達百餘公里，穿越三鄉五鎮。這條河在清咸豐年間因江堤決口而成，分道兩支，流過外公家門前的是東支。河口離得很遠，是長江入洞庭湖的「四口」之一，猛子說冬天到過那裡，是一片淤積的沙灘，有幾頭無精打采的牛、幾棵掉光葉子的樹。河道是直的，在八里地之外才拐了一道彎，冬天有大雁、野鴨、白琵鷺成群棲息，夏天到來之前都走得無影無蹤。有一年，我從發黃的老縣誌上讀到河的身世，逐字抄記下它所流經之地：從藕池口經康家崗、管家鋪、老山嘴、黃金嘴、江波渡、梅田湖、扇子拐、南縣、九斤麻、羅文窯北、景港、文家鋪、明山頭、胡子口、復興港、注滋口、劉家鋪、新洲注入東洞庭湖。河水，從這些悅耳動聽卻又陌生僻遠的地名，也從我的少年時光中穿流而過。

爬上河堤，我向外公舉手示意，他站在屋子前坪的臺階上，影影綽綽，被夕陽的橙黃之色一筆筆塗抹進虛無之中。屋頂青瓦早已發舊，白得耀眼，彷彿蜷縮成一顆發光的小貝殼，潮水退卻，有數不盡的孤獨無人破解。多年之後，人去屋空，破舊敗坍，回鄉再見，驚愕四起。我瞬間想起隨猛子逮蟋蟀的時光段落。

只要看見河流，季節之變就呈現了。桃花汛後，河水一天天見漲，河床隱沒，河身日漸豐腴，像個懷孕的女人。但

第一輯　少年眼

到了七月初，河水抵至堤身的那道淺綠處，就不再晃蕩跋扈，雜草卻叢生瘋長。那些調皮的傢伙就經常隱身在堤坡的草叢、閘頭的溝石之間。猛子熟悉牠們活動的一切場所。久晒下的草地，蒸騰起一片搖曳的熱氣，刺眼的光，開坼的地面，隱約有炊煙的味道飄來，不知不覺就要進入日照時間最長的一天了。

猛子側耳傾聽，逮到一點兒響動就彎腰躡腳，循聲而去，有時乾脆匍匐在草叢間，伺機出動。他雙手彎曲成蛇頭狀，又眼尖得很，笨手笨腳的我往往還沒回過神來，他就鑽進草叢，左撲右扣，像隻機敏的獵犬。待他不動時，已是雙掌合攏，窩成拱圓狀，喜形於色。我跑上前，俯身下探，他張開指縫，有活物在光影裡跳動。我趕緊把玻璃瓶遞上，一隻長得賊溜溜的小傢伙從合十的掌間滑落，成為甕中之物。猛子又從草叢中抽幾根狗尾巴草和灰灰菜，塞進瓶中，然後蓋上一片圓卵形的葉子。

河上的黑影吞沒漫長的黃昏，天邊殘有一線紅光。回到外婆家，我們對著光，透過瓶壁，欣賞河邊的戰果。蟋蟀是白不如黑、黑不如赤、赤不如黃。教我們如何辨識的外公正好走過，瞅一眼，鼻孔裡似是冷笑了一聲。我們看著瓶中收納的暗淡光影，那兩個中不溜的傢伙，全身油黑，也還英俊瀟灑，但離赤黃甚遠。我執一根草葉莖，挑逗瓶中蟋蟀，

兩個小東西一動不動，各自倚靠，身體觸碰到一起就立馬退回避開，好像不是屬於生性好鬥的蟋蟀這一物種。我們癟癟嘴，嘆一聲，心頭就像剛生火吐煙的爐灶，被結結實實地潑了瓢冷水。我嘟囔著說抓到的是兩隻孬貨。外公過來搭訕了，七月在野，八月在屋，九月十月到你床下，蟋蟀也怕熱，這天熱起來，到時牠們也會尋清涼之地，過不了幾天在家裡就能捉到厲害的傢伙了。

我依舊悶悶不樂，原以為的一場蟋蟀之鬥還沒開場，就已謝幕。真是沮喪。猛子也不服氣，說明天早起再去逮幾隻。是夜，我在翻覆的夢中，果真見到他逮到一隻，一身黑亮盔甲，一對觸角如長矛，一雙薄翅紫褐而光潤油滑，六條健壯的腿屈彎跳躍。猛子把牠捉進掌間，剛泄開細縫，嗖的一下，牠就躥奔於地，蹦躲於石縫之中不見了。我迷糊之間聽到屋角的幾聲唧吱，也被誤作是夢境了。

清晨醒來，屋裡比往日要悶熱幾分，外婆已經將床上的被物搬到了前坪。外公把幾個三腳撐衣架搬出來，又設法在石柱和幾棵屋前的樹枒間牽線搭橋，蓋被棉褥、厚衣冬襖，悉數要在小暑之日接受太陽的暴晒。排屋前，家家戶戶都把存放箱櫃的衣物晾出來了。我問外婆為什麼大家都要晒東西，她說這叫「晒伏」，去潮去溼，防黴防蛀。外公插話說，這是個習俗，過去老班子講，七月七（西曆），六月六

（農曆），龍宮晒龍袍。你去看水府廟，和尚還會晒法器晒經書。水府廟是離鎮上不遠的一個小寺院，猛子帶我偷摘過廟中所栽植的梨，相貌歪裂，又苦又澀，但那幾個和尚咬得津津有味，還供上香桌，讓一些信佛的老婦帶回家。

　　早飯外婆煮了熱湯麵和雞蛋，她說小暑入伏的早晨吃雞蛋清熱消火，白麵煮湯清潔辟惡，又說中午做我最愛的羊肉湯。外公拍拍我的頭，伏羊一碗湯，不用神醫開藥方。然後提醒她別忘了煮新米，前兩天叔公從鄉下送來了幾斤新打的米，沾著地氣的米粒像是一絲一絲向外抽出地母的芬芳。

　　我跟在外公屁股後面在屋裡轉，他是個手勤的人，抹洗修補，精細熨帖。外婆卻說他年輕時是個大懶蟲，我疑心這是騙我的說法，外公也從不否認。外公還是個注重儀式感的人，麵湯端出鍋前，他已在神龕前點燃三炷香，把麵湯和酒杯擺放好，鄭重其事地拜了三拜。我問外公，為什麼今天要叫小暑呢？他說，這小暑是一個節氣，天道有序，小暑大暑，穀熟忙收，這小呀，是個開端，是個提醒。

　　猛子從晾晒的被子底下鑽到我面前，兩眼惺忪，朝我擠眉弄眼的樣子很滑稽。外婆招呼他喝碗麵湯，他推辭著，被我一把拉進了屋。猛子是個苦命伢子，外婆常常哀嘆，他娘之前是個漂亮女子，但生育之後突然得了奇怪的病，皮膚眉毛頭髮日漸變白發黃，瞳孔裡閃著粉色的光。她怕見陽光，

看東西時總是瞇眼，後來乾脆不再出門，整日躲在門後窺看外面。他爹是個愛喝酒的泥水匠，喝醉了就朝猛子摔板凳。次日早上醒來，猛子第一件事就是把缺胳膊少腿的板凳修好。猛子娘的眼睛像是有電，是整個身體帶電，我從來都不敢多看一秒這個隔壁女人，即使她曾經有過漂亮的容顏。

我們吃完麵湯，正想溜出去，被外公叫住。他返身從臥房裡走出來，扣在背後的手神祕兮兮地遞到我們面前。是個長條形的竹籠，擦磨發亮，散發著竹木之氣。這是外公昨晚趕做的。他取一節粗圓的竹子，剖成兩瓣，把和毛線針般粗細的竹篾穿進竹筒的劈口處，織成一張透氣的網，兩頭用半圓形的竹閘門封閉，防其逃逸，中間也用半圓竹閘門做隔欄。這個竹籠養四五隻蟋蟀，空間也綽綽有餘，最重要的是竹籠裡鬥蟋蟀，無疑是最好的場所了。

我們喜出望外地接過竹籠，突然看到一個黑影一閃，聽到一聲清越的鳴叫。是個厲害的傢伙，猛子喊出聲。我疑惑地看著外公，他笑著說，這是昨晚在屋角捉到的。果真如他所言，小暑天一熱起來，蟋蟀都躲到庭院牆角屋內避暑熱了。我這才明白外公昨天說的那番話。

我一看到這隻蟋蟀渾身透著赤中帶黃的發亮色澤，就興奮起來。牠觸角有三釐米多長，右翅上的短刺像鐵銼，左翅上的硬棘像鍘刀。兩顆大門牙向前突出，是打鬥的利器，還

挺著個明顯的長顎。外公說，我幫你們給牠取了名字，就叫
長顎將軍。牠先是一動不動，突然間兩翅一張一合，就發
出一聲銳利的叫喊，像是與我們示威。我後來才知道，牠的
「嗓子」是假的，翅膀才是牠真正的發聲器官。繁殖之時，
雄蟋蟀賣力地振動翅膀，用動聽的歌聲吸引雌蟋蟀。牠的鳴
叫是真正的翅膀之音。

　　好戲來了，猛子把昨天捉的兩隻「老死不相往來」的青
蟋蟀都安置進了竹籠之家。牠們左顧右盼，又裝模作樣地豎
翅哼叫了一聲。顯然牠們發現了長顎將軍，然後躍躍欲試地
逼近。長顎將軍似乎並不想搭理，也睥睨著這兩個闖入者。
猛子用草莖撥弄長顎將軍的腹部，牠竟然還躲閃到了一旁。
信心倍增的青蟋蟀蹭蹭跨步，張牙舞爪地逼近，長顎將軍出
其不意，張開鉗子似的大口咬向對方，雙方的幾條大長腿猛
踢，攪成一團，一場亂戰。不出所料，那兩隻青蟋蟀節節退
後，敗下陣來，然後垂頭喪氣地蜷縮角落，不再發聲，長顎
蟋蟀豎起雙翅，傲慢地發出兩聲長鳴。

　　也是不打不成交，三隻蟋蟀後來相處融洽，大有結義之
情。但時間證明，我們養蟋蟀並不成功，天氣悶熱，竹籠乾
燥，沒出幾天，兩隻青蟋蟀先行死去，長顎將軍也日漸消瘦
委頓，最終鬱鬱寡歡，無疾而終。後來外公告訴我們，竹籠
比不上陶罐吸地氣，應該每隔一兩天向籠子內噴灑些水。蟋

蟋死後，外公讓我們把牠們送給住在瓦廠的廖醫生，他在自家開診接醫，說蟋蟀的乾燥蟲體入藥，主利水腫、小便不通等症。晒伏這天，他那位有點瘸腿的老婆，一踮一拐地把小抽屜的藥搬到太陽下晒，草藥清香四處飄溢，鎮上的人路過都忍不住要多吸幾口。那個費了外公大半夜功夫的竹籠，後來被棄置角落，有一天外公翻揀出來，竹片早已開坼，積滿塵垢蛛網和蟑螂產卵後的黑顆斑點。

小暑的到來，蟲聲唧唧，蟬鳴密集，蛙聲如鼓，在這些聲響的罅隙間，卻是最深沉的安靜。每個隱祕的角落都在源源不斷地生髮熱氣，讓人覺得衰弱無力。外公怕熱，打著赤膊，一手抱著他的茶盅，一手拎把竹椅，午後找到樟樹蔭下歇著。他藏在一片影子裡，瘦弱而骨頭暴突的身軀有時就成了樹的一部分。燥熱也刺激了鳥，平日見得最多的燕子、麻雀、八哥、灰喜鵲，田野稻田常見的黑卷尾、斑鳩都變得活躍，熱情得像家裡即將迎來貴客的中年女人，忙忙碌碌，嘰咕的聲音像水面之下的暗湧，流動著焦灼、激烈的情緒。

外公家屋簷下的燕子窩，這兩天是空的，平日進進出出的忙碌身影不見了。外公從樹影下探了探頭，嘀咕了一句，燕子都回去啦？回答他的卻是幾聲嘹亮的蟬鳴。猛子掏過一次燕子窩，那是一隻尚未成年的乳燕，兩翼像精巧的鐮刀，兩眼向前突兀，頭縮在身體裡，完全看不到脖子，爪子

隱縮，纖細到幾乎看不見。這真是長相古怪的鳥。我手握牠時，羽翼之下的體溫微灼手心。我翻覆牠的身體，卻沒看到燕子的腳，驚詫之中，我從腹部靠近尾部的地方，找出了那雙萎縮的雙足，一動不動，像是癱軟在地上的一隻碩大爬蟲。

　　炎夏抵至，燕子並沒全部遷徙，偶爾還有幾隻從頭頂掠過。估計牠們也怕熱，找了蔭涼之處躲起來。沒有了欣賞者，沒有了舒適的天氣，燕子也懶惰了。但燕子飛行的靈活性堪稱一流，是飛行技術最高超、飛行姿勢最美的鳥。我和猛子爬在閘堤的牆頭上，看幾隻身穿黑禮服的燕子表演飛行特技。空氣燥悶，燕子在天空中盤旋、轉圈、穿巡。牠們的飛翔迅疾、多變，讓人眼花繚亂，好像整個天空是屬於牠們的。如果能記錄下來，牠們的飛行軌跡一定是世界上最複雜的迷宮和最優美的曲線。沒有鳥能像牠那樣在急轉和衝刺中隨時改變方向，牠能在飛行中休息，也能捕食。那些在空中微微搖曳的獵物 —— 蒼蠅、蚊子、金龜子和那些不知名的小昆蟲，都能被牠們精準地逮到。燕子腳爪的欠缺，才有了特別發達的翅翼作為彌補。所有的美好都藏在變化與守恆之中。

　　從閘堤上看得見排屋，我還常常看到猛子娘就站在門簾下抬頭探望，她像一團毛乎乎的光，刺眼、扎手，讓人想起她的奇怪模樣就無端地驚懼起來。

長日無痕

　　孩子們的耍性注定是不懼炎熱的。午後，猛子說帶我去摘蓮蓬。離鎮十里的牛氏湖種滿荷綠，荷蓮重重疊疊。天熱，荷蓮反倒長勢凶猛。去往牛氏湖的路很窄，要過半人高的冬茅地，葉片狹長有齒，奔跑穿過，碰觸身體，就像一把長鋸拉過。走著走著，會聽到嘩啦嘩啦的划水聲，矮下身子去看，是一位戴草帽的老人划著僅容一人站立的筏子。偶爾這響聲會驚動幾隻藏身水中的白鷺，細長的腿撥拉飛起，在荷塘上空盤旋幾圈，又不知仄身哪片荷葉之下不見了。我們摘幾片荷葉頂著太陽，但沒過多久，葉緣全卷起來，之前飽滿的水分全被空氣中的燥熱吸乾了。從荷塘轉一圈，我一身被晒紅，滿身大汗，前臂小腿不知何時被草葉割開道道小口，又癢又疼。外公對這個有辦法，舀水把我手腳細緻洗淨擦乾，然後取下酒瓶，喝上一口，鼓咽幾下，接著用力噴我的手上腳上，搓拍一番，隔一陣兒，疼癢就消失了。

　　返回的路上，河堤像是燃燒的長龍，腳底發燙。但不是所有的小暑入伏都是豔陽當空，暴雨也在這個時節來襲過。有一年，大雨如注，河水猛漲，每個人都出不了家門，我和猛子站在屋簷下，伸出手，雨水一寸寸打溼手臂。水迅速吃掉那道警示安全的線痕，晃蕩上堤面。廖醫生同母異父的弟弟陳木匠家房子建在堤垸外，水進了屋，那些可以浮起來的東西，桌椅、畜圈裡的豬，悄無聲息地跑出了家門。陳木

第一輯　少年眼

匠老婆手忙腳亂，號叫著，把辛苦養的雞趕到堤上，由著牠們各自避水逃命。這一下，人們都緊張起來，轉移的通知到了堤垸內的每家每戶，鎮上的幹部組織人們披衣戴笠上堤防護，外婆家裡的桌椅疊擺，東西都打包擱在高處，一片狼藉。雨水的到來並沒有減弱熱度，汗溼的衣物貼著皮膚，黏糊糊的，讓人格外難受。那一天外公徹夜未歸，大人們在河堤的暴雨中守住了那個夜晚。第二天雨過天晴，大人們疲憊地回家，敞開大門，鎮上鼾聲一片。後來卻聽說，下游對岸三十多公里外的鳳山發了山洪，抹去了半個村子。山洪沖去的田地，曾經是條古河道，大自然的神祕力量，讓牠多年之後又顯現出來。

回到那個發燙的下午，從荷塘回來，排屋前擠了很多人，外公看到我們，趕緊走過來，牽著猛子走了，外婆卻一把抱住了我。那位信了基督的老女人走過來，對外婆說，上帝召她前往，是為了幫她洗淨痛病，讓她第二次誕生。說完她又踅身走到另一個人身邊重複上述之言，眼裡噙淚，皺紋裡折疊著悲傷。從紛雜的議論中，我慢慢才聽明白，猛子娘下午竟然出了後門，電排站放了一排溝的水，她莫名其妙地落水了，幸好被一蔸草挽住了身體，不然屍體不知會沖到哪裡去。這一切發生得太突然，也太蹊蹺，人們用各種猜想喟嘆著生命的脆弱。我眼前突然又浮現了那團毛乎乎的光，剛

想要擠進團團圍住猛子家的喧囂人群，卻被不知哪裡爆發的哭聲嚇住了。我在人縫裡偷看到，死了娘的猛子沒有哭，連一聲抽泣也沒有，只是默然地看著地上的草卷蓋，像面對一個陌生的死者。猛子爹在寒磣擁擠的屋裡轉來轉去，聽任幾位老人的指揮，他傷心地哭一陣，又擺出一副堅強的模樣，唇鼻之間始終掛著永遠抹不乾淨的鼻涕，走過猛子身旁時，手落在他的頭頂摸了摸。那是我見過的這位父親對兒子最親昵的一次撫摸。

這一天顯得無比漫長，陽光被枝枒扎碎，卻又很快融合在一起，重新生長成一個整體。天色注定在喧鬧中暗下來。蟲聲、蟬鳴、蟋叫，聲響消遁，耳畔卻轟轟烈烈。我不知是何時繞到猛子娘身邊，這是我第一次最長久的注視。她臉上變得光潔，有一種無比溫暖慈祥的表情。那一塊塊白癜像飛鳥收攏了翅翼，我想這是世上最美麗的溺死者。我後來一直有個幻覺，我伸出了一隻手，摸向了這張美麗的臉。

但我又記得清楚，那天夜裡，天氣燥熱，大人們額頭和身體大汗淋漓，使勁揮動著手中的蒲扇。外婆搧來的風，讓我心生寒懼。坐在角落的猛子一直沉默，他被黑色棺材的影子遮住，以後也變得越來越沉默。不安的夜色越來越深，發出幽藍的光，那些過往封存在時間的底片上，似乎沒有留下任何印痕，可向光即可見影，閉上眼睛，我還看得見。

▎少年眼

之失明者：一切近，終遠離

傍晚，我爬上東門堤的閘頭看落日的時候，瞎子三五結隊地走過。他們的關係可以組合成兄弟、夫妻、朋友、情人。那些故作輕鬆的謹慎步子，踩著散落一地的斑斑沙礫，腳底蹦出咯吱的響聲。他們的「目光」被一根摩挲得發亮的細竹篙牽引，敲打著回家的路，叮叮，參差起伏，像曲樂單調的演奏練習，卻掩飾不了內心的歡愉。

渾圓的紅日垂釣著遠處的河面，河道彎彎繞繞，在視線盡頭浮出一小塊鏡面似的光。鏡面墜地破裂，碎金般的光照晃著我的眼睛，銳利的疼。我不知道瞎子的眼睛是否也能感受到光的熱情，火一般的跳躍。有時，我想像我是個瞎子，閉緊眼瞼，搖擺腦袋，那些河岸邊的房屋、樹林、裸泳的少年，依然在我的眼幕留下一個個清晰的影像。我悄悄尾隨這些失明者，他們中的某一個，偶爾會轉過來，翕動鼻翼，歪牙咧嘴，發出奇怪的笑聲。是發現我這個拙劣的模仿者嗎？我嘯唉一聲，撿起一顆石塊，擲向河面，一道拋物線滑落，消失在餘暉的光芒裡。我不知他們如何度過這漫漫長生。突如其來的感慨，因何而來，卻那麼真實地出自一個少年模糊而憂鬱的內心。

我們全家從小鎮搬離後，我的故鄉就變成了這座小縣城。河流穿過，把縣城從中間劈成兩半。石頭壘築的拱橋橫跨東西，架通來往，橋下四季流水，橋上經常駐留著許多閒得發慌的大人和孩子看風景，還有那些以算命為業的瞎子。這些失明者肩上摺著個藍色的裲襠包，一把小板凳，「蝸」在橋的人行石階上，天晴下雨，撐開一把黑傘，綁在橋梁柱上。人們在橋上相遇、點頭、交談，腳底蕩起的塵灰，撲滿瞎子靛藍的中山裝。一天裡總有幾個遊手好閒的人，蹲守在瞎子們身邊，聽他們給那些「送上門」的女人細掰前世今生、愛情婚姻、財富子嗣。這是那個年代在小縣城生活過的每一個人都不會忘卻的一道風景。

某一天，瞎子們搬進了政府搭建的安置房 —— 一排小磚房，單門獨戶，坐落在東門堤上。打卦算命測名者，數著房牆上的數字，撿中自己要找的房號，低著頭栽進去，坐在戴著墨鏡的瞎子對面，幾塊錢可以聊上大半天。瞎子一旦開腔，時光開始收費。而更多的時光，他們就那麼孤獨地坐著，腰背挺直，怔怔地「望著」水泥牆壁，又像是傾聽嘩嘩作響的錢幣跟著河流遠走。我從那些小房子前走過，突然會想起在某個外國電影中看到的教堂，孤獨的瞎子扮演懺悔者和牧師的雙重身分。這些瞎子的人生起點相離甚遠，命運故事卻差異甚少。看不見的世界，約束著他們生活圈的半徑，

第一輯　少年眼

看似很長。

　　曹瞎子的故事從很多人嘴裡轉述到我耳裡。這個外貌平平的瞎子，唯一惹人注目之處是他尖細的下巴上長著一粒肉瘊子，瘊子上又冒出三兩根細長曲卷的細鬚毛。他被傳說的理由是，某一天他的三寸不爛之舌，不動聲色地鼓動一個有幾分風韻姿色的女人離開了她的丈夫，繼而委身於他。大人們口水四濺，道聽塗説的個中細節充滿情色猜想。人人想探知真實的隱情，也許真相早被拋棄，每一個轉述者都在遊歷一座虛構之城。此等豔事招惹諸多同行的羨慕嫉妒恨，既模糊又清晰的美麗，瞎子們習慣了得不到，卻痛恨突然擁有的同類。曹瞎子何德何能，必是使了不少坑蒙拐騙的伎倆。不久，女人的丈夫找上東門堤，這個踩人力車的男人氣急敗壞地揪住曹瞎子的衣領，嚷叫聲引來裡外三圈幸災樂禍的圍觀。曹瞎子喘勻幾口氣，扒開車夫粗糙的手掌，捋平被揪皺的衣領。車夫讓一個瞎子的傲慢激怒了，揮動長臂撲過來時，曹瞎子的細竹篙抵達了車夫的喉結處，車夫點穴般怔立不動。據說在場的目擊者誰也沒看清瞎子是如何出手的，車夫碩大的喉結上下滾動，唾液咽吞，青筋暴凸，神色卻瞬間黯然。後來有人猜測曹瞎子是偽裝的武林高手，某某門派的隱祕傳人，也不乏輾轉打聽登門拜師求藝之人，皆遭遇曹瞎子的冷漠回絕。

少年眼

　　那些無所事事的時光段落，我跟在幾個從未想過知曉尊姓大名的瞎子身後。一個羞怯的少年，不確定是否能找到那個傳聞中的曹瞎子，與高人的相遇是緣分，這是我從小愛聽愛看武俠傳奇的父親講述中出現最多的關鍵字。某個英俊少年家道中落受人欺凌或是仇人追殺流落江湖，命運幾經曲折跌宕之後終有緣遇到一個拯救他的人。緣分是需要等待的。我想其實我是認識過那個曹姓瞎子的，他就在這一群瞎子裡面，他們踟躕的背影，需要我去辨認，找出這位暗藏的高手。我想像過多種遇見的場景，但沒有一個是我所堅定的。後來我怪罪自己的這份猶疑不決錯過了相識的時機。我懷著深深的怯意，緊緊走在「曹瞎子」的腳步之後，而我們的距離卻越來越遠。

　　我曾試圖探究他們失明的原因。遺傳、患病、傷害，林林總總的天災人禍，從父親嘴裡出來的那些說法，無法填滿一個少年寫著疑問的溝壑。我睜開眼睛，看著呈現眼前的變幻世界，而失明者只能枯守一片漆黑。我常常追隨至算命瞎子多數聚居的南堤巷，有半爿街巷，每幢瓦屋裡都居住著至少一個失明者。他或她早出晚歸，有笑有淚，有吵鬧有沉默。春秋季節的晴好日子，他們喜歡搬把木椅慢騰騰地坐到太陽底下互相丟話，有位年老矮小的瞎子打開收音機，貼耳聽著一個說書人的拍案驚奇，邊聽邊嘴裡哂哂嚼著虛無的空

氣。有個中年女瞎子皮膚真熨帖，她把毛線球放在雙膝間竹
條發光的籮盤裡，雙手交織著漸漸拉長的衣袖。我突然發現
這個小縣城居然有這麼多的失明者都在好端端地活著。他們
貌似正常人的生活狀態，讓我詰問過父親，父親的回答是：
「活著就是人生！」我沒有機會目睹這些失明者的傷痛情狀，
我知道他們不會永遠是快樂的。這些晦澀的不明，跟隨一場
眼疾向少年時的我奔襲而至時，我彷彿被巨大的恐慌撞倒在
地，真切觸摸到失明者隱埋的傷痛。

　　在一次逗鬧的遊戲中我的左眼不慎被小夥伴用圓棍擊
傷，不輕不重，但第二天眼球開始充血，上下眼皮帕金森症
般頻繁眨動，視力在凝望一件物體時會跑光，喪失焦點捕捉
的能力。醫生蠻力翻開眼瞼倒入生理鹽水幫我清洗，擠入眼
膏，一塊方形紗布封住我的眼睛。我用另一隻眼打量世界，
頭左右大幅度擺動，母親的訓斥如風過耳，我享受著與平日
不同的新奇。但新奇很快消失，取而代之的是驚馬奔逃般的
慌亂。夜幕降臨時，我感到了眼力的不逮，磕磕碰碰地尋
找，讓我對母親的提醒警覺。羞恥的白紗布在我臉上「生
活」了一個星期，我睜大眼睛透過紗布感受亮光，時刻敏銳
地感受眼睛的存在。我再也不像平時那樣歡快，坐在東門堤
的閘座上，我想像自己真正失明的模樣，熱淚湧動，少年的
心哭泣得那麼無聲卻蠻橫。

少年眼

　　受傷的眼睛帶來的視力下滑伴隨我至今。我習慣了在那些球面非球面玻璃樹脂鏡片的輔助下瞻望這個世界。在那次眼傷休復的很長一段時間，我提醒自己遠離東門堤上的瞎子們，彷彿他們墨鏡後面的空洞隨時會席捲我。但「好了傷疤忘了痛」，這些恐懼又很快從少年身體裡跑離，我重蹈過往生活。某日我照舊在東門堤的夕陽籠罩之下，跟在兩個瞎子身後，悠閒地竊聽他們的對話。細小的灰塵在他們的腳下纏繞，談到的死亡話題讓我驚駭得接連幾天默然無語。

　　瞎子甲很熟悉地拍著乙的肩膀說，昨晚我死了。乙皮笑肉不笑地說又被弄死啦？甲呸了一聲，然後長嘆一口氣，表情嚴肅地開始敘說 —— 我死了，我參加了自己的葬禮，三天三夜的吹拉彈唱，那麼多我認識的不認識的親朋好友、左鄰右舍都趕來了。我跟每一個人打招呼，我能看見他們臉上的每一道藏在歡笑和悲傷裡的細小皺紋。他們嗑著瓜子，天南海北，談笑風生，說著那些我以為荒誕不經的往事，一點兒也不驚訝我又能看見了，就好像我從來沒有瞎過。可我突然聽不到聲音了，每個人誇張的嘴形像啞巴劇。最後結束散去，他們與我道別，我卻跨不出屋子窄窄的門檻。外面照進來的光越來越強烈，我眼睛裡的光一點點渙散、消失，直至重淪黑暗。

　　乙扭過頭，端詳著身邊這位朋友的臉，他這個動作在我

第一輯　少年眼

記憶中是那麼清晰，他看見了什麼嗎？甲的神情卻被我記成一片空白，但我能感受到一個人宣讀自己死亡決定時的傷感情緒，跟他低哀的語調縈繞在我人生的成長段落中，在無數次睡眠中怎麼也取不下來。是不是長久鎖閉在黑暗之中，他們反而更加懼怕某一天睜開眼看見光明，不確定的世界於瞎子而言才是正常的。

離開縣城，我越走越遠，那些陪伴過我成長的算命瞎子依然待在回憶的角落。那個角落像落幕的舞臺，燈光一束束暗淡至熄滅，卻散發出炙手的熱量。我想像失明的過程是伴隨著黃昏和熄滅的燈一起到來的。彷彿那輪落日，西天紅光如萎滅的火焰，灰黑雲層千軍萬馬般奔騰而來。視覺世界離開光明者的眼睛，離得越近的東西反而跑得更遠。而在我成長中的閱讀裡，某一天我驚詫地遇見，在那個「天堂」般的圖書館裡，博爾赫斯和兩位前任館長格魯薩克、何塞・馬莫爾，居然都是失明者，但他們管理的圖書館已成為文學史上的象徵符號。博爾赫斯丟失了那可愛的形象世界，卻開啟另一種創造。他的詩歌和小說，就像進入一個黑暗陌生之地摸索的人，環繞迂回，碰撞敲打，像深夜颶風暴浪中的大海，萬千勇氣落寞生長。浮現一句重複多次的話，上帝關上一扇門，就會打開一扇窗。

門和窗都連接通往世界的道路。

　　失明者的心中，藏著另一個想像的世界。我還看到了荷馬，那部舉世聞名的史詩的創造者，講述那些偉大的歷程，卻只是一個盲詩人。詩是基於聽覺成立的。它需要大聲吟誦。還有「在這個黑暗而遼闊的世界」裡的彌爾頓，孤立無援地在文學叢林裡前行，寫出失樂園和復樂園。還有詹姆斯‧喬伊斯，瘋狂地學習各國語言並自創艱澀難懂的語言，這個意識流的先驅，浩大著作的一部分就是在黑暗中完成。我聽說他是個失明者後，終於為閱讀《尤利西斯》、《芬尼根的守靈夜》時的不順暢找到一個合適的藉口。

　　他們失明的原因錯綜複雜，而我們這群擁有光明者站在岸邊，唏噓命運之手的決絕，慶祝自己的幸運。一年前的一次體檢，眼科大夫提醒我的過度用眼，一長串理論推演和術語堆積，把我深深地震懾了。視網膜脫離、視網膜病變、玻璃體積血、玻璃體混濁、黃斑裂孔、黃斑前膜⋯⋯像一個個黑點飛撲而來，砸在一個長期埋首於書堆和電腦者的心床之上。要光，就有了光。人類創世紀的鏗鏘話語芳香流淌。要沒光，也就沒了光。眼科大夫的判詞冰冷桎梏。

　　「一切近的東西都將遠去。」某天母親給我提到鄰居家哥哥的時候，我想起偷偷從哥哥的黑皮手抄本上讀到這一模稜兩可卻感覺喜歡的句子。我後來從歌德的作品中找到出處。一句讖語。那次我隨母親去醫院探望，手術後的鄰居哥哥正

躺在病床上，眼部蒙著雪白的薄紗，他在校園的球場上與人衝撞，眼角膜脫落，正滑向失明的危險邊境。手術後，他開始佩戴眼鏡，沉默寡言，目光呆滯，不再參與任何一項體育運動。一些年後，我再次聽說的不幸是，他在一場車禍中最終告別光明，淪陷黑暗。這個可悲的第三者敘述，讓我心頭地動山搖，即使失明者能獲得世界上最龐大的善意，但他們只能抱著明亮的白天哭泣。

之失憶者：海馬體在風中溶解

好些年前，我回到小縣城，要在橋東的汽車站下車，那裡有很多家小餐館小旅館，餐館的洗刷水就倒在路上。幾位看模樣是鄉下進城的中年女子朝大巴車裡抖落的男乘客走過來，顧盼左右，窸聲問詢，又蒼蠅般尾隨，想拖幾個去旅館休息。我看到空中一層薄薄的灰塵，是淡藍色的，覆蓋縣城上方。我也顧盼左右，穿過她們吵鬧的身體，一隻粉紅色的塑膠袋鼓得圓圓的，被風托舉到半空。風是從護城河的方向吹來的，我輕輕閉上眼睛，能看到她微笑的模樣。

她是個失憶者，沒有了記憶水草般的纏繞。這個女人的模樣，稍加打扮一番，便有一種矜持的精緻，臉蛋、腰身、步子，都是討男人喜歡的那種。或者更年輕一些，有眾多的追求者絕不是虛構。我是隨母親去工商巷看望叔外公時第一

次見到她的。在幾天前的一場意外火災中，叔外公為了搶救一床棉被，把自己燒傷了。叔外公的家事，出現在我耳邊時，總是圍繞著兒女的不孝、生活的拮据。瘦小的老人氣惱之下搬出了兒子家，回到工商巷的老房子。老房子牆身腐舊，風從四面八方可以鼓吹進來，在那個冬天的夜晚把火盆的火苗吹向了叔外公床上的棉被和蚊帳。行動緩慢的老人從睡夢中醒來，還不肯放棄對少得可憐的財產的拯救，火苗躥到舊帳頂，又引燃屋頂的木板、牆上糊得厚厚的報紙。剛剛過去的乾燥之秋，把這些物什都「養」得肥富流油，火星一引，就都興高采烈地歡躍起來。

　　是女人吧唧吧唧踹開叔外公家的門，把他活生生拖出火堆的。母親充滿感激地哀嘆一聲，她是個失憶者。父親漫不經心地說，她是大腦中的海馬體受了創傷。丟失了記憶的人，這在少年的我的心中，像是一顆深水炸彈突然在心頭爆裂。

　　叔外公家牆上撲著幾隻一動不動的「蝴蝶」，翅翼之上寫滿鉛字，很怪誕的場景。他半張臉塗滿奶油般的燙傷藥膏，油膩膩地躺在床上，薄如蟬翼的肌膚，拱起丘壑般的褶皺，散發陣陣來歷不明的惡氣，在房子的灰燼氣味中飄蕩。拐進巷口之時，母親微笑著跟女人打招呼。女人面無表情地坐著，梳理著被火苗舔舐過的髮梢，看著眼前走動的陌生

人。左鄰右舍都在讚嘆女人的勇敢之舉，大半夜都呼呼沉入夢鄉，幸虧有失憶的女人醒著，及時救人性命。大家誇讚的語調裡總有種哀傷，靜水深流，傾覆一個少年起伏的內心。

　　隔一兩天我就纏著母親去看望叔外公，更多的是想看到失憶的女人。我們要經過女人家的小院子，花草茂盛，女人坐在石凳上發呆，或者是站在牆根那一溜菊花前手持一葫蘆瓜瓢發呆，瓢裡的水顆顆垂落，濺溼她那雙自己編織的布拖鞋。我從院牆磚窗的縫隙裡看到她，她連頭也不發生輕微的擺動。發呆是女人的常態，記憶太累，她是一次次決絕地斬斷過往，清空。她的大腦裡存儲的時間是隨時清零的。

　　我喜歡看到她的模樣，有一種安撫的力量，讓少年的內心充滿歡愉。如果不是她的失憶、她也會記住我。這就是我當時的想法。我並不願打探她因何失憶、她的隱祕往事、她捉襟見肘的人生。但我的記憶不是空白，餐桌上母親跟父親描述她所知道的女人，到叔外公家時總有好心的鄰居說話說著就繞到了女人身上。某天來探望叔外公的人群中有一位身材寬闊的老太太，她聞訊而來，目睹年輕時愛慕過的人風燭殘年，旋即涕淚漣漣。狹小的屋子裡聲音嘈雜，大家又說到感激女人的話題上，我聽清了老太太的一句話，她們是同鄉，女人在鄉下名聲糟糕透了。

　　大人們並不顧忌一個少年的在場，慫恿著老太太撿拾女

人丟失的記憶。躺在床上的叔外公臉上的傷疤，因為焦躁
而有些變形。不解其意的老太太此時因為掌握一個人的記
憶而內心無比虛榮。她從女人還是年輕漂亮的女孩時開始了
敘述。

　　一個縣城來的小夥子喜歡上了年輕漂亮的女孩。小夥子
應該是來鄉下度假的，帶著一個小皮箱，裝的都是書，借書
的緣故，女孩和他走得很近。有一天晚上女孩父母走親戚未
歸，小夥子就走進了女孩的房間，那時農村的臥房都擺有兩
張床，他們各自睡在一張床上，夜話至黎明。據說，談的都
是兒時往事和讀到的那些書中的愛恨情仇、聚離悲歡。第二
天清早，幾個同齡的嫉妒者把他們堵在了屋裡，村裡一下就
爆炸了。在八十年代封閉的農村，女孩的名聲被一個充滿想
像的夜晚玷汙了。這塊斑斑汙跡如影相隨，女孩後來考上縣
裡的師範學校，畢業分配時，有人時時不懷好意地提到那塊
斑汙，她理所當然地被分到最偏遠的一所鄉村小學。路途迢
遠，跋山涉水，她的沉默寡言也成為那塊斑汙的證詞。沒有
人向她靠近，即使她家搬到了另一個鎮上，依舊沒有人與她
戀愛。「小夥子人呢？這個罪魁，難道從此就躲開了嗎？」
大人們幾次焦急地插嘴詢問，彷彿也在等待他的出場，拯救
一個弱女子即將傾倒的人生。

　　老太太敘述小夥子的語調，卻轉變成遺憾和傷感，好像

第一輯　少年眼

一條湍急的河流轉瞬匯入一汪平靜的湖泊。是的，小夥子每年都會去看望女孩，堅持了十來年吧。他自己考上大學，分配到市裡的學校，書教得好，還是有名的詩人，他每年的假期都會來。女孩的新家、女孩工作的學校，小夥子每次來，待兩三天又走了。有人見到他們在河堤上散步，小夥子高聲朗誦，神采飛揚，女孩望著遠方，笑意盈盈。他們似乎從來沒有過談婚論嫁，也許是現實的距離在他們之間製造著一道不可逾越的塹溝，但人們都在背後明確了女孩和小夥子的男女關係。「那他們最終有沒有在一起呢？」人群中有人如此發問。這立刻遭到另一個聲音的嘲笑：「明擺著的結果，沒在一起呀。」

　　兩個人之間的美好關係，是如何被洪水衝破堤岸而不可收拾的。老太太的語調突然顫抖起來，彷彿要講述的結局與她的罪過有關。她說，有一年夏天漲水，小夥子困在了去往學校的對岸，水勢滔滔，渾濁汙穢，沒有船工敢冒險渡河。小夥子在河邊坐了大半天，河對岸除了幾頭牛馬尋草的影子晃動，始終是一幅空蕩蕩的背景。他到附近的一家南雜鋪裡想買一雙印花的襪子，接待他的是店老闆的女兒，恰好也是放假剛從市裡回來。年輕的詩人跟那個可憐的女孩就此別過，很快與新的一見鍾情者成婚。

　　人群裡迸發出幾聲哀嘆。太戲劇性了，太多的劇情都沒

展開就結束了。多年的情感抵不過一次偶遇。而我至今不明白，老太太為什麼偏偏要選擇小夥子是去買雙襪子，甚至我懷疑自己的記憶也有了偏移。

本以為故事到此就畫上了句號，每一段情感都會有一個美或不美、幸或不幸的歸宿。那個女孩也終歸要找到不顧忌她糟糕名聲的男人，也確實有個遊手好閒的小商販娶了她。小商販走家串戶，活躍在小鎮和鄉間，他為自己找到一個有正式工作的女教師而無限自豪。後來他暗中使出投機取巧賺來的錢，把女人從鄉村學校調到鎮上、縣城。皆大歡喜的一件事，各人走上各人的人生軌道。舊時的相識都羨慕起這個名聲糟糕的女人來。老太太說，他們進了城的事就不清楚了。

敘述到此暫停，我以為母親要領我走了，那個週日的下午我們已經待了比平時多出許多的時間。燒傷藥的氣味混雜在陳舊腐朽的房子裡，奇怪的氣息不時會冒出一股冷風，令人暈眩。

「誰說說進城後的事呀，她怎麼會失憶呢？」好奇者提出來。大人們互相張望對方，最後目光落在其中一個長得矮胖的婦人身上，她是最早搬到這條街巷的人。

矮婦人猶猶豫豫，喉嚨裡像卡著痰，把想說的話堵在了裡面。

第一輯　少年眼

「不是特別清楚哦……我說了你們不准外傳呀。」她真的咳出一口痰，扭頭吐到了牆角根，我看見有一隻矮小的老鼠迅速湊上去，撫弄了一小會兒又哧溜跑遠了。矮婦人說，女人和她的商販丈夫過了幾年順風順水的生活，買了現在居住的這個小院子，唯一的遺憾是沒有孩子，懷得好端端的，稍不留心就流產了。如果女人沒有孩子，這個家就不穩定。鄰里朋友都幫著夫妻倆尋訪各種破解流產的藥物和單方，過去他們家的大門前岔路口常有藥渣，大家踩來踩去卻並沒有聽到好消息。但你別說，章老闆（小商販）做生意是刁鑽摳門，但重情，對家裡的女人還是蠻好的。有一天突然聽說他吐血住院了，十來天後回來，只跟巷東口常一塊下棋的老孫說話，原來他是氣病的。女人愛戀過的詩人有天被一群文化人擁簇著來了，章老闆和女人都被找去吃了飯，他被灌醉了送回來，女人是第二天一早回的。

「哎呀呀，問題一定出在這詩人身上，還找來幹嘛呀。」老太太嗟嘆一聲。後來聽說女人好幾個晚上半夜起來，捧著一個答錄機聽磁帶裡的聲音，那磁帶是在一家小酒館錄的，有人猜拳有人咳嗽還有幾聲響亮的屁，說話的是詩人，是小夥子在讀自己寫的一首首情詩。「都是寫給女人的吧？」人群裡一片唏噓。矮婦人說，這女人就是中了邪，最絕的是她在半夜聽得涕泗漣漣，然後跟章老闆說，她發現原來心裡還

一直深深愛著會寫詩的詩人。

　　記憶有時是會欺騙人的。那個晚上的敘述，存在許多晦冥不清晰的部分，女人的愛情和經歷似乎是經不住推敲的。像一條曲彎的山路，陽光照不到的地方樹蔭遮蔽、涼氣襲人。我又想到曾經在現實生活中，明明記得的此地此物卻在彼處尋得，又是記憶在背叛。當我們在多年之後去回憶強加到女人身上的糟糕時，是那些講述者的記憶，還是我自己的記憶，混作一團，膚淺漂浮，不足以描述最複雜最美妙的情感，不由得黯然神傷，那是一個多麼糟糕又多麼值得懷念的年代。

　　「這是哪裡，我是誰，我曾經是什麼樣？」那個不動聲色地站在院子裡的女人，看著那些陌生的臉孔走來走去，是絕不會記住自己的糟糕名聲了。在一場車禍中，她的頭磕在了保險杠上，醫學專業術語如此稱謂 —— 海馬體受損。這類遺忘症患者無法想像未來，其腦海裡如山巒瀚海般擁擠的記憶也被橡皮擦擦得個乾乾淨淨。失憶者常常不知道自己是誰，或感覺有很多的「我」。兩年前，在朋友家看到他的孩子，正埋頭觀看一個十幾集的叫《失憶症》的視頻動畫，是從同名 PSP 遊戲改編的 —— 在陌生的咖啡廳醒來的女主角，發現自己喪失了過去的所有記憶。很多人跟她說話表達對她的關心，但她一個也不認識。為了找回失去的記憶，她的人

生新故事由此展開。

　　意識、記憶、身分、妄想、幻覺……對環境的一切正常整合功能皆遭遇破壞，失憶者生活中遇到的困擾無法言喻。很奇異的是，多年後，我提到女人的後來時，父親母親、縣城裡生活過的人，都患上集體遺忘症。但女人又是在我們身邊真實存在過的。女人不過是提前把記憶支付給了時間和他者，也是把她那份說不清道不明的情感儲存到了更廣闊的空間，我們提取其中的片斷，我們都是她個體記憶存在的證明人。而她的人生新故事，在未來的記憶裡又會是怎樣的面貌？我在回想一個少年曾經掌握的記憶時，本身就是在時空的大洋裡開始一次記憶板塊的漂移遊戲，撞擊、分離、嵌合、破碎，波浪起伏，循環往復，無始無終……

之失蹤者：你去往遠方，太陽仍自照耀

　　醒來的時候，吹過的風涼涼的了，我們的手緊緊地握在一起，卻是汗涔涔的。我們臉紅地互相對視一眼，跳下草垛，沿著通往縣城的唯一公路，走回那個很偏遠的小鎮。我們輪流講述草垛上的夢，打破看不見的寂靜，那些不同的地點、人物和事件，但都是在遠方發生的。我問小佟，有沒有在夢裡哭過，眼淚會不會醒來還在流。

　　天光黯淡，回家的路變得漫長，偶有家戶的燈火照來，

我們的影子拉長又消失，像機械地玩弄一個前奏耗時的小魔術。他一直沒有回答眼淚的問題，但我從他的眼裡捕捉到一絲顫動的光芒，像一顆小琥珀裡盛得下悄悄打開的夜空。

小鎮像一個三角形兩條邊夾的頂角，而且是個銳角。它雖傍臨一條大河，河上船隻悠悠往來，但因河床的淤積抬高，已經進不了重量噸級的船舶。沒有了大船，河流扼殺了人們生活於此的想像與愉悅。通往縣城的公路常修常壞，不修更壞，尤其是雨天，坑坑窪窪，泥濘不堪。這條路的另一個特點是窄，兩輛略顯寬敞的車相對行駛時，必須停下來一輛，等待對面的車小心翼翼地過去，司機罵完娘發完牢騷，重新上路。

交通的不便注定小鎮的老人和孩子很少出門，外面那個世界對於十來歲的我來說，也幾乎是空白的。在八十年代中後期工業振興的背景下，鎮上成立了一家風機配件廠，這一新鮮事物出人意料地給小鎮帶來蓬勃的生機。爛公路也在縣政府的干涉下，改頭換面，被整修成了一條有厚度的水泥路。運營的班車增多，更多的新鮮玩意兒出現在小鎮街面上。還有一個有力的說明，那就是小鎮迎來了我所知道的遠方來客——北方的工程師佟國慶。他的姓氏在鎮上找不出第二人，但叫「國慶」的人可不少，大人們可以從腦子裡掃出一笪籮。因了姓氏的獨特，這位北方來的客人也獨特了。我

第一輯　少年眼

聽到一些人恭敬地稱呼他為佟工。他畢業於北方的一所機械精密學院，是風機配件廠請來的技術顧問。當時配件廠處於初建和試運營階段，佟工程師的加盟和指導，使土生土長的工人們信心倍增，鉚足了勁兒幹。於是從兩幢空蕩的廠房裡整日整夜地傳出當噹啷啷的聲音。從車間流水線下來的成品被一批批送走，送到我們甚至連名字也沒聽說過的地方。那些圓形弧形梯形三角形以及各式各樣的零配件最後究竟去了哪裡，成了哪部機器的一部分，無人知曉。

　　佟工程師在我眼裡是與本地出產的男人不同的。首推體形，典型的北方大漢，體格剽悍，大鬍子。每天都刮，臉頰和下巴是那種鐵青色。但性格不像平常人們說的北方人豪爽，顯得有些蒼老、悒鬱。他很少與女人說話。廠裡有幾個女會計女工人試圖與他套近乎，他連正眼也不瞧，說不了兩句話就扭頭走開了。他對酒似乎有著天生的嗜好。家裡一個大玻璃瓶，至少是十升的容量，瓶壁泡染成與酒一致的赭黃色。瓶子裡泡了人參、天麻、枸杞，還有一條圓睜著眼睛的蛇。蛇安靜地躺在藥叢裡，渾身鼓脹脹的，牠是被酒活生生醉死的。佟工程師的妻子是那種戴眼鏡短頭髮的知識型女性，但她從未在小鎮出現過，我是在一張照片中見過一面。佟工程師每晚都喝，他把喝酒與加班工作摻雜在一起，一杯酒和一張圖紙，在他眼中都是充滿誘惑的。他喜歡喝酒畫圖到深夜。

少年眼

　　我之所以對佟工程師印象深刻，當然與他兒子小佟有關。小佟從遙遠的北方來到我們南方小鎮，據說乘火車轉汽車需要兩天多時間才能到達，多年後我想，這就是他流離的命運。他的異鄉人身分在我們班顯得格格不入。他的北方口音，覥腆的模樣以及一些奇怪的癖好，讓原本想接納他的同學們一點點地遠離，連老師也感到這小孩性格太內向太偏執了。最後他只有坐到我的旁邊，與我這個在某段時間成績下滑厲害，敢從樓上吐痰到校長身上，暗地給女孩遞紙條的壞孩子走在一起，成了親密的朋友。而我對他的好感，是因為他身上那件嶄新的海魂衫。他跑動的時候，彷彿是海浪湧過來，並排坐一起，我能聞到海的聲息。在大家面前，我們沉默又孤絕，他總是不會回避別人的挑釁，而我會在眾人圍攻時挺身而出，那時候打架沒有理由，像六月的天氣，多變，一個眼神不對就可以翻臉。於是，有了後來的我們，沿著河流、公路走著的我們，在草垛、田野呆坐的我們。無可否認，他是我少年時期最要好的朋友，但我從沒見這位朋友挨打後流過眼淚。我以為他是世界上最堅強的人。

　　小佟常常在午後或下午放學後把我帶進配件廠的大門，走進那間光線略暗布置簡樸的房間 —— 北方父子臨時的家。第一次撲鼻而來的是滿房間的大蒜味，極其難受，我幾乎嘔吐。在這間三十平方米的房子裡，我認識了北方的影子，看

到小佟如何就著生大蒜吃饅頭，把白菜粉條燉成一鍋糊。我看到那超大瓶的酒，午後的陽光撲打在玻璃瓶上，色彩顯得更厚重起來，並散發出馥郁、芳香之氣。瓶裡沉澱的靜物讓人衝動不已，我在多次慫恿之後終於得到他的許可，品嘗一點酒的味道。那天是周日，工程師加班，我喝了一小口，又喝了一大口，我的臉紅了一整個下午，並且讓我一星期不敢和家裡人多說話。我頭腦清醒，心裡火燒火燎，感覺到滿嘴的異味，怕招致父母嚴厲的訓斥。我在沒有外人的情況下將嘴張開，呼出一口氣，讓小佟聞聞，還有酒味嗎？他往往置之一笑，說是我心裡作怪。

心裡作怪，我還害怕和佟工程師在房間裡相遇，似乎他知道我偷喝酒的事而在等待著給我懲罰。他對酒的嗜好和精明讓人覺得酒就是他身上的物品，一清二楚。但在我們見過面後，又感覺到他是個外剛內柔的人。他臉上總是積壓著嚴肅之態，像無時無刻不在思考問題和警惕著周邊的人群，或是對兒子的行為持猜疑態度。有一次我被熱情地留在他家吃飯，可他做的飯菜味道之差難以描述。飯間，他埋頭吃著自己的，嘴裡吧唧吧唧，後來他問我能喝酒嗎？我一個勁兒地搖頭。他平端著杯子，哈哈大笑，酒在杯子裡顫，泛起一圈圈波紋。那是我第一次見他笑，然後他一仰頭，杯中酒一飲而盡。

　　小佟也到我家多次，他拘謹得很，我爸媽對他友好的態度超過了對我。只有我倆獨處時，他才會放鬆些，說些以前的經歷和他的家鄉，說他跟著工程師給人家拜年，一天走十幾家，工程師每進一家，首先將桌子上一大杯（碗）酒喝盡，然後抓一把糖塞進他手中。等到晚上工程師醉醺醺地回家倒床就睡，他就從全身上下的口袋裡用力地往外掏糖果，塞得太緊太多，他重複掏糖的雙手也酸累不已。那些糖要吃多久啊？我問他。他面無表情地回答，很久很久。我看到了他張嘴時發黑的牙根和稀鬆的牙齒，搖搖頭嘆了嘆氣。

　　但他從來沒給我講過他的媽媽。

　　我試探地問過有關他媽媽的情況。小佟說，我媽媽走了。我說一定是工程師愛喝酒，你媽討厭酒就走了，你就沒有媽媽了。他爭辯道，我媽媽是死了，車禍，我爸爸是在媽媽死後才愛上喝酒的。他拿出那張他媽媽像知識分子的全家福照片，黑白相紙邊上有花紋形鋸齒。坐在中間被媽媽一手抱著的他真的很小，皮膚白皙，臉蛋嬰兒肥，頭上插枝花（證實是照相館作背景的一枝花造成的特殊效果），真像個女孩子。我想到他沒有了媽媽，這是一件可憐的事，就問道，你哭過很多次吧？他說，我的眼淚在夜裡早都流光了。

　　我從未跟在同學後面喊他北方鬼佬，始終是站在他一邊的。我曾經和一個比我個子高的男同學動了手，他說小佟的

媽媽是失蹤了，跟別的男人跑了，一個壞女人故意拋棄了丈夫和孩子。我警告他不要亂議論別人的媽媽，高個子滿不在乎，又跑到另一群同學之中咬耳朵。我走過去先動手推了他一把，他不樂意就回手打中我的下巴。我發瘋似的一頓亂拳還給他，最後那男生鼻子被我打出血，鼻梁到現在還有些歪。我們多年之後遇見，憶敘往事時都哈哈一笑，可當時的我傷心了好一陣，也因此在班上不受歡迎，他們背後指責我是「甫志高」。剛從紅色小說《紅岩》裡記住這個革命叛徒的名字，我們嗤之以鼻，恨之入骨，沒想到我竟然也成了這樣的「叛變者」。我不可能讓他們閉嘴，就只有拳腳相向。我並非打得過人家，但我發現當一個人看不到自己時，對生死疼痛就無所懼畏了。那段時間，我爸爸很不高興地賠了高個子男生的醫藥費，三番兩次向老師以及與我發生衝撞的同學道歉，卻在心裡寬容了我。

小佟內心的孤獨我心知肚明又無力幫助，有一段時間他對學習、對任何事都提不起興趣，像是撞了邪的人，心神難以安寧。他也冷落我，我原諒他對我的一切冷落是想讓我對他產生敵意，重返原本屬於我的那個群體。沒過多久，小佟就在那年冬天開始後不久走了。不聲不響地鎮上就少了一個人。走之前的晚上小佟來我家，留下了他的海魂衫，並告訴我，他媽媽不是車禍，是失蹤了，有天早晨她說外出給他買

新的冬襖，就再也沒回來。你們沒去找過嗎？我問。小佟暗
淡地說，那時他還小，爸爸讓我從此閉嘴不提，問一次他就
打我一次。

我們之間根本談不上有什麼離別留言，佟工程師當晚很
早過來領他回了家。第二日清早一片灰蒙，小佟搭最早的班
車去縣城，售票員確證他上了車。那天的乘客很少，人們昏
沉欲睡，沒有人去想一個異鄉孩子離開的原因。第三天，佟
工程師也離開了，他要去找自己的兒子，這是天經地義的
事。不聲不響地鎮上又少了一個人。但此事過了好幾天，才
從風機廠的大門裡傳出來，人們內心譁然。沒有了妻子，再
失去兒子，鎮上的人說，佟工還能活下去嗎？之後他們父子
有沒有重見，是去了省城或者回了北方老家，我一直沒聽到
過確切的音訊。小佟走後的日子，我是最寂寞難過的，沒有
了朋友，同學們似乎都在為一個「叛變者」的孤單落魄而拍
手稱快。

流言在沒有了北方佬兒的冬天遍地生長。佟家父子離開
的另一個版本，被溼冷的風一刮，就變成了佟工程師與風機
廠廠長的年輕夫人好上了。五十歲的廠長娶的小十幾歲的女
人好幾年都沒有生育，問題在哪裡，早已是小鎮公開的祕密
了。廠長是二婚，之前的老婆也沒生育，但離婚再嫁後就生
了。沒有子嗣，這是這位頗有經濟頭腦、做事大刀闊斧、在

鎮上算得上一個響噹噹人物的男人一生最大的失敗。

　　佟工程師與三十歲出頭、風姿綽約、待人大方熱情的廠長夫人之間發生的一切，與喝酒有關。佟國慶應邀到廠長家中吃飯，喝酒興起，廠長撂倒了，然後自己上了那女人的床。此後他們多次幽會，也有的說女人本來想和佟工一起走的，廠長知道後氣急敗壞，以逼走佟工了事。還有各種猜測和臆想，如紛飛的落葉四處飄散，抵達鎮上的每個角落。工程師走了，廠長仍是廠長，夫人還是夫人。不過夫人的肚子越來越脹，半年多後，她給廠長生了個眉眼蠻實的小女孩。廠長為此在小鎮最豪華的「紅樓」辦了幾十桌流水宴。他喜氣洋洋且逢人發蓋白沙香菸，眼睛裡看不出一絲絲異樣的神情。

　　工程師的「風流韻事」一度使已讀中學稍諳世事的同學們暗流湧動。離開了的小佟陷入陰冷的攻擊裡，他們的目標從佟工程師到小佟，又落到我身上。那些日子，我話語更少，經常一個人躲在校園的角落或夜晚的夢中暗自哭泣。我想像著某一天在陌生的地方又見到小佟，他長高了，結實了，還是那樣靦腆。那些想流未流出來的眼淚在眼睛裡，會不會幫他照亮夜間的路，沖去心上的塵土。那件海魂衫，我爸爸不由分說，將它還給了佟工程師，我並非覺得難過或遺憾，那是他最喜歡的，也是他失蹤的媽媽留給他的念想。當

我對故鄉和親情有了更深切的悸動之後，我以為我的朋友小佟並非真的失蹤，而只是以一種體面的方式，逃避在異鄉的冷落和齟齬。他去往遠方，面朝太陽的海邊，有一艘船，在海面上隨波逐浪，穿著海魂衫的他，駕船沿著有水流的地方走，永遠都是白天，沒有夜晚，無論走到哪裡，太陽仍自照耀。

這是他在那個草垛上的夢，我也做過，永遠也不會忘記。

之失語者：把風撕碎成落葉，把雨拚貼成河流

我們隔著一堵牆。裁縫女人用縣城話詛咒著這個世界。

這個女人有一雙細巧麻利的手，從桌上的布塊叢中哧哧嘩嘩剪出各種形狀，然後才讓人看到袖口裡抖落一把閃光的鋒利剪刀。從此無人敢在她面前動怒。

也只有他，能讓裁縫女人的眼神變得溫和，他的手像擁有另一樣魔法，讓風暴消失，驟雨停歇。鎮上沒有人不認識他，有誰會不認識一個瘋子呢？可很少有人知道他的名字，奶奶這麼對我說，然後指著從橋上走過來的他，他叫肖順利。

他是鎮上最沉默的瘋子。我們那裡不盛產瘋子，但那些年月裡總有那麼幾個。消失了一個，另一個又莫名其妙地出現了。肖順利是唯一的男瘋子，也是在鎮上活得最久的。那

些女瘋子太過囂張，每天要在大街上撕開嗓子，打雷般地指著長長的街面罵，指著樹罵，指著從身邊開過去的鎮長的小吉普罵。無法無天，有人看到笑面虎般的鎮長某天皺了眉頭，把這四個字隨同一口濃痰吐到了街面上。但總歸沒有人敢得罪她們，她們以瘋耍瘋，繼而耍賴，你挑逗她無疑是惹火上身。她們把罵街當作了自己的工作，像到單位點卯似的，上午下午準時來一輪，於是給大街上做生意的人當了報時的鐘。她們罵得凶，聲音尖利，腔調有別，混雜在嘈雜的市井聲中。有的手舞足蹈，額頭上沁出一層細密的汗珠，她們不時掀起衣角抹一把。若是夏天，就會露出白白的肚皮，白白的胸罩。這些女瘋子很講究，是戴胸罩的，而且是繡花邊的那種。但沒過多久，她們就消失了。有的是離開，有的是被死亡帶走了。

　　肖順利與她們的不同，不僅是因為他在性別上的獨一無二，也因為他十來歲就瘋了。更多的人稱呼他「小瘋子」，認為他的沉默就是因為一個人瘋得太早，發音和聽覺器官都「燒」壞了。他的沉默像一塊黑冰冰的鐵，鎮得大家啞口無言，心裡怦怦跳。大家都習慣了女瘋子的吵鬧，卻看不順眼他的失語。

　　肖順利也有他的「工作」特點。大清早就在空闊的大街上走，從家裡出發，走過石拱橋，穿過農貿市場，踅進供銷

社、農機廠、搬運社、康橋，又返轉鑽進幾條露天巷子裡。有時剛起床出來倒尿桶的女人會碰見他，開始都有些畏首畏尾，後來就習慣了。他天天早中晚如此。有時他會停在唾沫四濺、談笑風生的人群外，像認真傾聽的樣子；有時他貓著腰看幾個老人打骨牌，女人搓麻將，一夥兒男人下象棋。據說肖順利小時候棋藝過人。現在所知道的是他目睹有人下一盤好棋，就會露出平時難以見到的笑容，碰到臭棋他的眉頭比誰皺得都厲害。一張臉扭曲變形，表情怪誕。大人們說他是真正的觀棋者，觀棋不語的真君子。有人太嘰喳，就有人瞪一眼，罵咧道，學學肖瘋子！也曾經有大膽者攛掇肖順利來一局，但他袖子一拂，輕飄飄地離開了。

　　肖順利和我算得是校友，雖然我進校時他已經退學了，可我想他肯定在那個破球架下玩過遊戲，或洗衣臺的石板上打過乒乓球……有次我意外地發現抽屜的木板上刻著肖順利的名字，放學前就不聲不響地把課桌同鄰組的調換了，我可不想坐一個瘋子曾經的課桌。他的裝束在我印象中好幾年都變化不大，上身是銀灰色卡其布中山裝，風紀扣端正地扣著。褲子是藍色的海軍褲，一雙綠色的解放軍鞋，偶爾換雙黑布鞋穿穿。他退學回家後正值青春發育期，鬍子和青春痘像野草似的往外冒，臉上彌漫著與年齡不對應的老衰。

　　我離開鎮上到外地讀書時，肖順利還和他的哥嫂住在一

起。他哥哥肖勝利是鎮上建築隊的水泥匠，一個老實巴交的人；嫂子就是那位裁縫女人，她在自己家中開了裁縫店，手藝在鎮上獨一無二，只是脾氣暴烈，常把那些打她主意的人、蹭來蹭去嚼著葷段子的人罵得垂頭喪氣。肖順利出門時從不走前門，前門也是裁縫店面。他每次像鬼魅一樣打開後門走出來，把房門上紅色的鎖搭子扣好，按進一把「江山牌」的小門鎖。鑰匙放進左胸前的口袋裡，一聲不吭地走了。他從不幹活，肖勝利心情不好時，對他發脾氣，他只是低著頭，沒人聽到過他去辯爭。肖順利的父母去世早，他幾乎就是哥哥肖勝利拉扯大的，而裁縫女人也從不曾嫌棄他累贅，像是帶著另一個兒子。

肖順利小時候很聰明，幾位小學老師有次談論他：能言善辯、聰慧過人、品學兼優。語文老師還說起他曾在某次作文中寫下詩一般的美妙句子：「把風撕碎成落葉，把雨拚貼成河流，我守著比我更小的世界。」關於他原本有著光明前途遽變成一個「小瘋子」的緣故，鎮上許多老人唏噓不已。命中注定，逃不過就得受著，老人們嘴裡哀告著，菩薩啊，睜開眼。

說得最多的版本，是有一次肖順利在家附近折紙飛機玩，不小心把飛機飛進了隔四五間屋的鎮人武部陳部長家院子裡。門是鎖著的，他身手敏捷，爬上院牆，成功進入後，

撿到紙飛機，如果他返身走了就不會有後邊的事情發生，也許鎮上永遠沒有這個小瘋子。肖順利聽到房子裡傳來吭哧吭哧的聲音，像是歡樂又像是痛苦。好奇的他靠近窗戶，眼前的一幕把十來歲的他驚呆了：一男一女赤身裸體地做運動（鎮上的人喜歡這般稱呼男女之間的性事）。女的是陳部長老婆，男的是誰，肖順利不認識。後來的事情？像是脫了軌的列車。陳部長老婆抓住肖順利，他看了多久，為什麼會被抓住，其中細節耐人尋味。總之他被那女人拖到了大庭廣眾之下，一口咬定他偷看她洗澡，要作小流氓論處。愛面子的陳部長怒火中燒，對肖順利連恐帶嚇，逮到鎮派出所關了一天兩夜。

肖勝利求盡人情後把肖順利領回家。肖順利就不肯再出門，一些不明真相的家長都禁止自家的孩子同他玩，老師開始把他丟在教室的後排角落裡。那對男女欲火燃燒扭作一團的場面，帶來厄運的呻吟聲經常光臨肖順利青春萌動的身體。他在一天夜裡發現短褲裡溼乎乎一片，快樂與害怕交織。他一天天沉默不語，神情恍惚。就這樣變痴呆了，於是人們說，肖順利神經了，他被嚇瘋了。

還有一種補充說法，肖順利在某天傍晚攔住了和他同年級的陳部長的女兒，強迫她做她媽媽做過的事情，又被人抓住，臭打一頓，人被打傻了。不過這事需要考證。

第一輯　少年眼

男人不是鎮上的。聽說肖順利在變神經的頭段日子裡，偶爾會從嘴裡冒出這樣一句話，當時沒人懂其中意思。後來又冒出些幫肖順利平反的說法。與陳部長老婆做運動的是那年下來驗兵的某部隊副連長，他在鎮上「運動」了五天，就杳無音訊了。女人是做賊心虛，倒打一耙。陳部長最終決定與女人離婚，因為後來她與另一個男人搞運動時，被對方妻子的幾個兄弟當場活捉。在「交代」中，陳部長老婆一骨碌地說出了以前運動過的物件們，她與陳部長迅速地辦理離婚手續，然後喝敵敵畏（劇毒農藥）自盡。這些是之後的事，可時間過去了兩三年，沒有人去同情無辜的肖順利，喜歡閒言碎語的人們都淡忘了他。

這些都是鎮上的老人們斷斷續續說的，羅生門式的拼湊，是否能還原真實的事件？人人都保持了短暫的緘默。

我也不能算計出，到現在為止，肖順利已經瘋了多少年。聽說肖勝利肝癌離世之後，那個裁縫女人還帶著他一起生活。裁縫店的生意冷清，女人的手上長滿褶皺，再也不能像以前那樣能麻利地抖出剪刀，她開始盼望有人上門搭訕，她也陷入了失語之中。前幾年我回到鎮裡看望舊日同學，遇到倚在康橋橋墩上嗑瓜子的肖順利，他神情頹廢，我一下子並沒有認出他來。他穿件深藍色的中山裝，布面掉了好幾塊顏色，下面是一條洗磨得發白的牛仔褲，很滑稽的打扮。他

的頭抬得老高，天空碧藍如洗，不知他在自我陶醉什麼。從鎮上人的嘴裡，他從一個沉默的小瘋子變成了老瘋子。他四十多歲，身體已經發福，一直沒有娶妻，頭髮禿去了大半，背有些佝，嘴唇烏紫，依舊沒有人聽到他說過什麼，即使偶爾咕噥的話也少有人聽清。他生活裡最主要的事件還是出門，像青年男女軋馬路般把鎮上的街巷軋個遍。逢下雨時節就扛著把黑傘，傘下的肖順利，背影有些蹣跚、惆悵，甚至是寒冷。有人說，肖順利在找一個人，為他洗得真正的清白。我想若真這樣，陳部長老婆早死了，而那個沒有第二次出現在鎮上的副連長，上哪裡找呢？陳部長也退休多年，隨嫁到縣城的女兒去了很遠的城市定居。他的院子賣給了從鄉下搬來的一個殺豬佬兒。殺豬佬兒常常喝酒，把調皮的兒子打得呱呱叫，兒子越叫，他越狠，像是在殺一頭嚎叫的豬。每當肖順利聽到那小孩傳來的叫喊聲，都會不由自主地抖動身體，臉上露出異常害怕的神情，焦躁不安地在屋子裡轉來轉去。

　　小孩叫喊的時候，肖順利的腦子裡出現的是一幅怎樣的圖景，抑或是一片空白？無人得知，也無人願意猜測，如同人們從沒追究過他沒有語言的生活，是怎樣走過那些安寧的晨光或風雨交加的暗夜。彷彿真是命中注定。

之失獨者：扎疼腳的釘子是孤零

從爸爸單位院子大門走出來，正對面十米遠處有一條小溝渠，平時溝渠裡沒水，溝底的亂石磚塊橫七豎八地擺列著，還有附近居民的垃圾，也被溝渠寬容地接納。只有到了夏天，鎮電排站為了減輕臨小鎮河流的壓力，才會放些水進來，只要稍稍開一點閘，溝渠裡就滿滿當當的了。春耕的時候，電排站也偶爾放幾次水。水從溝裡流過，不知究竟流到什麼地方去。

溝對面是鎮上的老居民區。連接溝兩邊的是三塊石預製板

「做」成的橋，可見溝是不寬的。三塊石板，各自的年代不同，有一塊已經壞了，但還藕斷絲連地凹在那裡，從沒有人要把它移走的意思。有時候，個別膽大的小孩子喜歡從上面走過去，大人總是說，你有本事你走，摔死了你莫找我。這當然是氣話，走了，也沒事。走斷橋的人並沒有死去。

我常常從斷橋上走過去，走向一條筆直的小巷。巷是露天的，我這麼筆直地走過去，要走過胡木匠家、郭篾匠家、肖瘋子家……足足有二三十戶，然後會在臨近巷子盡頭外，到達桔娭毑家。

桔娭毑應該不是姓桔的，到底姓什麼我也沒弄清楚。大

家都喊她桔娭毑，不管男女老少，也就再也沒人去追問過她的真名真姓。名字不也就是一個代號嗎？桔娭毑是一個矮個兒、偏胖的老婦人，她早年喪夫，兒子生了一場大病後離世。她從不肯住進鎮福利院去，居委會好心的大媽們提出這個建議，馬上就被她否決了。她說她絕對不會去，那裡哪是住人的地方！不是住人的地方，又是哪裡呢？不過這我沒敢問出來，這桔娭毑心裡琢磨著什麼，可真奇怪。

兩旁住的好些有手藝的人、做生意的人、普通住戶，包括那個瘋子，都被我認為是友善的。他們日復一日、年復一年地生活在小鎮上，尤其是那些老人，先後從小鎮離開塵世，帶著留戀的姿態埋進泥土裡，不知不覺。

桔娭毑的一生我知之甚微。我喜歡她胖臉上的親藹。她大前年去世後，媽媽在我身邊接二連三地嘆息：我們應該去看看她的。我猜媽媽一定是從縣城寬闊的大馬路上遇到鎮上的老熟人後，就念念叨叨地懊悔了。爸爸說，人的一生都有一個要去的地方。我正在一邊看書，目光雖然沒離開書本，但什麼也沒看進去。

我對桔娭毑的感情很深，但這種深怎麼也抵擋不住時間和空間的磨蝕。我常去桔娭毑住的小巷裡玩，親熱地喊她。桔娭毑總是逢人便誇我懂事。我和桔娭毑，誰是誰手中的風箏，迷糊得很，後來我走到縣城又走到更遠的城市後，風箏

就斷了線。桔娭毑曾是帶過我的三個保姆之一。媽媽生我時，一直在

　　離小鎮十幾裡外的小學教書，那個學校有多小，我是沒點兒印象了。我那時還在繈褓，媽媽要長途奔波，自然是不方便。在我一兩歲時，我就先後被放在學校附近的兩位老人家，各待過七八個月時間。我記得一個是媽媽學校老校長的老婆羅娭毑，一個是媽媽學生的母親夏娭毑。桔娭毑也就是在我三歲多時把我領到她的家中。那一年，早晨媽媽把我送到桔娭毑家，晚上又把我領回去。我只在桔娭毑家度過白天，從沒有經歷過夜晚。

　　桔娭毑信佛，她家低矮的堂屋中央供著一尊瓷的觀世音菩薩。堂屋一年四季很暗，頂多也只是亮一盞微弱的燈。關於在桔娭毑家那一年的細節，我的記憶零散。那麼小怎麼可能記得清楚呢？其他孩子對桔娭毑的屋子充滿了畏懼，主要是房子光線太暗，不知道在黑暗的角落裡藏著些什麼嚇人的東西，但那絲絲縷縷飄出來的香味又勾引著大家的好奇心。

　　桔娭毑靠什麼生活這個問題我沒想過，即使問了，大家也三言兩語說不明白。她好像是專門給人家帶小孩，可這怎麼能養老呢？現在想起來都有些不可思議。桔娭毑沒有工作，也從沒幹過任何帶副業性質的事。她唯一做的便是帶小孩。我還記得她後來領養過一個小女孩。

　　小女孩皮膚黑，頭髮稀，看上去營養不良。聽說是桔娭毑鄉下一個什麼遠房親戚家的，窮，養不活，又嫌棄是女孩，於是托給了桔娭毑。小女孩初次出現在小巷裡時，也是兩三歲模樣，被一個老人皺巴巴的手牽著。走進一個陌生的地方，心中的不安肯定是極大的。桔娭毑把這個我後來知道叫晴晴的小女孩牽回來的時候，我正和幾個小玩伴在巷子裡玩。我們都圍觀過來，因為小女孩使勁地哭，不肯進那間低矮的房子。桔娭毑就在一旁哄，光靠嘴巴哄是哄不好的，小女孩一個勁兒地嚷著要回家。情急之下的桔娭毑在身上亂摸，終於從口袋裡摸出一個小手絹包，拿出一塊花糖紙包著的牛皮糖。小女孩大概是從沒吃過，也很想吃這牛皮糖，竟然很快地停止了哭泣，一手擦著沒落盡的眼淚，一手緊緊抓著牛皮糖，跟著桔娭毑走進了那扇漆塊剝落的門。當時我們不懂事地對著桔娭毑喊：「桔娭毑，我也要吃。」桔娭毑剛剛晴轉多雲的臉上又露出為難的表情，但她還是對我們幾個小鬼高興地說：「下次桔娭毑買，今天冇得了。」

　　可想而知，一個小女孩對家的思念絕不會因為一顆牛皮糖而終結，此後桔娭毑要買多少顆糖才能阻隔那份思念。小女孩八九歲時，我曾在街上遇見她，她也認出了我，嘿嘿笑了一下，露出一口被蟲蛀壞的牙齒。這恐怕是吃多了牛皮糖的緣故吧。真是可惜，也不知道現在晴晴的牙齒長好沒有，

她是不是還那麼喜歡吃牛皮糖。

　　女孩在桔娭毑家生活了三年，也就是說在小巷裡生活了三年。這是桔娭毑最快樂最滿足的日子。但常常把桔娭毑給吃的東西悄悄藏著掖著的晴晴始終沒得到周圍小孩子的認可。大家在邊上玩，她是沒有參與機會的。不要她玩，還因為她笨，學跳皮筋誰也不願她是一夥兒的，她跳不好就總拖後腿。於是晴晴淚汪汪地去找桔娭毑，她喊桔娭毑是極具地方色彩的，「姆媽」，有點兒撒嬌的味道。

　　桔娭毑沒辦法，她無法影響以至改變玩耍得高興的孩子們的意願，就只好扯一根橡皮筋，繞在家門前的兩根木柱上，讓晴晴一個人玩。她在一旁唱：

　　周瓜皮，瓜皮周。周瓜皮的老婆在杭州，杭州杭州沒解放，周瓜皮的老婆賣冰棒，冰棒冰棒化成水，你說這能賣給誰⋯⋯

　　這是桔娭毑編的，還是她從哪裡學來的，我不知道，甚至這也有可能是桔娭毑小時候做遊戲時唱過的。我喜歡聽桔娭毑念唱周瓜皮的兒歌，看晴晴跳皮筋笨笨的樣子，她一跳錯了，就噘起小嘴，氣呼呼的。又要桔娭毑重新開始。桔娭毑坐在巷子路中間，邊補著什麼舊衣物邊重新唸唱。

　　有一天下午，桔娭毑家門口來了一對中年夫婦，鄉里人打扮。桔娭毑看見他們，臉色先是一變，然後熱情地讓他們

進屋。晴晴站在一邊，這兩個人就認真地看著，問她這問她那，還拿出買來的零食逗她。可晴晴好像膽小似的站在一邊，沒有伸手去接。桔娭䵻喊晴晴到外面去玩，留下中年夫婦在房子裡，半個多小時後，夫婦倆悻悻地走出門，還回頭說了幾句什麼，我們離得遠，什麼也沒聽到。桔娭䵻看著他們走了，連忙喊晴晴回家，抱著晴晴的樣子，似乎是怕別人搶走似的。

過了幾天，中年夫婦又來了，這一次帶來了大包小包的東西，他們是早上到的，到中午的時候，就見晴晴被男的牽在手上，走了。晴晴掙著男人的手大呼小叫，姆媽，姆媽。她哭得很凶，跟剛來時一個樣，但還是走了。那一整天，桔娭䵻的家門緊閉，誰也沒看到她出來。

後來聽大人們議論紛紛，晴晴是被她的親生父母要回去了。那鄉下人大概是條件好了，或是良心受到譴責。但這對桔娭䵻來說，無疑是給她的生活一種剝奪式的打擊。很長一段時間裡，無論誰喊她，她只是木木地點頭。她把自己關在房子裡，門或是虛掩的。我們再也沒見到桔娭䵻念唱周瓜皮的兒歌，那低矮的房檐下再也沒有晴晴笨笨地跳皮筋的情景了。

時間總會洗刷一切或深或淺的傷口，至少是給它們抹上一層別的東西。後來，晴晴的事就像沒發生似的，她也就是

桔婊馳帶過的許多的小孩子中的一個，只是時間長些罷了。平時我們很簡單地說，不愉快的總會過去吧！可有誰知道，對一個漸漸衰老的失獨者曾經造成的心靈傷害，像一顆釘子，扎進腳掌的骨隙裡，未見鮮血流，只有痛在身體裡如風中秋千般搖盪。

之失眠者：萬物皆有裂隙，身體不安如火

他四處宣稱，失眠時能與各種神靈鬼怪相遇。他是鎮上最嚴重的失眠症患者。

有人在身後喊他：「江跛子，昨夜見到了誰？」他憑聲音判斷對此人的好惡，才決定轉身與否。對於鎮上最遊手好閒的人，我也從未聽過有人叫他真正的名字，他並不姓江，因為自稱是跑江湖的，「江跛子」就成了這個江湖中人響噹噹的外號。他的腳有殘疾，也不知是從哪天開始變得一長一短。我老家的土話就喊這樣的人「bāi 子」。

江跛子假若氣定神閒地走路，不細看是看不出殘疾來的，可只要他走得稍快點，兩條腿就像兩根不同高度的彈簧，一起一伏，很有節奏和動感。他總是吹牛，把「小把戲」三個字掛在嘴邊，我江跛子搞麼子事不是跟玩小把戲一樣。他看到我們這群喜歡圍觀他的孩子，也對我們大喊，小把戲，來來，來。

　　從我記事起，江跛子就有這麼老了，瘦削，滿臉皺紋，眼睛斜吊著，透出一股陰冷之氣，十步之外也能聞到他身體上的汗臭味。母親們嚇唬那些夜裡吵鬧的孩子，往往會說，再哭再鬧，讓江跛子把你收去做徒弟。江跛子的徒弟，就意味著他即將與蛇、匕首、鮮血等怪異可怕的事物在一起，連他自己的兒子都不喜歡父親的這些東西，何況別的孩子。於是，哭聲大多會戛然而止。

　　江跛子以流浪為榮，聽說他年輕時拋妻別子，孤身闖蕩江湖，終成「有名人士」。在鎮上他算得上一面旗幟，可豎起了什麼，沒人說得準。江跛子到過些什麼地方，他的光榮歷史，他不說便沒人知道。他天南海北地炫耀去過這裡去過那裡，大家半信半疑地點頭，似乎是大人在看小孩子玩把戲，心底裡在說，讓你玩，看你玩出什麼名堂。雖然壓根兒談不上榮歸故里，但還是有興趣濃烈的人終日圍繞在他身邊，遞菸，點火，要聽他瞎玄（侃）「江湖風雲」。江跛子天生就會說，雖然他口角唾沫四射，但故事的懸疑讓人忽略了這一毛病，還有他一身的異味。要說到他身上的異味，以臭為基調，又像是打翻了五味瓶，籠統地調和在一起。

　　江跛子的失眠由來已久，在他跑江湖的年月日裡，他投身最便宜的旅館，或者借宿鄉下人家，也有過露宿街頭，他常常睡不著，看著黑暗的天空中眾多死魂靈行色匆匆。有

次，一個長袍緊束的肥胖尊者駐足問他，從何而來，往何地去。他尚未回答就被遺棄，胖尊者早已鑽進影子叢中消失。那個地界看起來並不美好，這是江跛子掛在嘴邊的一句話。回到鎮上，他說整夜不眠但次日依舊抖擻，人們是不信的。但他會說出夜裡鎮上那些熟睡者不可知的不正常響動。比如李三大概幾點出門便溺，張四又夢遊了，趙五的孩子生病鬧了，王六的老婆快樂地叫喊了。當事者要麼諱莫如深，要麼爽直地認了。所以人們相信了他的失眠。有好心人同情他，幫他尋訪中藥；有好事者鼓勵他，多去攀附神靈鬼怪，練就通靈術，給人掐算今生與來世。但後來他老婆無意與人說起，睡著了像頭豬，鼾撲撲的，翻個邊也不會。人們就捂嘴偷偷笑了。

　　江跛子的老婆年輕時長相不壞，只是一隻眼睛有些見不得光，眨巴眨巴的。她是個潑辣的女人，但江跛子有辦法對付她。他總結為，嬉皮笑臉，打罵不還手，家裡寸事不管。到吃飯時間，回來嚼口飯，喝盅酒，吃完就出門。在江跛子外出十多年的時間裡，她一泡屎一泡尿地拉扯大三個兒子，自己也成了一個形象醜陋的老女人。她一天到晚就是在屋子裡轉悠，逢太陽天就把變成醬油色的被褥搬到陽光下晒，把一桶桶衣服、被單提到藕池河去洗，攪得河面立刻浮起一層油彩似的。她像不辭辛勞的螞蟻，為過冬儲存食物，把一個

家操持得有模有樣。更狠的是，她在江跛子兩耳不聞家中事的情況下，操辦了兩個兒子的婚事，送高考落榜的小兒子去部隊服了三年兵役。這是大家對這個女人刮目相看、佩服得五體投地之處。

江跛子在外面的那些年頭終究沒玩出什麼名堂，但他兒子發達了，搞了錢，養了漂亮情人。二〇〇〇年初，我就聽說這三兄弟在沿海某特區城市混得有模有樣，還跟政府官員接觸頻繁，打拚著娛樂和飲食行業的天下。但人們津津樂道的是他們的原始積累，手下管束著幾十、上百個小姐，踩著她們的身體開始「榮華富貴」了。他們回來很少，偶爾其中一個回來，便到處炫耀，逢人便說的一句話是：到××，你只管找我，沒我們兄弟擺不平的事，但是在鎮上，誰動了我媽一根毫毛，老子就把他全身毛刨光。他們的孝順，倒是真真確確的。

兒子不管爹，所以對於兒子的發跡，江跛子的態度有些曖昧，他似乎不太願意在鎮上提，甚至好幾次他喝醉了，就破口大罵三個兒子，靠女人發財算個屌。有人在一邊像是勸又像是諷刺地說，莫罵自己囉，還不都是你個跛子搞出來的。江跛子說是說，但他對兒子帶回來的好菸好酒來者不拒。「不吃白不吃。」他偶爾大方地給旁人遞菸時顯得無比開心地說。

第一輯　少年眼

　　早些年，江跛子在家庭經濟一度陷入困境時做過各種營生。他最喜歡最拿手的就是玩江湖把戲。呵呵，掙點小錢。他在鎮中心的街口，用白石灰畫一個圓圈，把幾個隨身背的袋子丟在周圍。袋子髒兮兮的，看不出裝了什麼。好奇的人圍了幾圈，面對沉思不語、劃手劃腳的江跛子議論紛紛。聽江跛子誇口，他要表演幾個絕技，都是真功夫。

　　它們的名字我到現在還記得清清楚楚，匕首刺腕、借屍還魂、口吞毒蛇。表演之前，他往往耍弄很長的時間，他的時間是可以無限浪費的，但別人不行。有人沒有耐性，走了，但總有人不斷地圍過來，擠個水泄不通。我們小孩子對這些是最感興趣的，蹲在最前面，一溜圈兒目不轉睛地盯著，等待他把一個個把戲展開。

　　匕首刺腕。現在想想真是太假了。裝模作樣流的血是那種劣質紅墨水，顏色淡，有時候還是粉紅色的。但當時我是那麼緊張地看著他用一把亮晃晃的匕首扎進右手腕，匕首尖銳的一頭從腕背露出來，還可上下活動，彷彿腕是空心的。那把匕首的柄是木頭的，包了幾層黑塑膠膠，柄尾部吊著一簇紅布條。匕首看上去是鋼製的，江跛子遞到我面前，我不敢摸，我怕他把匕首扎進我的手腕。他舉著帶匕首的右手腕，右腳一顛一顛地繞著觀眾，走了一圈又一圈，一句話也不說，臉上的神色是莫名的驕傲。那「血」是不常流的，看

他心情好不好。如果心情好，有人嘀咕，沒流血？他就會裝作痛苦不堪狀，彎下腰身，另一隻手往懷裡掏，等他站起來，手上的「血」開始流作一攤了。他的臉上露出的是燦爛的笑。

還有「借屍還魂」。他能把觀眾堆裡一個人身上的某件小物品從空中抓過來。比如手錶、鑰匙、錢包。我見過一次，他真的把家住堤邊的老伍的手錶抓走了。老伍當場一副目瞪口呆的樣子，還帶頭鼓掌，還要拜師學藝，差點兒當眾磕頭。後來我追著問老伍真是手錶被「抓」走了，有什麼特別的感覺沒有，老伍笑而不答。再後來，我見到老伍與江跛子常在一起喝酒，親熱巴巴的樣子，還不時聚頭竊笑。我就懷疑兩人在搞什麼名堂，要不然，每次都是老伍身上的東西不見了，一轉眼「真」到了江跛子手上。

只有「口吞毒蛇」，我沒看到，一直感到遺憾。好些次他在前兩個節目上耗去的時間太多，天色晚了，大家沒了多少興趣。有一次當他真要表演時，我被爸爸從人堆裡抓出來，後腦殼被堅硬的指關節敲了幾下，然後急匆匆地往學校趕。在課堂上，我滿腦子浮現的都是袋子裡動來動去的蛇，還有江跛子把蛇吞進去吐出來。我放學後趕過去，可惜散了。我問別人真看到江跛子吞毒蛇了？答案不一。有人帶著神氣的口吻對我說是的，毒蛇吐著信子從鼻子裡哧溜地爬出

來，還用手指頭示範鑽出鼻洞的動作；有人說，信他個鬼，全是騙人的把戲。我就一直後悔著，哪怕他最後沒表演成功，哪怕是假的，讓我親自上當受騙一回也心甘情願。

江跛子做這些把戲，多多少少「騙」到些錢。然後他把錢用到了哪裡，給家裡老婆了，還是買酒了，沒人曉得，恐怕是後者可能性大些。

江跛子是去年死的。他的死與醉酒有關，也與失眠有關。鎮裡人都知道他是個酒缸，有多深，沒人探到過底。許多和他拚酒的人都敗下陣，下次見面手一拱，匆忙走了。但那個階段，他的失眠又犯了，唯有喝酒，把自己灌醉，他就能忘記自己是失眠還是睡著了。失眠讓他遺忘這個世界，醉酒是唯一的拯救方式。那天深夜，他在老伍家喝完酒孤身一人回家，不小心掉進老伍家院後的糞坑裡，他拚命掙扎喊救命，而老伍早已醉迷糊了。等到第二天路人發現時，江跛子奄奄一息地攀著糞坑邊沿，有氣無力，半邊臉耷在臭不可聞的尿糞中。他老婆燒了三大桶熱水，一遍一遍地給江跛子洗，還擦肥皂，倒花露水。進去看的人都摀著鼻子出來了。怪味，以前他身上的味道就是這種味。還有，江跛子的樣子太難看了，只是臉蛋看似白了些，皺紋一條條舒展開，他老婆從頭至尾沒哭。大家這麼說。

江跛子兩個兒子回來了，聽說老三犯事暫時被關了。這

小子太囂張，鬧得挺大，用錢也沒弄出來。但江跛子的後事是不能等的。他的二兒子要把喪事辦成鎮裡有史以來最隆重的。光道場就做了七天，同時也唱了七個晚上的夜歌。出葬那天，鞭炮聲不絕如縷，街面遍布寸厚的紙屑。江跛子的老婆瘦成一張薄紙，歪膩膩地躺在頂著遮陽蓋的竹椅上，兩個人抬。比起抬江跛子的二十四抬來，她顯得可憐兮兮。

關於江跛子的葬禮，還要說的就是它成了他兩個兒子那些三教九流的朋友們的聚會。每天吆五喝六，打牌，喝酒，說些黃色笑話，逗得塗脂抹粉的女人們笑得花枝亂顫。到了最後一天，江跛子大兒子的朋友一家前來作上祭，中途出車禍，除了司機重傷，那朋友一家和小汽車都廢了。有人說，江跛子在走向地府的路上，還不忘記胡亂抓幾個同行者。他一定又是喝了酒，人老了就這樣，喝點貓尿連東南西北都分不清了。

有時候人們還聚在一起嘆惋的是，江跛子終究沒有在失眠的幫助下學會通靈術，而且死的前幾年他已不再耍什麼把戲了，在他兒子提供的物質享受下，他漸漸「墮落」成一個更加遊手好閒的人。從大家交談時冷漠的表情中看出，江跛子和他的把戲是被時間帶走了，他那不安的身體裡躲藏著的最有價值的失眠，跟著他的死亡也變得一文不值了。

▌塔敘述

1

那是一片灰撲撲的老城區，黑色的、赭色的屋脊，高低交錯，覆蓋傾軋，波浪翻滾。目光投過去，屋脊把一塊塊光折射到遠處的天幕、山巒、湖泊，瞬間刺痛眼睛。

塔就站在一眼望不見盡頭的「波浪」之上。瘦削的身體，穿一身褶皺青衣，臉色永遠蒼白。它望著眼皮底下的屋脊，一聲不吭，像個落魄男，換個角度，又變成一位風韻猶存卻伶仃寡歡的失魂女，冷冰冰地打量斑斕世界，卻無論如何也興奮不起來。

這尊塔，記錄了我對這座城市的最初印象。二十年前，我懵懵無知地「探」進這座城市。成長於鄉野之地的少年，十三歲半離家，尚未脫去稚氣，硬生生地闖入一個不知日後將會發生怎樣密切關係的新天地。那時候，我乘坐的大客車要搭上輪渡才能抵達城市。汽車排著老長的隊伍等待，把前面的車擠上船，然後等著後面的車把自己擠上去。我在車上伸長脖子，也看不清城市的面目，只能眺望車窗外一湖闊朗的水波。

我從小在水邊上長大，但水與水是不同的。溪入河，湖入江，歸於海，兒時課文中的書寫，讓水擁有了不同的氣質

與姿態。流年似水，水付流年。這座城市的古老與盛名，也依賴於一湖水的源遠流長，和水在遙遠歲月獨占的交通優勢。我的中學語文老師，一個嚴肅老頭兒。好些次去他們家蹭飯吃的餐桌上，他侃侃談到未來我必將通過的這座城市，提到了水的北通巫峽、南極瀟湘，水的朝暉夕陰、氣象萬千，但我卻記住了他只用簡單幾句話描述的那尊塔——「日出之初，影射重湖，鎮洞庭水孽。」他把這行字寫在紙上又輕輕地擦去，淡淡的字跡在我的腦海中翻蕩成一幕幕兒時連環畫上看到的影像，災難、搏鬥、吞噬、獻祭、平息、寧靜……我還好奇那「妖孽」存在的真假、長相的美醜（多數是猙獰恐怖）、搏鬥的輸贏，直到新的好奇將此覆蓋。

水挑撥起我對塔的嚮往。在我「渡」到這座城市的漫長分秒中，呆立水邊的塔，在旁人的指點下，若隱若現，塔撐起的那片天地，緊緊攫住我的目光。被時光遺忘的舊物，在水的波光浪影中，戴上一道神祕而模糊的光環。

到城裡學校安頓好不久，我就向人打聽塔的準確位址和前往方式。那時沒有百度、高德等導航之說，嘴巴是唯一的嚮導。我那些從各地聚集的同學，似乎少有人聽說過塔的名字，這讓我有了一種莫名的驕傲感。但當我夾著鸚鵡學舌的普通話向本地人詢問時，平翹不分的發音，他人眼神中飄過的嘲笑之情，模稜兩可的回答，又嚴重挫傷了我的自尊心。

　　彷徨、猶豫，像一團濃密的煙霧揮之不散。那些不盡如人意的描述，讓一個初來乍到的少年極容易迷失在並不寬闊但縱橫交錯的街道上。地名的生疏、路線的重疊，讓腦子一片糊塗，一次次求證，我在紙上畫下一根根長短不一、標示距離的線條。這成了我手繪的第一張地圖，夏天的尾巴生長出來才完成。

　　我終於決定在一天下午出發，去看看「離得不遠」的塔。我從位於城中央的學校走出，頂著再度進攻的茂盛暑熱。路經服裝店、餐館、商場，我毫無興致光顧它們。那時的公共交通不發達，我也壓根兒沒打算掏出少有的幾個零花錢替代我那健康的雙腿。汗涔涔的手，不時從褲兜裡掏出一張正反兩面都畫著路線圖的紙。紙面的褶皺，跟腳下的路面一樣坎坷不平。我摸不準走了多長時間。夜色漸漸衰微，從紙上延伸到眼前的這條路，雜草、麻石、沙礫、坑窪，磕絆著我的腳步。後來我走上一條沿湖道路，岸邊齊腰深的青草翠葉，在湖風的揮舞中左搖右擺。圓日吻著水際線，發出越來越暗紅的光，沉落的速度越來越快，我縶緊身子向前走，道路另一側，高大樓群、茂盛林木之間的光線剎那間變得暗淡。

　　手繪地圖變得不再可靠，嘴巴當起了「嚮導」。「沿著這條路往前走，過兩個路口。」「到前面雜貨店往左拐，下

一個路口再右轉。」……沒有東南西北之分，沒有某某路名之說，一直是這座城市居民固執的指路之法。我琢磨著「快了快了」，催促著自己加快速度，卻又在視野裡搜索不到塔的存在。抵達似乎變成一件越來越遙遠的事。我一點兒都沒心情欣賞遠處湖面上金光萬道的迷人景致，只看到宏闊的湖面像頭巨獸，張開褐紅色的嘴，吞掉落日，直接吐出一縷縷淡淡的墨液潑滿天空。

2

一條狹長的路在腳下鋪開，兩邊的店面裡有幾家閃出模糊的光，經年積壓混雜的魚腥味瀰漫。氣味裡會跳出魚折騰著身體和內臟汙穢的畫面。路的盡頭是一團無法判知方向深淺的墨黑。

「到了魚巷子，就離塔不遠了。」指路人的答案符合此刻的場景。魚巷子是水邊上的一個集市，過去多少年，那些漁民打魚上岸，就在附近交易，久而久之成為遠近聞名的魚市。不安的內心，迫切地需要證實離塔的遠近。一家漁具店前，幾張小方凳拚成的飯桌上剩幾枚空碗，一個膚色黧黑、光膀子的老男人打著酒嗝。女主人撤走那盞光焰如花骨朵般的油燈，我們眼前的光亮一下湮沒在黑暗之中。我怯怯地問：「這裡……塔還有多遠？」老男人優哉地晃著他屁股下

第一輯　少年眼

那張吱呀作響的搖椅，舌尖在齒縫間剔尋殘餘的菜渣。他瞟了瞟面前滿頭大汗的少年，驕傲地笑著，然後吐出猜謎般的八個字：「遠在天邊，近在眼前。」他的回答讓我欣喜地抬頭四顧，卻又很快掉進一口枯深的窨井。眼前是一片靜謐，黑黢黢的靜謐。我只能借著星星點點的亮光，勉強辨識路邊近處的水泥電線桿、挑起的屋簷、伸出來的店鋪棚罩，卻看不到「近在眼前」的塔。後來被我證實，塔離我的直線距離也就兩三百米，升起的濃密夜色，把塔隱匿進一片虛無之中。

可憐的我睜大眼睛，在熹微的亮光下辨認著那一排排老屋，闃寂無聲，似乎一挨夜，人與房子就整齊地進入了夢鄉。一片片屋脊，像潑開的墨，往夜晚這張鋪了底色的大宣紙的另一頭跑。塔呢，站在屋脊上，輪廓線向四周漫開，一花眼就溶化在夜色中。

待我懊惱地離開，夜幕下一個聲音攔住了我的腳步。「喂！」我站在聲音面前，等待更多的聲音從夜色的海底遊上來，可光膀子的老男人只是對我揮了揮手，我把那理解為催促我離開。他的奇怪之舉，讓莫名的恐懼潮汐般占領身體，我加快步伐，然後，忘記正在進攻的飢餓和疲倦，撒開腿奔跑起來。

出發前的滿懷欣喜，像一團即將熄滅的火焰，冷懨懨地撲閃著。陌生的城市，陌生的街道，陌生的夜色，一次次衝

鋒陷陣，我拚命頂著，找來各種可以撐擋的堅硬物體。放棄是可恥的，成功歷來離失敗僅一步之遙，我默念曾經摘抄在日記本上的勵志句子告誡自己。你可以想像，一個少年，為了一次抵達，要走過多麼繁複的心路，經歷一場千情萬緒的戰鬥。

我與塔的第一次遭遇便這般潦草地結束。長在屋脊上的塔。屋脊塔。這是我篡改的稱謂。它匍匐在我記憶的叢林深處，雜草淒淒，滿身孤獨，蠱魅搖盪，被時光的洪流掩蓋。

3

二十年後，我離開這座城市，揮之不去的城市影像裡，眾多的建築標識、人事往來，在腦海中你起我落、熙熙攘攘，而塔的形象一直是跟隨著夜色、暑熱和老男人的怪舉抵達的。這二十年，我也說不上有過多少次一個人或陪外來朋友看塔的經歷，每一次的場景彷彿都是流動的，只有塔寂寞而淡定地站在那裡，看著奇奇怪怪的人們在老街上走來走去。

「磚石結構，樓閣式，七級八方，實心，塔基、塔身和塔頂三部分組成，整個塔高度為三十五米（也有通高三十九米之說，數位的差別不知從何說起），占地六十四平方米。」這是輸入塔名三個字即可百度而知的訊息。誰也沒有登上過

塔，去眺望水的風光，塔的實心，注定它只能簡單成為這座古城的一個特定座標。水在老城區劃下一道邊界，城市長大的步履，在這裡停下，只有不斷地往東走，越走越遠，日新月異，而滄桑的老街則愈加沉寂冷清。但老居民和外來者，每每談起這座城市，都無法回避塔的存在。他們需要從塔出發，像尋找寶藏的入口一樣，才能拼湊出一個記憶中的城與市。

　　塔的四周擁簇著密集的院落和民居。人間煙火常年四季薰染著它。黃昏時分，一些不知名的飛鳥，一撥飛走一撥飛來，繞著塔尖這一圓心，力氣飽滿地旋轉。

　　一九五六年，塔躋身「省級重點文物單位」名錄，還確定了「塔東面十五米，西、北、南三方向外延伸四十米為保護範圍」。這些檔上的規定，在實際中走了樣。四周矮小的房屋將塔緊緊地束縛，周邊與房子的距離不超過一米。這是讓很多人產生塔長在屋脊之上的錯覺的根本原因。

　　年代舊遠的房子，破舊、褊狹、黯淡，有的撿拾得井井有條，有的則凌亂不堪。雨季過後，沿線房屋的石牆基座爭先恐後地長出青苔，這些深綠色的生命，見縫插針，從磚縫間一叢一叢地盛開，還殘留著前些時日的雨水，昔日的繁華像毛茸茸的苔蘚中的蜉蝣過客，只剩下今日的冷落。塔身轉角倚柱處搖曳著一叢叢蓬亂的青草，磚縫間的青苔點綴，平添了幾分淒涼之感。

　　年過七旬的老頭兒曹岳欣，喜歡坐在他陰暗逼仄的房子門口，盡其所知地跟來訪的人閒聊有關塔的一切。這是個熱情的老頭兒，在當地報紙的報導中出現過多次。十三歲學藝，省吃儉用，買房安家，在塔下幾十年一晃而過。塔、房屋變舊了，那些熟悉的老鄰居都變沒了。老頭兒嘆氣，聲音在彎曲的巷壁上碰撞，拖一個長尾巴跑遠。跟著他去認巷弄裡的老建築，坡下的一棟兩層木樓，百年歷史，保存較好，但空無一人，解放前屠戶出身的主人早已辭世，七十多歲的兒子退休後住在單位分的社區裡，也不租賣傳家的祖屋，只是讓它獨自承受著歲月的風吹雨打。

　　某一次，我路過，又鑽進巷弄，塔下站著一個頭髮稀落的男子，他那顆略微偏大的頭，安在一個矮瘦的軀體之上，給人滑稽之感。他抬著頭，嘴裡排列著一串阿拉伯數字。看到從瓦簷下走出來的我，他望了一眼，又接著數，一根粗壯的手指在空中點擊著。他神情嚴肅，旁若無人，彷彿是一場正式演出。

　　我不敢冒失發笑。我不清楚他在數什麼，很好奇地站在他的身後，似乎也加入演出之中。他數數的數位在向上增長之後，我發現，他會跳開，或者又回到一個莫名的地方重新開始。曹爹從石階下的屋裡推門走出來，吆喝著男子「回家」，罵了句髒話：「媽的屁，數了幾十年，你還沒數清

楚。」然後對我使了個眼色,指著腦袋示意。「譴,譴!八萬八!」男子嘻嘻哈哈地笑了,嘴角竟然不自覺地淌下一縷淡淡的涎水。

曹爹的眼神,讓我明白了男子的怪異舉動。他可能是這條老街上的原住民,想數清楚塔是由多少塊磚壘起。青灰色的磚,一塊塊重疊,從來沒有人想過要知道塔磚的真實數量,只有一個傻子。

確實沒有人去認真思考過,這座塔要壘砌多少青磚。這是個多麼無聊的念頭。侵蝕、鬆動、風化的一些磚塊經常會在夜晚墜落在四周的屋頂之上,不堪一擊的屋瓦,有的被砸裂,一到雨天就闖禍漏水。家境不好的家戶主人就去找街道和社區的幹部。幹部們經常為此慍怒,可憐巴巴的辦公經費填補不了幾個裂漏,這些房子搬不動,居民不願遷走,補償的標準永遠不會讓整條街的人滿意。

4

塔一路走來,它的名字、出身、變遷,常為人們爭議或遺忘。歷史、傳說、戰亂,模糊了追證的準確性。有關塔的考據,一度讓這座城市裡幾個熱愛歷史的老頭兒爭得面紅耳赤,「晉創」、「唐建」、「宋造」,爭議的還有塔的來歷,一說是壓邪的風水塔,二說是禮佛的佛塔,沒有定論,唯一

無法辯駁的事實是活生生站在眼前的塔本身。

與那些反覆考據過的史料比照，我更喜歡口頭相傳的傳說——從前，水妖作怪，老百姓苦不堪言，決定集資建座寶塔鎮妖。附近一戶人家，家人被水妖掀起的惡浪吞沒，僅剩寡婦慈氏。聽說要建塔，她便把多年積蓄的錢全部捐獻，還日夜前往工地為造塔的人燒茶送水，人們為了紀念她，就以她的名字給塔命名。而另一個傳說，說的是竣工之日，修建者提議，要讓塔顯靈，則需要一個童男或童女守塔育魂，慈氏之女勇敢站出來完成了生命獻祭。

慈氏之名從此流傳的版本還來自彌勒梵音「梅怛麗耶」的翻譯。「梅怛麗耶」這一美麗的乳名，源於一位名為孟珙之人的佛心。孟珙何許人也？一次次撫摸塔下方的碑銘，字體凹陷，字跡暗淡，湊得很近方可辨認那蓋棺論定的說法：南宋淳祐二年

（一二四二年），孟珙同時建寺、塔。身為隨州棗陽人的孟珙，出身武將世家，曾率領父親留下的「忠義軍」於荊襄、洞庭湖一帶與金、蒙軍隊戰鬥百餘次，威名赫赫。《宋史·孟珙傳》記載：「珙忠君體國，可貴金石。遠貨色，絕滋味。亦通佛學，號『無庵居士』。」這位虔誠的佛教信徒，在戰爭期間發動當地商賈、豪紳募集資金，採用青磚修建了這座樓閣式寶塔，立塔教化後人「善良為本，慈悲為懷」，

並以彌勒佛之意命名。塔身磚石壘實，八方不留縫隙，則表達出他抗擊元軍、收復河山的堅強決心。

我在圖書館翻閱塔的「前世」，眼前時常會浮出另一種景象——孟珙將軍對佛塔的裝飾十分考究，他從第一層起，在每層東、西、南、北四個方向外各建一佛龕，全塔共建二十八個佛龕，裡面各用青銅鑄造一尊釋迦牟尼佛像供奉其間。塔頂用黃金鑄造了近兩米高的圓柱，柱頂立一金質圓球，在太陽的照射下金光璀璨，意謂「佛光普照」、「法輪常轉」。每層八角簷上各掛了一個用紫銅打造的「法鐘」，湖風吹來，銅鐘自鳴，意謂「警鐘喚醒夢中人」。而如今呈現的，佛像、佛龕、銅鐘、金頂早已不見蹤影，被時間搶掠一空的塔，只剩下建築最初的式樣。

二〇一四年十月，也就是我離開後不久，文物管理部門開始著手整飭塔的硬傷和塔下的環境。家家戶戶牆壁上，鮮紅的數字，裝在一個歪斜的圓圈裡。有據可考的大事記裡，南宋淳祐二年及以後的元、明、清各朝均對塔進行了不同程度的維修，最後一次是清嘉慶二十四年。這意味著距離最近的一次維修已是一百九十五年前的事了。

再看到滿腹心酸的塔，被鏽跡斑駁的鋼管包圍，像困在厚繭中的蛾蛹。搭起來的腳手架，塞滿了通道。過往的人必須小心翼翼地穿行。入巷口破產改制的水運公司舊辦公樓剛

經歷過一場火災，標牌上的設計圖樣是它未來的面貌，塔下民居的破損屋頂在大面積修補，尤其是塔自身的加固和修復，都將是空前的。當地媒體持續關注這一維修大動作，不時往外透露進展和發現——

「根據搭架實測的現場觀察和調查了解，發現在塔身第五層北、第七層西壁龕中均保存有完整的佛像；第四層南、北兩側，第五層西側，第六層南、西側等，都發現有佛像殘片。此次實測共發現完整的佛像三尊、基本完整的兩尊、半身的三尊。這些佛像為陶質，有明顯的彩繪痕跡，且形態各異。經專家初步鑑定，保存完整的三尊佛像價值較高，其時代不會晚於明代。

「尤為可喜的是，還在第四層南面和西面壁龕中發現了石刻碑文和銘文磚等重要文物，詳細地記載了嘉慶二十四年維修的情況和承修人、監工、工匠和塑造二十四尊佛像人的姓名等，填補了該塔維修史中的空白。」

當讀到這些新聞的時候，我非常納悶：這麼多年來，竟然沒有人發現這些。

我與在現場報導的媒體朋友探討這一話題，深深地感慨地方文物保護意識的淡薄，又驚嘆塔的種種神奇。抗日戰爭爆發後，日軍幾度摧之而未毀。一九三七年到一九三八年間，日軍飛機先後在城區投彈三十多次，南津港鐵路橋、洞

第一輯　少年眼

庭路、柴家嶺、油炸嶺、乾明寺街、南嶽坡、梅溪橋等地大量房屋被毀，街道幾近廢墟，而塔兀自歸然不動。一九四〇年，日軍進城後，欲進塔尋寶卻找不到塔身入口，遂採用小鋼炮轟炸的辦法，所幸的是除第二層塔身上留下幾個小洞外依舊屹立未毀。朋友說就此事求證過一些史料和當地老人，言說一致。

「那是佛祖的護佑。」說話的陳姓老人，住塔左下方的一獨門獨戶的小院。我敲門而入時，院裡香火飄繞，供奉平安。他自稱祖輩幾代安家這裡，最有發言權。他的曾祖父進城學藝，攢錢買下這小院，看中的就是塔的吉祥，有佛光的照耀。他聊起「文化大革命」期間，破四舊的「紅衛兵」與「造反派」達成共識，要拆除這座迷信之塔，以示「革命」決心。塔的四周搭起了趕製的腳梯，盛氣凌人的小將們要從塔頂一層層剝落愚昧人民群眾的象徵。關鍵時刻，來自中南海周恩來總理的一道「必須保護國家重點文物古跡的重要指示」，保住了這孤苦的生命。

「這也是佛祖的護佑。不然的話今天早看不到塔了。」老人的語氣不容置疑。但當提到那些沒有被日寇盜走的八角塔簷上的紫銅「法鐘」和佛龕內的多尊青銅佛像，他搖搖頭，說不清去向，眼神裡浮上一片茫然。

5

老城區越來越看不到活潑的氣息，像嗜睡的一群耄耋老者，天色擦黑就睏倦了，而塔，也半睡半醒，無精打采。

二〇一三年七月中旬的一個晚上，離塔十餘米遠的民居發生火災，一場沖天大火，讓附近的人們從夢中驚慌失措地爬起來。木質結構的房子，一旦著火就難以控制，人們眼睜睜地看著火勢迅速蔓延，呼嘯的消防車從狹窄的通道艱難地駛近著火點，奮力撲救之下，還是有四戶人家燒成灰燼。撲騰的火舌，呼哧，嗞啦，嘯成一道銳利的聲響震盪著人們的耳膜。火光舔舐著塔瘦弱的身軀和蒼白的臉龐。多少年來，它在夜晚從未如此耀眼過。

塔最終安然無恙。事後查實，又是一起因電線老化造成的火災。知情人站出來嘆息，被燒的房屋是民國時期的建築，過去是水運公司的辦公樓，後來被一些員工瓜分居住甚至轉租，徹底成了民宅。這一片的房子哪一間不是有著可追溯的時光。

驚悸未定的人們耿耿於懷的是，在這片老城區，同類起因的火災一年總有或大或小的幾起發生。舊房子無法拆建，使用多年的水管電線都變得弱不禁風。沒有人管，也沒人管得了。對老街文物保護的規定、拆遷還建的巨大經濟成本、紛繁複雜的群眾工作，成為一把「雙刃劍」。擺在人們面前

最棘手的，是那些茂密的房子，房挨房、棟接棟，火災極易
吞噬掉這些為許多人遮風擋雨的家。

　　火是塔的敵人，自古往今有多少精緻的木塔毀於一場場
火災。我從有關中國建築史的書籍中翻讀到，中國古塔是東
漢時期隨佛教從印度傳入的，是印度佛教建築「窣堵坡」（即
墳塚）與中國傳統閣樓建築相結合的產物。而中國早期的塔
都是木塔，且多為閣樓式或亭閣式，形成了具有中國特色的
塔式建築。我曾固執地想像，木塔的易腐蝕、易蟲蛀、易火
災，矗立眼前的它也沒能逃脫毀滅重生的宿命。

　　遠離城市的密集燈火，塔身處的環境顯得格外幽靜孤寂。
住在周邊的居民，多數是些有傳統手藝的老人和那些破產改制
企業淘汰的中年人。在那些曾經紅火的冰棒廠、百貨公司、五
交化公司等單位進進出出，日子殷實，生活安泰，而如今，潮
溼、破漏、黑暗、孤獨、疾病，伴隨他們在十幾平方米的舊宅
裡重複著杯盤羞澀的起居。病痛的呻吟，悲傷的喘息，在這裡
回蕩成更幽冥的孤獨。我認識的一對夫妻，雙雙下崗後靠打零
工維持一家人的生計，上有九十多歲的母親，下有尚在求學的
兒子。他們家唯一的電器是一臺淘汰的二手彩電，十八吋，
球面螢幕，變形厲害。這般經濟狀況的家庭比比皆是，貧富差
距，讓腳步緩慢的老一輩人被束之高閣，「兒女」這一代年輕
人從這裡的出走，就成了他們的希望。

塔敘述

　　塔懷著複雜的感情，看著那些面色如雲翳般愁展不開的人們。我去的次數多了，有時就坐在幾個老人中間。他們七嘴八舌，記憶之閘洩洪，泥沙俱下，唇齒之間，命運沉浮。

　　一個年輕的父親，甩下年幼的兒子，沿著湖岸往南，走上繼續往南的鐵軌，在塔的注視下走遠。無業遊民、懦弱寡言、性格乖戾，妻子跑了、老父多病、孩子智障，種種不幸接踵而來。人們議論著他出走的衝動，和他還會不會回來。他乾瘦的兒子在一旁冷不丁插嘴：「我爸爸會回來的，他不會迷路的。他看到塔就找到自己的家了。」人們一陣啞然，掉進一片愕然之中。

　　獨居的老婦，從不讓人跨進她的家門。據說她年輕時貌美嬌豔，迷倒了不少志在必得的英俊青年，卻喜歡上一位其貌不揚的有婦之夫。那男的居然為了這份愛狠心毒死髮妻並拋屍湖中，然後高調對外宣稱妻子不忠跟人跑了。死者娘家兄弟不肯相信，請來法師向塔請靈，碗裡的清水竟然瞬間顯現女人的愁容，紙條沉入碗底，法師由此得出遭人謀害的結論。娘家兄弟花錢請人四處搜尋，最後意外從下游漁民打撈的棄屍中認出了遇害的女人。正祕密準備新婚的男人慌了神，惶惶不可終日，最終把罪行向心儀的年輕女子吐露。女子在與他行過夫妻之禮後的早晨，把公安帶到了他面前。那時正碰上全國範圍的嚴打，男的很快判處死刑。這個老實男

人的惡行一度轟動整條街道，那些未能俘獲女子芳心的人幸災樂禍，暗地拼湊出男人如何毒害妻子的若干版本。苦了女人背負一個道德不良、心殘情狠的不祥名聲，遭人唾棄，此後多年她就守著這椿未開始就夭折了的婚姻。很多人從沒聽過她開口說話，據傳她的聲音像百靈鳥一樣的愉悅動聽……

　　千奇百怪的人生故事，在塔前街上摸爬滾打，也許還有些更聞所未聞、駭人聽聞的祕密被埋進死人的嘴裡，塔是唯一的見證者，但它只張開巨大的口袋，一把把抓起人們的喜怒哀樂，抓進去那些歡情、絕望、齷齪、恥辱……悉數封存在時間的蜂房裡。

6

　　寶塔巷、上馬家灣、下馬家灣、羊叉街、君山巷。這些名字都在某個時間節點上與這座湖南境內最早的磚塔共存過，可現在你找不見標牌，這些名字只保留在老人的口頭和記憶裡。解不開的歷史深處的時間咒語，只有當你真實地走到塔的身邊，你看著它守望的蒼涼，內心的波紋向外擴散，然後消失。北邊的街河口、魚巷子，在鐵路沒修之前，披著露水的漁民踩著溼漉漉的青石板上岸，就地交易，安家落戶，至今巷口附近還保存著一幢有上百年歷史的破舊小祠堂。地名的得來與消失，已為越來越多的人所忘記，卻都在塔的記憶裡有著清晰的來龍去脈。

　　塔的對街是一個現代興建的基督教堂。上帝的旨意滲進每一座城市的風蝕地帶。街區的很大一部分人，在生活的底層努力拚搏或隨波逐流，既柔軟又堅韌，孤獨是他們日常生活的底色。在被孤獨擠兌到難以忍受之際，他們選擇走進高挺的教堂聆聽聖靈的教誨，揣摩、剝開救贖的教義。

　　那個釘在十字架上的異國男子耶穌，是上帝的兒子。進出的人們慢慢熟悉了他的故事，從受死、埋葬，到第三天復活，他的死只是為世人擔當罪過。這讓私利心重的人蠡心驚顫。天國的聖潔、公義、愛人、施捨、愛仇敵、禁食、禱告、勿愛錢財、毋論斷人、真誠無欺、聽道行道，讓他們發現這是一個與過往不同的精神國度，更重要的是他們被告誡的一條，凡悔改相信耶穌的，罪過可以赦免。有誰是沒有罪過呢？塔前街人的祖先，也許都是信奉因果輪迴，萬物緣聚則有、緣盡則散的佛教徒。不同的教義觀，在他們的日常生活中對撞得頭破血流，無語凝噎，他們最終做出自己的選擇。教堂雪白的牆壁上矗立的十字架與飽經滄桑的塔，四目相對，默然無語。它們是否在暗夜爭論無人知曉。塔只是無奈地看著那些平庸的人們，穿梭於深邃的教堂門廳之間，把一聲聲悲嘆丟進風中。

　　屢次望及老城區，我始終有著難以釋懷的牴觸情緒。我的同學朱某，老家是農村的，成績優異，學生會幹部，畢業後跳「龍門」留下來，工作能力強，一年半後調到了離塔不

遠的小學擔任教務主任。一天深夜，他在校園裡的教師宿舍裡意外身亡。次日下午的課堂上沒有出現他的身影，同事去拍他的房門，從鎖洞裡看到了恐怖的一幕：他橫臥在地上，脖子上繞著一根嶄新的麻繩，平日微凸的眼珠向外更加暴露。人命關天，學校頓時鬧得沸沸揚揚。報案一星期後，區公安局下的結論是自殺。他的家人、同事，及散落在城市裡平日聯絡較多的同學，都對此說法深表質疑。性格開朗，幾天前還跟人把酒換盞，看不到有半絲痛苦隱祕以至自行了斷的跡象，況且要自己用一根繩子勒頸窒息，這需要多大的力量，那是多大的赴死決心。現場的描述和結論，讓我實在沒有太多的想像力。

　　這是一九九〇年代末發生的事。遺憾的是，當時各方面條件都不成熟，我們沒有力量去糾正，甚至抗議這一結論。同學的祖上世代是老實巴交的農民，剛參加工作時間不長的同學們談不上有什麼關係網絡，去公安部門幾番交涉無人搭理。結案檔上蓋著一枚暗紅色的公章，為一個生命討個說法在這個圓圈面前戛然而止。

　　同學之間唯一能做的是，到了離城百餘公里的鄉間，參加他的出殯儀式，見最後一面。那實在是個太普通不過的農家，朱同學分配到城裡工作，這是他全家上下為之振奮和驕傲的事，如果不出意外，如今的他應該是一所城區學校的校

長，或者是調到區教育局或政府機關部門從事行政工作。但一切可能性都止步於那個離奇的夜晚。出殯前夜，鄉間的葬儀一個程序也不少地消磨著濃稠的時光，擁擠的悲傷在親友鄉鄰中撕裂成長長的泣訴。一路顛簸的我們毫無睡意，依然糾結於探尋死亡前的細節。

霸道的死亡不會撤銷，而我們連基本的知情權都被剝奪。後來相當長的一段日子，同學之間相互提醒，保存著那一縷憂傷。大家傳遞著從各種途徑打聽到的訊息。傳得最多的是，朱同學無意中知曉某個祕密，被人蓄意謀殺；性情耿直的他得罪了黑社會後被殺，個中緣由卻語焉不詳。後一種說法被普遍認同，老城區的黑惡勢力犬牙交錯，自殺現場的製造非一般人可為。也許，塔是一個忠實的目擊者，我們仇視的目光拋向它，也毫無回應的聲響。幾百年來，這座城市形形色色的死亡，塔都經歷過，但它選擇了緘默，讓時間把死亡連同祕密埋在塔心裡。

7

喜歡攝影的朋友一直在關注老城區改造項目的進展，說了多年卻變化叢生、進度緩慢。他是想用光影記錄一個生命體的消亡和誕生。電話裡朋友告訴我，項目啟動又停下了，巨大的拆遷和建設成本，「房地產行業禁令頻出」這道魔咒

無法破解。聽不出他的語氣裡到底是高興還是擔憂。一切又回歸原貌，日子重複日子。

街道兩旁，那些一成不變的店面 —— 絲網毫鬚毫子打包帶批發、刻字廠、打魚佬特色魚館、江清俠中西結合門診、好幫手清潔用品批發、牙科診所、興旺布行……破舊的屋瓦上塵灰疊積，茅草茂盛，店面前門可羅雀。穿過房屋叢中的任意一條窄巷，人們可以走到湖邊，目睹水逝不返的現實場景，憑弔一下心中那些憂鬱的往事。

塔的視線，往南延伸可至京廣鐵路線，火車經年累月地奔跑、呼嘯，隱沒於一條矮矮的隧洞。常有三五成群的鳥，棲身於塔簷上，眨眼間又騰空而起，向著聲響的方向飛去。彷彿那駭人的聲響，是從鳥小小的軀體裡發出的。

最近一次去看塔，與一場暴雨不期而遇。隔著車窗，雨水嗒嗒地沖刷著車頂、玻璃，也澆洗著塔前街上的塵灰。這條路做過一次修補，已告別曾經的泥濘坑窪，但少數幾個路面凹陷處，車輪疾駛而過，濺起一道長長的弧形水花。

氣溫升降無常，讓這座城市的四季不再分明，短袖襯衫一躍就套上厚毛衣長外套。季節的減法，省略了太多美的展示。

塔在蕭索清冷的天氣，更顯得老沉委頓。它哆哆嗦嗦地站在風雨中，瘦削的身體散發出更大的寒意。塔前街上的人，都習慣了這種寒磣、貧弱、世態炎涼、生老病死。塔是

這城市最大的孤獨者，聚集著一群彼此孤獨的人。這讓我想起幾年前未完成的與它有關的一首詩作：

> 我偏愛屋脊塔的孤獨，
> 我偏愛描摹低空飛翔的身姿，
> 我偏愛嗜酒者說出半生的祕密，
> 我偏愛鳥兒連根拔起它所撞見的悲慘命運……
> 我誦唸它們的乾寞聲音，被雨水一行行打溼。

雨刮器發出的刺耳之音，在彎曲的耳道橫衝直撞。天光晦澀不開，車內空氣沉悶，我猶豫著是繼續暈暈沉沉地等待，還是撤離。短暫的清晰視野裡，看不到平日那些閒散的人，雨水糾纏不清地織出一張大幕，一切都那麼模糊地存在著——塔，依舊無限孤獨地站在望不見盡頭的屋脊之上。

▊ 沒有對象的牙齒

1

站在縣城法院的階基上，頭頂上是一個碩大的國徽。云姐迅速把眼睛往低處放，像是搜尋失落的東西。她的手，不易察覺地抖動著。

這一幕讓陪著她來辦離婚手續的我瞅個正著。我裝著什麼也沒看見，只是說，我再打個電話。

第一輯　少年眼

　　電話是打給法院的人。我托了在縣城工作的朋友，朋友又找了一個朋友，此般輾轉，終於在法院辦理離婚的民事庭找到了一個熟人。

　　因為沒有來辦過，聽說手續很複雜，尤其是云姐這樣的情況。當事人一方不在，無法現場宣判，必須公告，且公告半年時間。起初還有人說，你必須得把那個人找回來，不然這婚一定離不了。云姐在「找回來」面前退縮了，對於尋找極大可能找不回來的那個人，她束手無策。

　　那個人，云姐的丈夫，十二年前離家出走，就再也沒回來過，連他的父母也不知道他生在何處，死在何方。倒是經常會有些鄉鄰春節返鄉時突然間說起，好像在東莞的街頭看到過，不過到了另一個人嘴裡，那街頭又變成了深圳、虎門、汕頭，有的還說是瀋陽、長春。

　　十年前，她就可以申請離婚。面對旁人的碎語，不知是內心恐懼這個讓女人害怕的詞語，還是真的如她所言，她的妹妹還未成家，不想讓外人說三道四。云姐就是這樣優柔寡斷地沉默著，彷彿她來到這世界就是為跟她有關的人而活著。

　　填表、登記、交費，留下電話位址，基本上沒有什麼問詢，離婚的程序就結束了。臨近午時，辦事員也許急著要去趕一場宴聚，一切從速。云姐長吁一口氣，說，沒想到辦得這麼快。對於一場亂成一團糟的婚姻，這當然是一種利索的

解脫，若是辦事員刁難地提出幾個問題，她又會打退堂鼓。她很難給自己做一次主。餘下的事情就是等，辦事員說，我們會安排人去男方家中調查，只要基本情況如你的離婚申請所述，很快就會宣判，公告半年後我們會通知你來領證，你可以走了。

我可以走了。云姐如釋重負。走出法院 24 小時發出「嗞嗞」警報的安檢門，逐級而下，她望了我一眼，有感激，更多的是灰色的迷惘。

幾年後在她給我轉述那個幾乎掉光全部牙齒的夢境時，我腦海中第一時間浮現出她走下法院石階的背影，漫長空蕩的石階，彷彿那些人生中經歷不盡的苦難和悲傷在人間孤獨地搖晃著。

2

去云姐家的小路，經久未修，雨天催生的厚厚泥轍在暴晒下凝固成微觀喀斯特地貌。兩個村莊的交界，星點般散落著十多戶磚屋，車聲杳無，少人走動。一條溝渠隔離成一個個廢棄的荷池、魚塘，鴨子的水上樂園。云姐搬回了這個被新農村建設遺忘的角落，在家門前的田裡幹活，跟父親養的幾條偶爾浮出水面吐納的魚說話。

那次聚了幾個鄉下親戚，談起云姐離婚一事，幾句空虛

的咒罵之餘就是保持沉默，只有我在一旁煽風點火。一個名義上的丈夫，一個曾經的賭徒，把一份工作和一個完整的家給輸沒了。這樣的不靠譜，有何留戀。我在親戚的一次壽宴上與這位姐夫有過一面之緣。他坐在牌桌上，望著桌沿上的小面額紙幣，懶洋洋地打著哈欠。對這種小賭資的親友間娛樂，他完全是一種應付疲軟之態，而聽說一旦參與到大的賭局中，他兩眼射光，情緒激昂。

很早之前，云姐夫在鄉鎮的農電站，端著一個農民羨慕不已的鐵飯碗。云姐在站裡的食堂幫廚，婚後不久添了孩子，日子其樂融融。手頭先寬裕起來的云姐夫，被鎮上的一些牌鬼朋友招呼聚過幾次後，就樂不思家了。每月的工資再不見拿回家，輸光口袋後，還從云姐手裡連哄帶騙地要走了她辛苦攢下的積蓄。隨著賭癮加重，賭資虧空，姐夫從單位會計那裡寅吃卯糧，發展到最嚴重的一次，是他監守自盜，夥同鎮上的幾個混子，在他值夜班的空當，把站裡購置的變電設備當作廢銅爛鐵給搬出去賣了還賭債。派出所的找上門，把鼾聲如雷的他從床上逮下來，硬生生地架上了車。家人目瞪口呆地看著他斜靠在後排椅上，半睜著眼說，慢點開，再讓我睡會兒。這一度成為鄉鄉的笑話，鄉下親戚聽到後扭頭就走，裝作不認識這樣一個「笑柄」。

有了孩子，云姐更忙了。農電站的職工有的是外地的，

食堂一日三餐沒得少。那時云姐住在公公婆婆家，不爭氣的
丈夫染上賭博的惡習，脾氣粗暴的公公非但不指責他兒子的
過錯，反倒數落媳婦，「沒用，管不住自己的男人」。當我
後來從旁人的嘴裡聽到這些事，就替云姐憤憤不平了。可她
從不反駁，也不跟人訴苦，骨子裡對命運不公的接納，讓她
一味地擺出忍讓之姿。

　　看似平靜的鄉野終因改革的滾滾車輪駛至而沸騰起來。
一九九○年代末，鄉鎮機構改革、站所合併成為人們茶餘飯
後的唾沫焦點。農電站的職能壓縮，改革第一腳就把云姐夫
這類表現惡劣的人踢出隊伍。據說他非但沒拿到一分錢的失
業補貼，還虧欠單位幾千塊錢。這些錢，後來都是云姐從娘
家一百兩百借來還掉的。

　　云姐的娘家家境也不好，沒有副業，看天吃飯，六畝七
分地的出產，要養活一大家。云姐是家中長女，二妹跟她是
孿生，下面一對孿生弟弟出生不久夭折了，小妹比她晚出生
十二年。她母親讀過幾年私塾，那個時候主張再苦再難也要
送女兒讀書。這個沉默寡言、性格倔強的農村女人，所堅
持的觀念確實改變了另兩個女兒的命運。但命運之神也不經
意地跟云姐開了個玩笑。云姐參加中考那年，湖區漲大水，
防汛抗災一線旌旗招展，人潮湧動，村裡的男性勞動力都上
了堤。這一年的洪水差點吞掉了云姐家所處的洲垸。她父親

描述，水看著看著就漲上來了，貼著堤面上勞力們的腳尖晃蕩，所有人的心都吊在嗓子眼上。日夜鏖戰，終於等到洪峰慢慢低頭、晒得一身黝黑疲倦的父親回到家，二女兒拿著本縣衛校的錄取通知等著他拍板。學習成績同樣優異的云姐報考的鄰縣中專學校，卻遲遲沒有寄來通知。一直在為女兒學費發愁的父親終日忐忑，自私的他提前就認可了上天的這種安排，一個女兒繼續求學，一個女兒留家中務農。那段特殊時期，所有的工作重心都轉移到了這場保全生命財產的防汛大戰中，鄉鎮郵政所的郵包積壓著厚厚的信函，粗心的郵遞員把云姐的錄取通知漏掉了，開學一個月後，這份錄取通知姍姍遲來。

　　意外改變了云姐的一生。照她父親的說法，主要是因為當時家裡沒錢，小女兒剛剛蹣跚學步，田裡農活需要人手，同時供兩個孩子讀書壓力太大，云姐這位長女自然被說不清的命運挑選出來多擔承一些生活的重壓。云姐的人生就在那位郵遞員的一次工作差池裡滑向另一條道路。據說那位憨頭憨腦的郵遞員還試圖追求過云姐，被「秒殺」出局了。後來，妹妹畢業分配到鄉鎮衛生院，吃起了國家糧，嫁給了一位老實敦厚的中學教師。當親戚們偶爾嘆息著追憶這種荒誕的人生遭際時，回到「田土之上」的云姐卻從沒流露出悔意，她似乎更早地認可了命運的安排。

3

離婚事宜辦好後的第三天，云姐就去了深圳。深圳是去南方的打工者都喜歡掛在嘴邊的一座城市，又是一個非常龐大複雜的所在。深圳關外的周邊地區，有多少家工廠，多少個來去匆匆的打工者，恐怕不會有準確的答覆。人們拚命擠上開往南方的火車和大巴，搖搖晃晃地穿過那些陌生的地方。

云姐又去了她幹過的那家電子廠，流水線，一天十個小時，坐在一盞小日光燈下，給某品牌或雜牌的耳機內顱貼線。她不認識那些電子元器件，不認識那些英文標識的品牌，她也許從來沒想過要去認識從手裡流到全世界的這些品牌。這種固守不改的心態曾經被我狠狠地批評過。早幾年我託朋友幫她在一家全國連鎖的大商場找了個輕鬆、有固定收入的工作——樓管，每天在負責的樓層巡視，與那些城市裡的紅男綠女、一線品牌廝混，過不了幾年就會從形象到氣質上發生改變。她卻不是這麼想的。那一年她回鄉下過春節，訊息傳遞給她後，竟然被她拒絕了，理由是從我提供的住處到商場每天要坐公車跑，她暈車。我當時是無語了。她從深圳擠那種塞得滿滿的大巴車，顛簸十幾個小時，一路走走停停，也沒聽過她叫苦喊累。既然云姐喜歡在陌生的地方，不願回到自己的家鄉，喜歡沉浸在機器人式的生活狀態，也就沒有人能夠阻攔。沒有堅持並說服云姐，這件事到今天都令

我後悔。

在那家普通的電子廠，云姐有一個時髦的名字童麗君。這是她入廠時從同鄉那兒借來的身分證上的名字，那次招聘的年齡限制在三十歲以下，可云姐已經遠遠超過。以他人身分證的資訊登記進廠，在南方的工廠裡隨處可見，這種掩耳盜鈴的做法，工廠也不在意，看上去年輕，看上去能幹事就面試通過。云姐就是憑著一張還算年輕的臉，換上「童麗君」這個名字後開始流水線上的工作。那是她第一次出門打工，有同鄉的幫助，她沒有遭遇太多不順。那時，她是負氣離開的，丈夫有一年多沒歸過家，他說自己在縣城搞點生意，似乎還混得不錯。「什麼賺錢就幹什麼。」事實上他不過是跟著一個流動的賭博團夥，設局引人上鉤。他口袋裡有一點錢，就想著要在那幾張撲克牌裡賺出更多的來，可沒一次成功。

云姐那時早已失業在家，孩子上小學，她在田裡幹些農活，做公公婆婆、小姑小叔一大家人的飯菜。沒有錢，分不了家，小叔子一家也住在一起，她是最累的，主要原因就是沒能管住不爭氣的丈夫。有一次回自己父母的家，聽進幾個同鄉的勸：「你吃盡了虧，還像是寄人籬下，不如乾脆出去打工掙點錢，有錢才是硬道理。」

「伢子又不是你一個人的，有爺爺奶奶帶，你操麼哩

心？」「我看你伢子蠻會讀書的樣子，以後還有的是用錢的地方，一起去，我們有個照應。」

　　到南方打工已經在鄉村變成一個掙錢的代名詞。一向謹小慎微的云姐在同鄉的鼓吹下邁出了從農村到城市的第一步，就再也沒有回到土地上。云姐後來跳過好幾次槽，別人是越跳越好，她卻是常不如意。沒有學歷、隨遇而安、思想封閉的云姐，注定是流水線上離辛苦最近的人，而好運氣也在她踏入城市的茫茫人海後被悄無聲息地稀釋乾淨了。

　　那時我跟云姐聯絡極少，從親友的拼湊講述裡得知，云姐忍受著底層生活的重壓，工廠再差的住宿生活條件，勞動強度再大再累的工種，她都咬著牙扛著。她的身體越來越瘦，和她的孿生妹妹相比，容貌上的差異令人詫異。前年春節，在外打工的平輩兄姊間聊到打工的問題，大家在談收入，談認識的哪個人開個小店比打工強多了，談經濟形勢對企業的壓力，云姐卻說一句：「人在外面就怕生病，生病的時候特別想家裡。」這是我第一次聽到她對生活的感慨。她在這些兄姊裡年長，吃打工這碗「青春飯」的艱難讓她憂慮重重。我想到美國詩人狄金森曾經給霍蘭醫生的信中說：「身體好的時候，時光如飛。一有病，時間就走得慢，甚至完全止步不前。」我不知道云姐在外面孤單一人，是如何度過那些病痛來襲的時光的，即使是一場小小的感冒。

4

云姐把電子廠的工作辭了,她說都快把自己的名字給忘記了。麗君,童麗君,工友們都這麼喊她,工資條、存摺上,都是這個名字。有工友問,你會唱歌嗎?她搖頭。工友說,你的名字跟鄧麗君的一字之差,不唱歌可惜了,一唱準紅。集體宿舍裡,有人打開手機,播放鄧麗君的歌,云姐特別喜歡那首《小城故事》,她慢慢地跟著哼唱「小城故事多,充滿喜和樂……」,後來她學會了唱「甜蜜蜜,你笑得甜蜜蜜……」,彷彿在唱出這些曾被稱為「靡靡之音」的歌詞後,她的生活也因此「像花兒開在春風裡」般燦爛甜蜜起來。

換到這家新的玩具廠後,云姐就後悔了。新廠的宿舍很擠,最主要的問題是潮溼,床上經常爬動著臭蟲。牠們蹭著她的皮膚,在溫暖的被窩裡通宵狂歡。有一次云姐翻身,把三隻臭蟲壓扁在床上,散發出一種青澀的氣味,極其難聞。云姐連咒罵的氣力都喪失了,用手把死去的臭蟲從床單上拍落,又倒頭入睡。高強度的工作讓她累成了一個機器,身體和思維都是麻木的。

她不知道到底是為什麼而活著。在時間的刻度表上,她到點起床,到點吃飯,到點上班,到點上廁所,下班卻是不能到點的。這些她都可以忍受,那麼些工友能堅持,她也可

以，云姐的人生觀裡，就一直把自己與那些遭遇病痛災難而更加悲慘的人比較著，這樣比較的時候，繃緊的情緒會稍加緩解，她那被黑沉沉的幕布遮擋的人生舞臺，會有那一些光透過來。這就是希望。也許幕布某一天會拉開，舞臺上的光柱會一束束地聚攏，匯成更大的光源。

但云姐仍然感覺到了未有過的疲憊，就在剛跳槽進新廠的第二天，她到郵政銀行 ATM 機取錢，不知是著了別人的迷藥，還是被脅迫著，站在櫃員機前，她糊裡糊塗地把卡裡兩個月的工資全取出來給了那個瘦瘦的中年男人。等到她清醒過來，心急火燎地跑到了派出所門口，又踅轉身，黯然神傷地走了。她想哭，眼淚就在眼眶裡打轉轉，卻掉不下來，就像家鄉那年始終沒有決非堤的洪水。她默默忍受著這突如其來的傷害，不讓人看見衣服內的傷口。除了瘦，她對男子沒任何印象，這種事她聽一些工友茶餘飯後議論過，但沒想到有一天會在自己身上發生。那件事發生不久，我正好借出差深圳之機順道探望她。她半是嘆惋半是自嘲地講述這件發生在自己身上的糗事，卻沒想過在情緒最低落的那一刻打電話跟家人傾訴一下。距離那麼遠，誰能幫上她？除了幾個分散在不同工廠的同鄉，她幾乎沒有朋友，大家從五湖四海來，有的地名云姐從未聽說過。這些人，今天還在，可能明天就辭工或跳槽了。性格內向的她一開始就沒打算交朋友。她低

眉順眼地與室友相處，聽她們吹牛、嘮叨、抱怨、數落、怒罵，從來就不附和。有人向她靠攏，她會後退，退到沒有可退處，就撥開人群逃走。

　　那次見云姐，時間很短，我跟她約好一起吃中飯。我站在鏽跡斑斑的廠區鐵柵門外，等著她下班。大門裡是幾棟頗有些年頭的舊廠房，油漆剝落的門是虛掩的，三個穿工裝的女孩，很青春的臉龐，胸前工作牌露著個背影。她們互相遞菸抽菸，嘻嘻哈哈地打鬧著，一個女孩瞇著眼，望著被樹蔭擋住的天空，一連吞吐出幾個漂亮的菸圈。

　　終於到下班的時刻，人群像開閘的水，嘩啦啦地流瀉出來。瘦小的云姐是卷在「水流」的尾部出來的，一見面，她連忙抱歉地問我是不是等了很久。她的眼袋有些腫，眼角的尾紋比過去更深了，皮膚蠟黃。錢被騙的事剛發生不久，她夜裡做噩夢，沒睡過一個完整的覺。她還在為此事懊悔，人怎麼就會突然間神情迷糊，那可是辛苦積攢的血汗錢呀，說沒就沒了。我也無計可施，只是安慰她：退錢消災，外面人員混雜，以後多加注意，盡量少外出，要如何如何管好錢物。她笑了，上了這次當下次不會了，現在辦的是存摺，只是取錢麻煩一些，到大堂裡有保安，也不那麼容易被騙了。我問她有沒有想過回去，難道在外面打一輩子工。云姐一聲不吭，很久以後才回答，一個人在外面習慣了，回去也沒事

可做。我象徵性地勸解她，還是要多往後想想，年紀大了，打工也不現實，還是回去，找個合適的事，做點小生意，也比在外漂著強。那次的午飯本該在一個小時內結束，云姐打了電話請假延長了半個小時，她拖著我到路邊上的照相館，站在藍天碧海的布景前照了張合影。後來我在她帶回家的相簿裡看到過這張照片，更多的是她的個人照，我不知道這些影像會幫云姐留下些怎樣的記憶，那些定格在臉上的笑，卻莫名地讓人感到心底有冰冷的憂傷流過。

　　照完相，我送云姐回廠的路上，一個搬玻璃鏡的人與我們並肩行走。他的手接觸到玻璃鋒利的邊緣處，是用報紙包住的。他的大半個身體被玻璃擋住，玻璃上的灰塵很厚，我們看不到他，卻從玻璃鏡裡看到自己搖晃的身影和無法言述的表情。在散發著粗糙、冷漠氣息的街頭，這身影和表情都特別陌生。我記得這一幕，原因是隨後發生的一個意外。一個騎摩托的少年轟隆隆撞上了這面巨大的玻璃，搬玻璃人的兩隻手，依然保持著一上一下的搬運姿勢，但臉上被碎片劃破，鮮血橫流。這一切發生得很迅疾，幾乎沒人看清楚摩托是從哪裡飛馳而來，只有沉悶的摩托倒地聲和玻璃墜地的刺耳碎裂聲。聲響離我們已經走出一段距離，我扭轉頭呆立著想看看這場事故的進展，云姐的手卻伸過來拉住我，「走吧，不關你的事」。肯定有人告誡過她在陌生的街頭不要去

觀看熱鬧，她手心裡汗涔涔的，我探測不到她心中的緊張和懼怕從何而來。

5

大前年，云姐父親上房撿漏，下樓梯的時候摔折腿，膝蓋打了顆長釘，在醫院躺了兩個多月。云姐應召回來陪護，這是她離家十年裡的第二次回來，前一次是母親生病臥床，在外的妹妹是上班一族動不了，只有她的工作是可有可無的。等到父親的腿傷恢復好之後，她決定在縣城找份工作，也方便照顧父親和家裡。母親離世後，彷彿就變成了她和父親依為命。一個親戚介紹她到一家小賓館當服務員，這幾年城鎮化進程加速，人們的消費觀念發生改變，打牌、聚會、娛樂，都喜歡到賓館開個房間，大大小小的賓館瞬間林立在縣城的各個角落。賓館裡是兩班倒，單身的云姐當仁不讓地「被」安排了夜班，下午五點到第二天早上七點，晚上過零點後可以到儲物間休息。碰到省心的客人，相安無事睡上一覺，工資雖然比外面差不少，但離家近了，云姐打算先幹一段。勤快、麻利的云姐和同事混熟後，一個好心的女同事牽線搭橋，把那個矮個子男人帶到了她面前。

這一年春天到來的時候，四十三歲的云姐開竅般地戀愛了。聽到這個資訊時，我真心替她高興，拖了這麼些年，也

該找個合適的人成個家了。可從親友間的議論裡，我大概摸清了那個人的「底細」：無業，無房，有一個讀大學的女兒，跟父母住在一起。最讓人疑惑的是，他已經是兩度離異了。等到矮個子男人有一次以云姐男友身分出現在家庭聚會中，親友們看到站在面前的他，除了個頭矮，看上去外表還算周正，不抽菸，不喝酒，也不打牌，言語不多。大家很禮貌地招呼他，他也很客氣地寒暄，更多時候是坐在一邊微笑著聽大家說話。晚飯後，他騎上電動車，戴上小巧的紅色頭盔，呼哧呼哧地回縣城去了。

云姐從來沒跟人說起過她在深圳打工那些年的情感經歷。年紀、學歷、外貌、性格、地域差異，這些因素個個都不是省油的燈。跟那些活蹦亂跳的「八〇後」、「九〇後」打工仔打工妹一起，「阿姨級」的云姐也許很悲觀。第一次被帶來見面的這個男人，很順眼，跟他在一起，有話說。這是他們分手後云姐仍念念不忘的心動感覺。他們好了一年，云姐為他墮過一次胎。她發現懷孕後，甚至連男友都不敢告訴。告訴他有什麼用，他一沒錢二沒能力，沒名沒分，生下來就是累贅。她找到醫院工作的妹妹，人工流產，回家躺了兩天，第三天又上班了。男友一直都是花云姐的錢，她不敢在外面說。男友的這些作為，讓她無法跟父親和妹妹們啟齒，請他們成全這樁婚姻。父親、妹妹都不贊成她找一個無

所事事、好吃懶做的男人。妹妹說得更直接，這不是組成一個家，而是給自己造一個牢獄。她還提醒云姐「前車之鑑」不能忘記。云姐垂下頭，恨不得找個幽暗的角落重新躲起來，她剛從一個沒有責任感的男人的陰影裡走出來，恐懼再走進另一個陰影。

云姐在賓館幹了一年後，與領班鬧矛盾後憤然離開。領班發現云姐上班期間留宿男友，悄悄扣了她的工資。云姐默認了，不過後來領班經常安排她上完夜班後繼續加班，不批她的輪休假。這一點讓云姐憤怒了，她卷起簡單的行李走了。沒有人挽留她，幾個幸災樂禍的同事，還在對她的背影指指戳戳，臨走前她無意得知那位好心的介紹人，其實跟她的男友有過曖昧不清的關係。她是那個股市崩塌前還充滿信心和幻想的「接盤俠」。

這場戀愛讓云姐度過一段心情愉悅的日子，但任何戀愛拖久了，愛情就會變質，何況和非常不靠譜的一個物件，何況有那麼多紛至遝來的現實難題。云姐離開賓館，過完春節，又選擇了南下。這次是跟一個表弟進了韓國人開的製衣廠，她笨手笨腳地幹了不到一個月，實在挨不下去離開了。那天，她打來電話說了很久，大意是那個跟她一直保持關係的男友，突然說要跟另外一個女人結婚了，而且他把兩人最後不能組合的責任推卸到了云姐的身上。云姐不死心，兩人

電話來來往往，有爭吵、懊悔、埋怨、傾訴，這些如今都抵擋不了一個結局——男友真的結婚了。他是跟另一個離異女人，見面三天就把事定了。云姐問他，她長得漂亮嗎？你愛她嗎？你們真的只是三天就決定了嗎？

　　天真的云姐當然聽不到真心話，還是一貫的敷衍和欺騙，我看不到她在電話那頭的模樣，但我能想像出來，她試圖裝作自己很堅強。她想哭，又不敢大聲哭出來，想笑，那就只是笑自己一個人堅守的愛情堡壘首先從內部爆破了。我聽著她絮絮叨叨地說這些話，她心中肯定有太多需要傾訴。我料定她是受傷了，這些年她小心翼翼地駕駛情感之船走著自己的航道，她內心深處翹首以待的另一個同船舵手，來了，又跳到別的船上去了。金屬片包裹的心，在強酸的侵蝕下炸裂剝落。我第一次聽她在電話裡說這麼多的話。她實在是找不到一個可以傾訴的物件了。那一瞬間，我似乎明白，她害怕再次等來的傷害，還是不依不饒地找上門了。

　　有天清晨，我的手機短信鈴聲響起，一看，是云姐發來的。她說問我一個事，夢見牙齒掉光是好是壞？接著又追問，掉到只剩一顆呢？我回信說，稍後我查查再覆。後來上班一忙碌，幾天下來，就把百度「掉牙」的事給忘記了。當然云姐也沒催問。幾天後的半夜，我突然入睡前想起這事，立刻起床打開電腦，各式各樣的答案撲面而來，有「家有喪

事」、「人際關係出問題」、「心理上的退行或成長」、「堅固的信念開始動搖了」等說辭。多義的闡釋，讓我不知要如何回復來自云姐的提問。結果是云姐的短信適時而至，彷彿她在遙遠的南方夜空看到我糾結的心思，她說，一個夢而已，知道你忙，不用尋找答案了。

　　我不知道云姐是不是透過別的管道找到了那個夢的釋義，是歡喜興奮還是平添憂傷。那顆在空蕩蕩的牙床上孤零零的牙齒，是云姐對自己生活的一種恐懼或悲傷的所思所繫，是她選擇今年春節不回家的理由嗎？

　　後來我在不同的場合看到一些務工女性的身影，一張張陌生的面龐和錯愕的表情，躲藏著不同的心事和經歷。我曾試圖進入那樣的夢境中，在溼漉軟綿黑暗的封閉肉腔壁內，我在搖盪中尋找牙床上唯一的牙齒，赭黃色，齒邊呈現鋸齒狀，懸在頭頂，像一塊隨時砸下來的巨石，轟隆落地，濺起厚厚塵埃。那一瞬間，我總是感傷地想起異地的云姐，為我的無能為力感到羞慚，曾經我希望自己能幫她虛構一個另外的人生，至少要溫暖、幸福一些，至少能讓一顆孤獨的牙齒找到另一顆牙齒，彼此凝望，彼此依偎。

夜發生

「夜晚可以發生的事情很多。」

說這句話，或是討論這個問題時，是去異地看望一位少年時代的朋友 Z。

多年來，我們很少見面，卻互相洞悉對方的訊息，聊得最多的是理想規劃實踐的話題。一段時光過去，偶爾他會主動來條短信：最近如何了，又將如何了。當然是好消息，好消息傳來的另一層含義就是：你怎樣，你曾經的計畫目標是否實現。這種少年時代最經常的互相鼓勵的方式我們延續至今。

Z 和我年齡相仿，卻有些催老。原因是一直疲於生意場上的奔波。他的個人史就是一部奔波的小說。奔波中寫著許多內容：應酬、焦慮、鉤心鬥角、虛與委蛇、欺騙的承諾、挖第一桶金、千金散盡。幸好他從奔波中殺出一條「血路」，有了一個令人羨慕的現實結果 —— 占地近百畝的廠房、外貿訂單、寶馬車、緊鄰江邊的觀景房……

那次探望，晚餐後，Z 帶我們去城裡最好的 K 廳唱歌。到了這類消費不菲之地，彷彿進入他的地盤。那些衣著豔麗暴露的「公主」鶯聲燕爾，秋波蕩漾，投懷送抱，散發著讓人迷醉的氣息。我們的眼前擺放著她們，也擺放著喝乾淨又會迅速冒泡滿上的啤酒杯。

第一輯　少年眼

「夜晚可以發生的事情很多。」酒至半酣，和 Z 走出喧鬧的包廂，在過道的休息室內抽菸透氣。突然冒出這麼一句話的 Z，嘴角掛著一絲異樣的神情。他嘆了口氣說，這幾年，陪客戶、陪「關係」，喝酒、唱歌、打牌，生意就是在杯子、桌子和裙子間談成的。聲色犬馬，生意場上你只有一個朋友叫利益，真累。

我問，你感到孤獨？

是內心深處的落寞。他說，身後公司那些業務、那一幫子人，都拿著鞭子在抽趕，我已經不是一個人的我了。他又嘆息一聲，現在最幸福的就是公司一攤子事不要我管，帶著孩子去江邊的沙灘上玩。

我說，比起那些衣著光鮮的「公主」，整夜陪著客人喝酒、扮笑，你還會有比她們更孤獨的感覺嗎？

Z 沉默了片刻，然後說，我給你講個故事吧。我點點頭。

他說，大概一年前，也是在這裡陪客戶，一個很年輕、長相清純的「公主」陪我喝酒。女孩不能喝，卻不禁勸，喝完就吐，吐了又喝。那天唱歌很 high，女孩很可愛，那種感覺與以往的「公主」不一樣，好幾次，她貼著我的耳朵說話，震得耳道裡很重的迴響敲打著耳膜，我竟然發現自己的手在抖。這樣的場合我來少了嗎？我都不知道為什麼會這樣？後來關係熟了，每次去唱歌，我都會點這個「公主」

陪。一次，我問女孩，為什麼年輕輕地出來做「公主」？女孩說，為什麼來這裡找樂子的男人都會問這樣的問題？

過了段日子，我把女孩帶出來。沒有 K 廳的喧鬧依靠，她有些緊張，連同害怕，是從骨子裡透出來的。我抱著她，像抱著一團柔軟的冰涼。等她緩緩回溫，我的身體卻冷下去。她給我講她過去的經歷，說到她母親是個精神疾病患者，為了給母親治病，她不得不走上這樣一條掙錢的「捷徑」。母親，無疑是女孩心底最大的一塊陰影。她母親有幻聽妄想症。夜幕降臨，房屋散落的農村顯得格外安寧，她母親就開始進入一個喧鬧的世界。在這個世界裡，不時會有人與她說話，或者別人在她面前毫無顧忌地爭吵、打鬥。在她母親的幻覺中，那是一個怎樣的世界，那種日復一日地喧鬧，在正常人眼中是多麼不可理喻。萬般無奈之下，家人只好舉債送母親去治療。住院的日子，她母親幻聽的時間一長，就會忍不住為所聽到的內容著急、叫喊、大笑。同病室的人無法忍受一個神情癡呆的人一驚一乍地存在著。家人找醫生想辦法，醫生給出的對策就是增加用藥劑量。

我環顧，竟然以為穿梭在過道裡的摩登女孩中，會突然奔出來一個，說，讓我來講述我自己的故事吧。女孩的講述一定會有更多打動人的細節。可 Z 說，女孩離開好幾個月了。他說，這裡的人幾乎多數都知道女孩母親的故事，以致

第一輯　少年眼

後來他都開始懷疑，是不是女孩故意編造的一個謊言。可現在他所知道的是，這個曾被認為的「謊言」，撕開包裹它的那層紗，裡面的結果令人驚悚。女孩母親在成倍藥片的作用下，真的治好了幻聽的病。可家人還沒來得及高興，十來天後，女孩母親夜裡偷偷跳沉在家門口的池塘裡。

我說，她已經不習慣一個安靜的世界。

Z說，可憐的母親太孤獨了。

我問，女孩呢？

Z說，後來我忙著工業園新徵地的開發，加上頻繁出差，與女孩疏遠了聯絡。直到前不久來這裡，他無意中聽另一個「公主」說起，這女孩也神經異常了，陪客人時經常性地酗酒，而且語無倫次，說是孤獨殺死了她母親，她要復仇，去殺死孤獨。再後來，女孩在這裡幹不下去，搬進了精神病院。可沒人知道這女孩的真實身分和準確居住地。

Z憂鬱地說，我一直想找到那個女孩，可至今下落不明。夜晚誕生孤獨，女孩的下落不明是否加重了朋友Z夜晚的孤獨？

那天深夜，我們走出K廳，和那些美麗的「公主」貼面告別。在緩緩下落的電梯裡，窗外城市燈火通明。透過電梯玻璃映照出的光影，這些美麗的「公主」像逡巡般整齊有序地走過，長睫毛、大眼睛、赤色卷髮、閃爍著沙粒般晶光的

皮膚，一杯杯酒水的灌溉毫不畏懼推辭，而一旦她們躺在機器床前時，那美麗頭顱的切口裡露出來的是一束束紅黃藍的金屬管線。那一刻，躲藏在燈紅酒綠背後的乏味、無聊、孤獨，有如巨大海嘯，將心靈上的建築席捲一空。

很多的話題，很多的人生故事，在夜晚被人掰開，就會披上另一件外衣，帶來微光撲閃般的念想。那個女孩尋找的神祕的世界，她母親能走進去、能看到、能聽到，且獨享著外人無法感知的精妙。有一天，當外來的力量炸毀了通往這個神祕世界的所有通道，被關在外面的母親只能焦急地、聲嘶力竭地、無可奈何地吼叫，沒有任何回應。這樣的孤獨，孤獨到不再想活在這個熱鬧的世界了。而重蹈覆轍的女孩，是病的遺傳，或現實生活的壓力，讓她坍塌了屬於自己的世界之門。

接連的一段日子，Z 所敘述的女孩會在我眼前走過來走過去。她的面容姣美，卻沒有讓人記住的特點，彷彿日本漫畫中的美少女，眼睛、鼻梁、耳垂、下巴、手指、胸部，弧形流暢，肌膚似雪，像一件光滑得看不到褶皺的瓷器。你控制不住地想去撫摸，可一觸碰，她就碎成了一攤水跡，然後蒸發消失。

趁著沉默的夜色，消散的人和事還有更多。幾年前戀愛的一段時光，會經常去迎賓路上一家叫「西雅圖」的酒吧。

它像一個隱藏於地下的城堡，每個人都要走過大理石鋪成的階梯，一點點地沉下去，像一艘淪陷的海輪。跟隨沉淪的過程，燈光與音樂漸漸呈現，現出一幅你渴望與幻想的圖案。後來，它改頭換臉成「西雅圖休閒會所」，在大街面上用霓虹燈與彩燈修飾出一個脫不了俗氣的龐然大物。但這時很多的老顧客已經不喜歡了。「地下」所營造的某種氣場，是地面上的西雅圖無法比擬的。

那些在「地下」流連的夜晚，我常坐到零點之後。那個我不記得名字的長髮女歌手，經常氣喘吁吁地跑來做最後收場。她聲音裡有沙啞而堅硬的「果核」，又能在尖利的時節自然放開。我喜歡她聲音中那些莫名的內容，因而喜歡上她整個人。很多次，她也是在零點後撤離。我膽怯得從沒有想過上前搭訕，而只是看著她一個人背著吉他，拖著有些疲倦的腳步，鑽進不遠處的夜色之中。

還有一個朋友的女友，談婚論嫁，生活正歡，多次參加我們的聚會，卻不幸喪生在車禍中。朋友因此離開這座城市，遠走他鄉。我是在西雅圖和她見過最後一面。印象最深的是在公用盥洗間，我用冷水沖洗額頭，清醒喝多酒的自己，猛然間抬頭看見鏡子裡補完妝的她，看上去非常素淨，非常飄渺。

聽到那不幸的消息後，我幾次從「地下」鑽出地面時，

固執地認定看見了她，在眼前疾步走過，背影伸手可及。她偶然間回頭，面容妝飾如同那次盥洗間的相遇。我很高興地叫她名字，想趕上去抓住她，像是她從沒離開過。但她總是消失在就快要觸及的一剎那，在某個拐彎暗處，在三兩人群中，在什麼也沒有的樹影下，無緣無故地消失。也許在夜晚的零點，一天與另一天的臨界點，也是虛幻與真實的臨界點，許多人都會以一種奇異的方式相遇。

　　斯圖亞特王朝的詩人告誡人們「夜晚已經降臨，我們趕緊回到家中」、「家是一個人的城堡」。可人們多少都有過夜遊的經歷。曾經夜歸的途中，我遇到過那些被喚作「夜遊神」的青年男女，戴著貶義的頭套。那些上夜班的計程車司機，習慣性地守候在夜店附近，或跟在一些夜歸者的身後，等待著招手或揮手。路旁 IC 卡公用電話機，總有女孩在煲電話粥，有時是歡笑和撒嬌，有時是哭泣和吵鬧，那些背影裡有許多故事可以向人傾訴。只有夜晚在偷窺她們的祕密。

　　一個人的成長，總是要與夜晚同行。我記憶中清晰地刻著二〇〇〇年第一縷曙光到來前的夜晚。這個時間點也許還會喚起你的某些回憶，那是個全國各大城市交通無比擁堵的夜晚。

　　夜幕籠罩繁華的省城。我奔跑著去電話裡約好的地點見一個長者。我眼睛裡晃動的車流人流像是從地下直接噴湧而

出，無法阻擋。巨大的城市廣場上凱歌高奏、焰火齊射、歡呼聲震耳欲聾。當時只有少數人，其中有我，像一尾溯水而行的魚，向著相反的方向快步行走。我不斷地碰到男人女人的手臂、小孩手中的氣球，汽車行進緩慢，人聲與汽笛聲形成一個嘈雜的聲場包圍過來。我的耳朵裡是嗡嗡一片，偶爾間一兩聲巨大的禮炮鳴響和驚呼聲，讓耳膜受刺激地震盪幾下。我感覺到自己在這種環境下迷路了，對於原本不熟悉的城市，在這個歡慶的夜晚，我卻要做一件與大家意願不同的事情。我發現電話中的不遠距離，自己卻總是遙不可及。附近樓宇的燈光折射進我的眼睛，一陣陣眩暈就海浪般襲擊過來。那一刻，我不知道前方有多遠，更多的是感覺到一條沒有盡頭的路和科幻片中複製的機器人潮，會突然間把我吞沒。我迷失了方向，也迷失了時間。後來的日子裡，我對這座遐邇聞名的城市持有戒心，並拒絕它的誘惑，因為它曾經將一個迷失的人陷入更深的迷失之中。

「夜晚可以發生的事情很多。」再來咀嚼這長著翅膀的句子，就會生髮出一些「地表之下」的思考。閃頓的霓虹、流動的車燈、人影幢幢的娛樂場所、推杯換盞的夜宴、時髦女郎的欲露還遮……城市夜晚的辭海中刪除了安寧，卻在墨色的塗鴉中增添了喧囂、孤獨、罪惡。夜晚知道每個人的欲望和祕密 ── 那一些過去的，夜歸，深夜嚎叫，宵夜酗酒，膽

戰心驚的幽會，以為無人知曉的道德背叛，暗巷中的哭泣、爭吵、打鬥，聽到隔壁房間傳來搖晃的聲音而夜不能寐，K 廳裡變形的歌喉和令人窒息的脂粉，通夜牌戰的萎靡身體和「廝殺」後的欲望勃起……改變了人的另一副面孔。

也許夜晚才是一個真實自我的展現。某一天，人們編輯多卷本「黑夜史」來做諸多表達，歸結到一點，夜晚其實是不斷需要自我調整的時刻……

曾經多次向朋友們炫耀一次荒誕的外出，沒有目的地，突如其來的衝動，跟隨人流擠進車站，跟隨一列疾馳的火車進入夜晚，那時很幼稚地追著理想，追著與兩句詩的遭遇——「看一眼窗外，夜色的部隊逼近 / 三生的力量也不足抵擋。」那種年輕時的無所適從和浮浮沉沉的幻滅，隱藏著一種對俗世生活的莫大悲憫。再度琢磨這兩句詩，讓我怔怔地懷想起那些買不起臥鋪而只能擠進聲音嘈雜、氣味混亂的硬座車廂的時光，以及越走越遠的青春長夜中潛伏的孤獨……

▎春漫漶

房子汗涔涔的……天花板、牆壁、地板、虛掩的木門，最顯眼的地方，最隱祕的角落，看得見的潮溼爬滿每一件事物的肌膚。

第一輯　少年眼

南方的四月，陰雨綿綿。天晴的日子掐指可數。二〇一〇年日曆上春天的角落，冷空氣苟延殘喘，卷土再襲，把「回潮」寫進年度日誌中。

身邊的每個人都在議論這場回潮的時間長短，對上潮事物的新發現。人們神情誇張，無一不在傾吐怨恨，卻無可奈何地默允天氣的囂張跋扈。

父親正是在這個春天最難堪的時間段病倒住院。病因是腦梗死，右邊手腳麻痺，不聽使喚，令人猝不及防。我聽到消息時，已在北京待了一個半月。四月初的京城遲遲未能入春。那些本該吐綠的植物無動於衷，連「送暖」信號也杳無蹤影。沙塵暴天氣往返幾次，連開窗透氣的機會也不給。一眨眼，窗臺、書桌、書籍、被單上都能撢落微塵顆粒，也抖落一份嘈雜的心情。媒體說，這是近十年北京入春最遲的一年。而對南方長大的我，這個降臨在北方的春天，在交叉奔跑中寫下灰色、焦慮、憂鬱等關鍵字。

從京城回湘，回鄉，遞入眼中的葳蕤的新綠，在婆娑的雨中萌發，卻一點兒也不靈動。腦梗死，我反覆咀嚼著這個突如其來的詞語，照民間的說法，它等同於中風、偏癱，一個人的後半生要跟一張床或一把輪椅相伴。

五十九歲的父親迅速地把自己搬進了老家縣城的中醫院。他被疾病打倒的身體，也成了親人朋友在這個春天議論

的又一話題。在大夥兒的記憶中，他為人大大咧咧，行事乾淨俐落；他年輕時入伍，一貫自詡練就一副好身體；除了多年菸齡曾經造成支氣管炎的病史，以及他近年偶爾提及卻又藐視的胸悶失眠外，從未誕生其他不適；他敵視醫院，吹噓自己去醫院從來都是看望別人。

病襲如山倒。父親清晨一覺醒來，發現右側肢體麻木無力，手腳不聽使喚。「敵視」的他只能舉單手投降。送到醫院檢查，CT掃描，左腦動脈粥樣硬化，局部血栓形成，動脈狹窄，壅積不暢。醫生不用細想就確診是腦梗死。

父親說，之前兩天他就有不祥感覺，右手乏力，舉箸不穩，腦鳴厲害，走路時跑「單邊」，「無緣無故」，他的總結激起家人的抨擊。

「怎麼會無緣無故呢？是積勞成疾。」「加上這段時間陰冷潮溼，寒從腳起，我早說過毛衣毛褲先不要脫。」……母親在一旁數落。

彷彿父親的這場病成了潮溼春天的罪過。

24床，吊水。24床，量血壓。24床，測體溫。24床……父親開始有了一個數字名字。他還念叨著「4·14」，他的身體在這一天早晨就不聽使喚了，而這個日子還同矚目的西北玉樹地震聯結在一起。

他那麼安靜地躺在24這個數字上，睜開眼睛看著輸液管

中藥水一滴滴地把時間帶走，打開嘴巴吞下一把白色藥片。
簡式床頭櫃上擺著熬好的中藥，密封在一隻玻璃瓶內，褐色
的液體，讓胃苦澀難受。還有尼莫地平片（恢復期對改善腦
部血液迴圈有利）、阿司匹林（遏制血小板的聚集和血栓的
形成）、消炎利膽片（一併查出搗亂的膽結石）。現在的父
親，感到了身體的孱弱和生命的虛無。曾經強大的敵視早已
粉碎，對醫生的藥囑言聽計從。喜歡歷史戰爭片的他開始關
注一檔電視健康節目，他認真記下那些能降血壓、軟化血管
的蔬菜、水果，及什麼時間段食用效果最佳。

　　父親的情緒時有暴躁。他原本就是個性格急躁的人，進
院後的安靜來之不易。穿孕婦裝的護士很會安慰人，高血
壓、冠心病、糖尿病、肥胖、喜食肥肉，四十五到七十歲的
中老年人，都易患腦梗死，已經是常見病了，不是大問題，
就權當休息。主治醫生說，對這種造成神經功能障礙的腦血
管病，治療主要原則是改善腦迴圈，阻止朝痴呆、偏癱、失
語等惡劣方向前進的腳步，過了七天復發期沒惡化，就容易
治療了。

　　父親躲在被子裡掰著左手指頭，一項項地排除。他倔強
地要找到真正的誘因，因為醫生說的那些因素他都不曾有
過。他對我們說，去年他去廣州幫姑媽打理酒吧，雖然常常
熬夜卻從不宵夜，白天也補上了充足的睡眠。今年初在母親

所在學校的食堂幫忙，勞動強度也不算大。每天抽菸的支數一降再降……

我們都沒在乎他的尋找，更是否定那些理由。結果擺在眼前，需要的是對結果的診治，而並非要從可預防的過程開始。我說，有許多隱疾是不為人知的。

父親點頭，對我們的不冷不熱流露出沮喪之情。我們勸慰他不要精神鬱悶、過分緊張，一切波動的情緒都對治療無益。而他總要對母親照顧中的舉止挑剔三四，聲音震響到過道。父母親結婚三十多年，就沒間斷過磕磕碰碰，可他們仍然一直在一起，也許一輩子也改變不了。我習慣了他們的爭吵，左耳進右耳出，不在心頭過夜。

別爭了。我有時輕聲地勸阻一句，像和事佬兒一樣。對我這個不能常回家陪在身邊的兒子，他們會知趣地選擇安靜下來。我心頭掠過一絲驕傲，但很快在安靜的病房，在潮溼的空氣中，被愧疚和難受擊垮。

中醫院坐落在縣城的老城區，我很早就離開了老家，對這所醫院的信任度，我理所當然持有懷疑。但弟弟堅持說他找了醫院最好的醫生，甚至搬動了他的院長哥們兒。

醫院裡的樟樹也就在春天的幾場風雨中換上新綠，這種綠，曾是我讚美過的。此時，我心事重重，徑直從醫院窄小的大廳穿過。掛號劃價處、藥房、內科、外科、神經科、骨

科、超音波室、急診、住院部……陳列在兩幢連體樓內，院落的布局和設施凸顯陳舊，尤其在這潮溼季節，散發出格外冷漠和衰落的氣息。

我趕到父親身邊時，他已經住院治療了九天。為了迎接我的歸來，他剃掉了拉碴的鬍子，凌亂的頭髮梳得略有分寸。見面之後的問候輕聲翼翼，我從父親的神情中讀到一些隱藏的快樂。母親後來告訴我，他不讓人告訴我他住院的事，卻又不時念叨我在北京的學習生活，甚至對我歸途中因事耽擱的一天耿耿於懷。我接過母親手中的活兒，幫父親按摩右手。過去這隻，在我的身體和內心留下溫暖的手，彷彿悄然變成身體舞臺上的裝飾道具。

沒有恢復知覺的手，指頭蜷曲，皮膚觸摸到的是冷沁、粗糙和硬化。被時間和病痛侵蝕的改變令人大駭，動人心魄。而另一隻手背，起皺的皮膚和暴起的血管上，星羅棋布地駐紮著紫色的針眼，無可避免地激起旁觀者心中一陣疼痛。

父親說，治療有效果，右腳能夠下地行走，右手開始有了細微的知覺。我電話諮詢外地幾位醫生朋友，像上年紀的人的這種病，沒有一勞永逸的治療方案，發現後治療是關鍵，恢復期療養更重要。我勸慰父親保持平穩情緒，在未來的日子學會保養身體。其實我是在緩解自己的緊張，我不敢

想像一個終日躺在病床的父親，會給家庭生活前進道路帶來怎樣的「轉身」。天氣跟隨父親身體的起色有了好轉的跡象。我回家第二天

下午，太陽從雲層勉強擠開一條裂縫，它的露臉雖然短暫，卻讓潮溼為之震顫。陪父親繞著醫院的池塘散步。池塘的水面上飄著一大片墨綠的蓮葉，角落拋棄著幾隻沉在水面下的蘋果核、啤酒易開罐。死水微瀾，父親和我不約而同地說出這個詞語，來自我們共同閱讀的記憶。他問了我學習工作上的一些動靜，然後在天色暗淡的瞬間，說到了死亡。父親說，他並不怕死，只是弟弟尚未成家，他的任務沒完成。父親又說到兄弟情誼，以及兒子對母親該有的孝順……我有些沉重地聽著，更多是在內心排斥父子之間探討生死的話題。我覺得骨子裡傳統的他想得太複雜了，我理想地期待死亡是將來的事情，在將來還未降臨的時候，這種談論就是虛妄之言，毫無意義。我的這種自我欺騙不斷加劇，當我的耐心不能夠承受時，就粗暴地打斷了他。我說，你的這小病，很快就養好了。我的聲音比心中的音量要低，甚至努力散射出陽光。我還清醒地意識到面對一個病人，不讓他負擔另外的心事也是一種輔助治療。

醫院是個不適合人久待的地方，況且對於一個拒絕醫院的人。那些躺在病房插著針管的人，那些前來治病候在走廊

說話的人，那些看病人的人，不知身分底細的人，都從你視野之外跑進來。他們進進出出，腳步聲踢踢踏踏，說話聲或輕或重，還有急救患者家屬的疾呼長叫，給人心頭蒙上一層陰翳，或是一拳重擊。而從父親臥床的角度望去，醫生的腳步總是那麼急促，病人的神色總是那麼茫然和慌張，而探視者皺著眉頭一言不發。

　　父親加劇的憂鬱既源自醫院的嘈雜環境，也附帶疾病衍生的胡思亂想，我是這樣理解的。父親的病房是三人間，除了一個上午來吊水的中年婦女，其餘時間他擁有寬裕的安靜。但他毫不在乎這種寬裕。他迫切地盼望回到過去的自如行走，離開這二十四小時充溢著消毒水氣味的空間。

　　父親一邊打點滴，一邊給我力數醫院的破落、醫生的糟糕醫術。鄰床的中年婦女腹部隱痛治療幾天卻絲毫無效，只能轉到省城。左邊隔壁一個來自農村的八十歲的五保戶老女人，因為吞一隻餛飩，卡住喉嚨，渾身青紫，一命嗚呼，她的幾個非直系親屬卻不急著料理死者後事，而鬧著要村裡答應掏出安葬錢，卡著熱餛飩的冷屍體在病房孤寂地停放一天一夜後才抬走。

　　右邊隔壁的老頭搶救好幾次了，親屬來了一撥又一撥，坐在過道集體嘆息老人的一生，儉樸、厚道、艱苦、付出，而他每次都能奇跡般地死裡逃生。還有一個深夜急診的喝農

藥的男人，叫喚了大半夜，反覆說著一句「我就是要死給他
（她）看」……父親轉述時，語氣悲憫中壓抑著無限哀愁。
父親最後說，一輩子也不願再來醫院了，這破地方。

　　我在醫院守護父親三天。我所做的事情就是叫護士換吊
瓶、攙扶父親上廁所、下午四五點鐘陪他到院子裡散散步、說
說話。凌亂的醫院、沉悶的病房、陳腐混亂的氣息，一個健康
的人待在這地方，也會對身體充滿懷疑，挖掘出那些平時不瞅
一眼的悲觀。更多的時候，父親和我各自打發時間，他盯著牆
壁上效果時好時壞的電視機，細嚼慢嚥著發生在韓國的家事。
我翻著一部名為《道德頌》的長篇小說。在體內跺腳的針刺之
感，讓我不得不糾纏於文字中，去探尋一個人對情感的剖析。
我彷彿看見一個蒙面的醫生拿著把鋒利的手術刀，剔出文字中
病變的器官，將既對立又溶解的男女情感肢解得鮮血淋漓、豔
麗奪目。這時候，閱讀讓人產生意外的安靜。

　　無所事事的進出之間，我也會忍不住去瞟一眼隔壁的
老頭。心臟監測儀螢幕上波浪不斷翻滾著，發出「嘀——
噠——」的聲音。他鼻孔和嘴巴上的氧氣罩卻發出更大的呼
吸聲響，有時候還能清晰地看到他的胸口起伏的幅度很大，
像是一種抽搐。剛步入搶救的頭幾天，走廊的藍色座椅上，
他一群群的親朋相對而坐，面容悲戚，男的吐著煙霧，女的
唉聲嘆氣。一天傍晚時分，一個走路搖搖擺擺的胖老太，哭

哭啼啼地跑來，拽個沾著血跡和泥土的編織袋。她說，帶了要換的鞋來了，穿雙暖腳的鞋，好上路。這老頭垂危的生命，經歷反覆幾天的搶救後還是走了，同等待他離開人世的熱鬧場面相比，卻只有殯葬場的兩個工作人員，熟練而悄無聲響地帶走他即將消失的肉體。

母親說著隔壁的事，父親閉著眼睛，發呆，面對生命的離開，那種疼痛感會陡增。還有醫院之外的死亡資訊接踵而至：一個朋友在京城高校就讀的兒子死於游泳課上，另一個朋友三十九歲的女兒為了彌補婚姻的缺口，選擇去美容，死於麻醉藥過敏醫療事故。因為熟悉，他們的非正常死亡，漫漶在生者心中，生出恐懼和悲愁，只能任由它們帶著那一刻無以複製的情緒疾速墜落。

福柯曾說，「貧窮」其實是一種病，窮人就是病人。到中醫院治病的多為農村的中老年人，他們之所以選擇到這裡就診，因為一般的病他們是捨不得出門的。而到扛不住非得上醫院的時候，他們會發現那些蹦出來的病痛不是靠吊一兩瓶水就能治好的。在國家醫療體制反覆改革的所謂失敗與成功中，他們終能進入到保障體系之中。他們雖然手持綠色的農村合作醫療本，故作放鬆，但心裡反覆計算口袋的錢，面對治病所需，他們能省則省，把有限的錢花在幾塊、十幾塊一服的中藥上。

　　疾病從來就是一種隱喻。我聽一個鄉下親戚說他們把生病分「正病」、「邪病」，前者是得看醫生的，而後者就要去求神拜佛。還有那寧可信其有而不信其無的巫醫也將獨具「地方性」和「時間性」的治療手段發揮得淋漓盡致，它的靈驗建立在某種神祕基礎上，它的榮耀彰顯在對部分疾病的戰勝上。老百姓心中各有一套「神譜」，佛、菩薩、大神、小神、正神、邪神，在鄉村的田間地頭堅強地生長，暗自芬芳。從小孩出生到老人離世，有許多經驗之外的頭腦和雙手療治著千奇百怪的疾病，把脈人的生老病死。

　　我常常在醫院的大廳、走廊、病室遇到這些被神「遣送」回來的，身患「正病」，黝黑而長滿褶皺、木訥而說話緊張的臉。

　　而在醫院這個折射世態人心的角落，還潛藏著一些紛雜有趣的事件。有幾次，我路經院門前的宣傳欄，那裡貼著各式各樣的宣傳單：字跡模糊的感謝信、懸賞通緝告示、醫院內部通知、租售房資訊、速食電話、私人診所廣告……覆蓋、撕毀、殘缺、受潮，紙的一次斑駁集會，無須加工的現代藝術品展示。

　　上午十點，這是醫院就診最熱鬧的時間段。我看到幾個人圍在一張新貼的小廣告前，駐足不走，津津樂道。拙劣的印刷紙的內容火力猛烈──「重金求孕」，有足夠的噱頭激

起人們的話語欲望和想像力。

　　彭某，三十一歲，美麗迷人，夫從商，意外事故致殘，喪失生育能力。為繼承富殷家業，特尋異地品正健康男士，圓我母親夢，同時享受女人快樂。通話滿意，即付定金，飛你處見面，不影響家庭，有孕重酬 40 萬人民幣。本廣告已公證，負法律責任。聯繫電話 131×××××××××

　　「天底下有這樣好事？」「四十萬元啊，這麼簡單就掙到了？」「不會是騙局吧？」「有錢了不起，亂彈琴。」……

　　幾個觀者在嘀咕議論，男人沾沾自喜，女人憤憤不平。「受法律保護，你試一試，又不損失。」兩個男子互相打趣。其中一個男子拿出一隻外殼磨得發亮的舊手機，裝腔作勢地按下號碼，片刻後，他笑嘻嘻地說，空號，空號……

　　下午，母親從外面進病房，也講述在另一處見到的同樣內容的求孕廣告。這類廣告漫天遍野。我呵呵一笑，天底下的騙局因受騙者而層出不窮。還有一則本質雷同的騙人廣告——「誠心求偶」，張貼在我生活的城市社區的樓道和電線桿上。我戲謔，生活中處處皆布有陷阱，因為欲望，我們有了欺騙，我們一腳站在誠實的門內，一腳踏進謊言的禁區。

　　父親咬著母親的敘述話題，嘆氣，這世道，人心不古……

　　春天的回潮草草結束演出，漫漶的四月流水般離開。父親有模有樣地下床行走，我取笑他，又回到了小孩子學走路的時光。父親老了。我們在即使長大之後仍不承認「父親老了」的幻想城堡轟然坍塌。一場疾病，讓過去那個能夠遮風避雨、處事雷厲風行的父親，開始如履薄冰地面對生活。等待恢復的過程，父親流露出的笑容和一掠而過的憂傷，那一刻，我讀到生命流逝、疾病作惡、身體與健康悲歡離合的更多內容。

　　後來，我一直在思考，年輕的我們對於父輩，始終是飛上高天的風箏，雖然有根線，但它飛行的方向更多地取決於風向，線只是一個符號、一個象徵。我們的遠離奔波、我們的理想追求、我們的貌似成功與越來越少的近距離的關心、回報，於父輩而言，孰重孰輕，哪些更有意義？……眾多不明朗的心緒從四面八方湧過來，像水流彙聚，又從身體向外四溢。

　　那些「流水」，是可以觸摸的記憶，分手之際，我握著父親那隻依然張開的笨拙的右手，用力一握，感受到手指的彈性、粗糙的細膩和春天的溫暖……

▍身體之霾

　　我的身體又開始悸痛了。就像那翅翼在遙遠的密林裡的一次搧動，裹在遠涉重洋的氣流裡，跟隨春天降落在身體的深處。窗臺上的淅瀝雨聲，把這個乍暖還寒的春天鎖定在綿綿的雨季。沒有接到採訪任務，大半個上午就在半睡半醒之間，和晦澀的春光一起消逝。先是莫名其妙地擔憂、隱隱發作的不安，然後是無頭無尾的迷惘。彷彿是奔跑在一條繩索的兩端，一邊想像著前一個採訪稿中出現的失誤，一邊猜測著下一個採訪活動的內容，內心就在渴盼與抵拒之中矛盾地糾纏不休，又無處傾訴。朋友說，這是強迫症在時政記者身上的典型症狀。若果真如此，我從未想過同「強迫症」交手，但朋友所經歷的那些表徵與我的體驗又是如此相似。

　　「強迫症」的副作用像把精巧的刀切割著「我的生活」這塊蛋糕。斷斷續續的一段日子，後半夜驚醒後就再難以入睡。有時是被一個無端的夢攪得迷失重返睡眠的方向，有時是忐忑不安地強迫自己冥想，對第二天工作的憂慮，過去對某人言語不當的自責，更多的是對未來毫無來由的恐慌。這些，在體內集合成了一種真實的痛。

　　痛，像是一隻「柴郡貓」。在英國怪異小說《愛麗絲夢遊仙境》中，那隻貓隨心所欲地出現或消失，但會給人留下令人擔憂的微笑。身體上的痛竟然伴隨著微笑？令人匪夷所思。

身體之霾

「你去看看醫生吧。」身邊的人重複這善意的提醒。我無動於衷，尋找理由搪塞，或無所事事地磨蹭掉休息的時間。這一切都因為我從小就諱疾忌醫。強烈的僥倖心理和暫緩性的舒適，把過去了的隱痛和恐憂給淹沒了。我祈盼那真的只是暫時性的「強迫症」引發的不適，我的那些肉體器官還是循規蹈矩地正常著。但另一個念頭像一頭笨重的河馬無可逃避地時不時地冒出水面，喘上幾口粗重的鼻息。「也許是一種隱疾，無法破解的生命密碼。」我小心翼翼地懷揣這一遭人嗤笑的念頭，像捧著的潘朵拉魔盒，雖然炙手，但無法逃脫。

安靜和清醒的時刻，我會琢磨那「柴郡貓式痛」，是源於精神上的那厚重的陰霾，還是身體的隱疾？如果真有隱疾的話，那它就是從一次洗腳中被發現的。

那次，跟隨一個省級採訪團報導。冬末春初，雨下得清清冷冷，讓人昏昏沉沉。採訪物件是一個單位，並非個人。午飯後的空當，單位把我們請進據說是縣城最大的一個洗腳城。眾所周知，「洗腳」是這個縣城茶餘飯後十分時興的一項「娛樂活動」。洗腳城的大廳迅速被我們占據了。三十來張躺椅呈圓弧形排列，圓心是一個轉動的玻璃水池，有個小噴泉，紅藍綠相間的小彩燈，閃閃爍爍。我們魚貫而入，找位坐下，等待。洗腳城可能是首次一次性容納這麼大的團

隊，安靜的大廳頓時喧鬧起來。年輕的洗腳妹，抱著個小木桶，羞羞答答地走進來，但不可能一下子撞上對等的人數。於是這些臨時認識的同行互相謙讓著：「你先來。」「先給這位領導洗。」人慢慢地多了，有人嘻嘻哈哈地和洗腳妹調侃，無非是從「你是本地人嗎」開始，然後不鹹不淡地問答。多數洗腳妹並不太熱情地配合這種調侃，只是一聲不吭地埋頭完成著規定的程序，偶爾會在「下手」時問一句：「力度重嗎？」

　　我坐在圓弧形的一個缺口位置，想睡，又睡不著。在午後休憩的時光，搭話顯得有些多餘和無趣。洗腳妹長相一般，手法和力道都感覺不錯。她在做頸部放鬆按摩時主動提問：「你們都是記者？」我心裡咯噔一下：「你知道？」「你們進來時，領班就說了。」她笑著應答，但我的後腦勺看不到微笑。她的眼裡，這麼多記者一起洗腳，恐怕在該洗腳城算得上是一大新聞了。

　　泡在木桶裡的腳發紅，身體也跟著慢慢發熱。有次看電視節目中講到保健時，說人的腳部很多穴位均對照著身體的一個區域。具體對應的地方，當時記得幾個，後來全忘了。我把疑慮拋給洗腳妹，她很認真地按著腳板的幾個穴位，問：「這裡，痛嗎？」於是，我的疼痛開始在眼睛，接著是腸胃，然後到了頸椎。我很緊張地說：「都痛。」

旁邊那位省臺記者猛地支起臃腫的身體，和我對視一眼。他說，人有許多疾病是生下來就跟你玩躲貓貓的。到了一定時候，常常會猝不及防地蹦了來，有時可能並不見得是什麼不治之症，人卻都是被嚇死的。一旦消失的事物重新出現，人的心理就扛不住，身體進而每況愈下，有時未嘗不是件好事，不是種提醒，讓我們意識到生命的限度、身體的負荷和生活的節制。胖同行是一路採訪中「思考」最多的一個，看著他笨重的體型，我尋思，那些與肥胖有關的糖尿病、高血壓等疾病沒有在他身上光臨？但胖同行一番入情入理的話讓我難過得只有保持緘默。疼痛在洗腳妹的手指間繼續傳遞。我忍不住同她交流我所感覺到的疼痛，從懷疑到確定。我要她幫我證明，一定是腸胃、頸椎或者其他出了問題。可她卻用微笑的語言寬慰我：「像你們這種職業，多少都會有一些，不過注意調節和休息，多鍛鍊鍛鍊就好了，只是小毛病，不要太緊張。」甚至她還半認真半玩笑似的說：「以後多來這裡洗洗腳就好了。」

真的只是小毛病？又一個聲音否定了她的輕描淡寫。我毫不動搖地斷定，那比一般的腸胃病、頸椎病嚴重得多的隱疾，像特務一樣隱匿至深的疾患終於浮上來了。

結束採訪後的次日，我找到了一位從醫的舊同學。舊同學因為趨從於父親的威嚴，棄文從醫，可他似乎並不為身肩

救死扶傷的職責而感到有所榮光，卻在應酬中練出了酒量，也摸索到一條「人生結論」：多數人的生活都是庸碌的。他像接待每一位病人一樣接待了我，在聽我的描述時，他的藍墨水筆在藥方箋上寫著：嘔吐噁心腹脹……胃胃胃胃。

「那平日若隱若現的痛，就是從身體那個叫胃的地方向四周散播的？」瞅了眼他那慢條斯理的書寫，我心想。

我說我講完了，卻又回憶起一段清晨漱口時最令人難受的一幕。強烈的嘔吐感令人窒息，恨不能把腸胃掏出來晾晒陽光，胃水或是膽水，酸澀澀的，順著洗臉池的下水管道口同流水一起沖走。

同學說：「去做個胃鏡何如？八成是胃病，你不太注意生活規律，熬夜寫稿，暴飲暴食，工作壓力大。人的神經過度緊張往往會造成胃部痙攣……」除了反感做那個胃鏡之外，我很同意他的每一句話。我彷彿已經感覺到一個探頭似的東西從口腔、喉嚨、食道伸進胃部，像探囊取物似的，我又要嘔吐了。

「不做了，太忙了，我要走了。」最終我找藉口拒絕了做胃鏡的建議，主動把尚未確診的胃病冠到了自己頭上，甚至連藥方也沒開，就帶著同學說的藥名離開了醫院。在那些大街小巷林立的醫藥超市，我很容易就買到了同學提議「先試一試」的藥 —— 多潘立酮片。其實它還有一個過去大家更習

慣的名稱嗎丁啉，其功能是促進胃腸道的蠕動和張力恢復，以及胃排空⋯⋯

　　一次未做的胃鏡檢查，讓我開始檢點自己的生活。「規律飲食、定時定量、溫度適宜、細嚼慢嚥、飲水擇時、注意防寒、避免刺激、補充維生素⋯⋯」我的耳邊開始響起這些約束行為的「叮囑」。為此，我會慎重地考慮早餐，不吃油炸食物，因為不容易消化，會加重消化道負擔，多吃會引起消化不良，還會使血脂增高。少吃醃製食物，少吃生冷食物、刺激性食物⋯⋯

　　這一切都伴隨著疼痛和不安穿梭在我的生活之中。我對自己的約束達到前所未有的程度。「一個人無法逃脫疾病的糾纏，往往在健康時又忽略了那些隱藏的疾病。任何疾病都是在不規矩的言行裡埋伏著。」我自以為是地獲得這一新的認識。

　　嗎」啉給胃提供的動力，似乎有效地制服了那搗蛋的疼痛。我是那種典型的「好了傷疤忘了痛」的人，又開始一個時政記者沒有終點的忙碌。

　　春天是跟著「溫暖」一起到來的。那段日子，我跑得最多的採訪就是緊隨市領導，到鄉下給特困群體「送溫暖」。溫暖每年都會光顧一回。有一天，天空一掃陰霾，我們到一個山區縣馬不停蹄地看望復員傷殘軍人、特困農民代表。他

們或是身體殘疾喪失勞動能力，或是一場大病的衝擊讓一個家庭焦頭爛額。領導曾在這個貧困縣當過幾年的「一把手」，過去和現在的變化令他睹物思情，心潮起伏。

「規定動作」完成後，領導說要繞道去看一個人。走到大興土木、煥然一新的縣工業園附近，公路兩邊都是新建的兩層小樓房，那戶人家的房子找不見了。下車後，方位頓失的領導找到當地一個老人，描述要找的這個人：一個老婦人，應該有八十大幾，一兒一女，兒子智障，女兒癱瘓。老人若有所思，很快明白要找的對象是誰。他帶我們穿過不遠處樓群間的狹窄過道，找到了一間大概還是一九六七〇年代建的土磚屋。除了一丘丘劃割得七零八落的田土，多數人家的房子都「換代升級」，再差也是紅磚房。土磚屋看上去格外孤獨，可見我們尋訪的這戶人家條件之差。屋門掩著，沒有上鎖，引路的老人喊了幾聲，無人回應。聞訊趕來的村主任推開門，低矮的屋內一團漆黑。陽光跟著我們一同跨進，一張看上去零亂溼潲的床，半牆高的柴火垛，占得狹小的耳房滿滿當當的。走進略顯寬敞的灶房，凌亂堆放的樹枝，煙薰火燎後黑黢黢的牆壁，灶膛裡有微火，一個身材矮小的老婦人站起來，打量著一群突如其來的闖入者。

我們的視線慢慢適應屋內的黯淡，領導跟老婦人說了一些話，大意是「近來好不好？還記不記得他？」老婦人很

木訥，不說話也不點頭。村主任上前，說了一長串方言。老婦人開始挪動腳步，我們跟著後退，又拐進另一間光線更暗的耳房。也是一張床，多年未洗過的蚊帳罩著，被子裡躺著另一個「更憔悴的女人」。不知道燈在哪兒，也沒人主動提出讓燈亮起來，有人打開手機屏借光。老婦人開始講話，斷言片語，是更加難懂的方言。村主任在一邊翻譯，她八十四歲了，六十五歲的兒子出去撿柴火了，五十八歲的女兒癱在床上有三十幾年了。拿著領導遞過去的信封（慰問金），老婦人的嘴咧了咧，卻沒有任何表情。有人轉身時肘部刮到牆壁，塵土在一陣窸窸窣窣的聲響中撲落，一股陳舊潮溼的氣息彌漫開來，我的呼吸困難，我的胃像被一塊堅硬的冰猛烈地撞擊一下。巨大的痛讓我緊緊地捂住腹部，恨不能勒死這從黑暗中偷跑出來的「襲擊者」。

我們拉開撤退的陣勢，村主任和周圍鄰居七嘴八舌的補充，讓擺在眼前的這一家人的苦和難冒出冰山一角。工業園徵地，這一家的田沒了，徵地拆遷補償的錢就存在村委會的帳上，村裡每月從裡面提一小部分錢作為生活費。兒子雖然智障，但還算得上勤快，最擅長做的一件事就是撿柴火回家，把屋裡的空處填得滿滿的。老婦人每天在家給一雙兒女做飯，卻從不出門買菜，好心的鄰居給一點什麼就吃點什麼，村裡每月定時派村幹部來看一看少不少米和油鹽，也從

拆遷費裡拿點錢買些菜蔬順帶過來。

　　短暫的停留和模糊的敘說，並沒有讓老人一家的過去變得脈絡清晰。生活在邊遠農村更邊遠的這一家人，命運好像天生如此，卻又有著令人慨嘆的異乎尋常的生命力。人在最基本的生活保障尚未獲得滿足之時，對生活的要求就是沒有要求，這種「沒有」在衣食無憂卻仍陷入無盡欲望追求中的他者眼中，無疑是一團深沉的揮之不去的陰霾。

　　清明節的抵臨，終於結束了這個冗長的雨季。雨，也成為了記憶的「酵母」，在未來的許多春天裡喚醒某些人回到逝去的時間段落。我還認識並採訪了一位身染重疾的道德模範。一個農村女孩，從小喪父，寄居姨媽家，自由戀愛上了縣城裡的年輕退伍軍人，磕磕碰碰地進了婆家的門，從沒看過好臉色。婆婆快到退休的年紀，喊聲倒下就倒下了，小腦萎縮，癱瘓在床。女人很純樸，十三年來盡心盡意地照顧婆婆的生活起居。令人安慰的是，婆婆是帶著對媳婦的歉疚離開的。前年，丈夫檢查出遺傳性小腦萎縮疾病，娘家的弟弟相繼診斷為腦癌，她又得照顧兩個最親近的病人。每天凌晨三四點，她要到丈夫單位的下屬機構 —— 動物防疫站「編外上班」，往檢疫合格的豬肉身上戳蓋藍色的印章。豬肉上市了，她下班回家做完給丈夫和弟弟的早餐，又匆匆趕去附近的超市兼一份月薪四百元的售貨引導員工作。

　　她每天都虔誠地祈禱上帝佑護親人的平安，但弟弟一年前還是跟著腦癌走了。她剩下的唯一心願就是丈夫活著，即使什麼也幹不了，他的活著是給家一個存在的符號。就是這樣一個風雨飄搖的家，被疾病的鐐銬桎梏著，讓不堪重負的生活給擠壓著。更為痛苦的是，四個月前，人到中年的女人暈倒在家中，迅疾確診是腦血管出血和腦腫瘤，省某醫院開口手術費先期少不了二十萬元。「道德模範標兵」這份榮譽和報紙電視的宣傳，聚集到的愛心捐款遠遠抵達不了那個天文數字。人們唏噓著，不幸的家庭有著各自的不幸，太多的不幸集合到了這一個家庭。

　　女人躺在床上，以淚洗面，見到去看望她的社會愛心人士，說不出太多豐富的語詞，只有「謝謝」兩個最簡單的日常用語。醫生不允許她激動，但身體的顫抖讓人明顯地感覺到，這個在生死邊緣游走的女人，每一個毛孔都在激動著。這份與痛和苦難有關的激動，覆蓋了窗外所有的聲響，讓在場的我心生一陣劇烈的搐痛，好像身體內燃燒著一棵灰色的恐憂之樹……

　　又是夜歸。沒有人知道，這種流水似的忙碌在很多安靜的夜晚沉寂之後，帶給我的是比痛更厲害的酸楚。飽滿的情緒和永不復返的時間被撞擠壓榨，剩下一些虛無的口號，還拖泥帶水地把割裂的美好呈現在你的生活之中，故意讓

你欣賞一個乏味的「尾巴」。「這些程序化的文字都是過眼雲煙，你得寫屬於自己的作品……」朋友一針見血，在我的「傷口」上狠戳，而我更是對自己無可奈何地咬牙切齒。當游離的目光在那天深夜停留在微風翻開的案頭書頁上，我從中感受到從春天內部生長的茂盛力量。這是一位女性寫作者十分精細的敘述：寫作者，就是一些經常疼痛的人。因為寫作者有敏銳的觸覺，於是他很容易感到疼痛；因為寫作者有痛感，於是他鬧出很大的動靜讓人知道他在疼痛……當他感知了疼痛，他才能傾訴疼痛。其實那些疼痛，也是所有人的疼痛。

　　生活看似永沒有停歇的一刻。這個春天，雨季之後接踵而至的日子，我一如既往地在外採訪著，經歷著。對那些光亮的鮮豔我總是健忘，而一些悲傷的面孔常常攪得我的現實生活充滿不安或流連。是的，面對那些與我相識、交往以及並不相識的人們，他們承受的疼痛，那些滿世界奔跑，喧囂或安靜、龐大或渺小的疼痛，那些生活中的灰霾，看似只是個體的，也是所有人的疼痛……

　　很顯然，這個漫長而柔軟的春天，在疼痛裡抵臨，但不會帶著它們離開。

第二輯　芫野裡

▌雲彩化為烏有

　　水，卷著浪，拍打著船舷。那是條老船了，真擔心那些咬鉚在一起的舷板突然就散架漂離。我揮了幾下手，看到他整個人搖搖晃晃，像隨時要沉入水中。他是個老漁民，自然是大浪見多了，但到底上了年紀，駕了一輩子的船，也有站不穩的一天到來了。我後來想，那是我的錯覺，他的雙腳牢牢地站在船艙裡，像長在了一起。是湖水搖晃著船，船搖晃著他的身體。

　　水卷著浪，可我並沒有看到風。我錯了，忘記風是看不見的，但我的肌膚、頭髮、衣服也沒感覺到風的到來。無風不起浪。這句話在水上流傳多少年，沒有不應驗的時刻。不會的，是風還在雲朵之上、水中央、船的周圍、他的身旁，也在抵達我的途中。突然間，我一閉眼，風就來了。

　　我睜開眼，看見他的眼淚在眼角轉圈。他擦了一把，趕緊擺著手說是浪潑了一臉的水，又改口說老眼昏花，迎風流淚。那段時間，他沒事就坐在湖邊的大麻石上，周邊的雜草一人多高。他把背影丟給路過的人，沒人知道在遙遠的湖面，他看到的是未來還是過去。

　　他緩慢地說起他的「看見」。那天的雲擠壓得特別低，彷彿伸手可觸，沒過多久下起了傾盆大雨。天幕下只聽見雨的喧聲。有片刻的恍惚，雨像是從他身體裡湧出來的，他的

身體就是頭頂的這片天空，那些悲呀苦呀疼呀難呀，都一股腦兒地出來了。他感覺到身體變得輕飄、空洞、柔軟。天色漸明，他看到兒子昆山向雨中走去，身形越變越小，最後變成一顆光斑，而妻子從光斑裡走出來，腹部慢慢變大。他驚忙了一下，時光倒流，在這雨中，他又把過往的生活過了一遍。他穿著一件寬鬆的藏青色雨衣，把身體罩得嚴實，即使這個世界再大的雨水，他也不會被濺溼。但他突然發現，臉上溼漉漉的，他驚慌失措，不知道臉上淌下的是天上的雨水、雨中的湖水，還是孤獨的淚水。

　　我第一次找到他，是被安排採訪他的救人事蹟。我大致從他人的敘述中復原了那一場驚險的雨中救援。他從狂風惡浪中救起了十七條人命，兒子卻殞了命。那是六月的一天中午，剛過端午，暖溼氣流的高空槽和中低層切變，暴風驟雨是常事。湖面呼嘯一團，風像一把大鐵鍬，把湖水像流沙一般鏟起揚向空中。水浪撲面而來，打在臉上和身上，像一顆顆石粒般生疼，要砸出一個個洞。他看到天氣驟變，憑經驗判斷，怕是遇到了漁民也頭疼的「龍舟水」。他招呼兒子丟掉漁網，抓緊回到薑船避風。風發出尖利的嘶鳴，吹得他耳膜鼓脹，幾乎要爆裂。他擺了一下舵向，打算繞過這個情斷義絕的風口。但風伸出那隻堅定拒絕的手，把他們擋在世界的門外。他拚著老力抓緊加劇抖動的舵，這是一場和大風之

間的力的抗衡。當感覺到船會被掀翻的時候，他就鬆了把勁，船迅速偏移，在湖上跑出老遠。

　　風吹得眼睛都睜不開了，四周是一樣的風與浪，他知道離薑船停靠的地方越來越遠了。

　　風把滿天的雲卷過來了，大雨將至。從早上出門起，兒子昆山沒有與他說過一句話，是憋屈、賭氣、較勁，父子間的戰爭上演過多少回，但這次升到最高級。雲水之間，風劈浪湧，罅隙叢生，他覺得自己是最孤獨的人。

　　他已辨不清風薑船的方位。風吹哪裡就去哪裡吧，他泄了心勁，又用力收攢回來，像收一張永遠拖不上岸的網。隱約聽到風中的聲音，兒子昆山看到了，站起來，吼叫了一聲，向不遠處指了指。這個整天悶悶不樂的漁家子弟，跨步走到他的身旁，扳過機舵。湖面閃動著一片橙色的影子，發出此起彼伏的呼救聲。有人落水了，糟糕透了。此般天氣遇到這樣的事。昆山半蹲著，手緊緊抓住船舷，船開足馬力，迎著浪沖過去，在暴風中劈開一條道路。那艘旅遊快艇因為速度過快，在大風中來了個側翻，遊客全部落水。靠近快艇，他把昆山喚到船尾把住舵，自己跪在船頭去抓救落水者。那些求救的手在水中浮沉，他抓住一隻手，又用力攥住腰身往船上拖，昆山一會兒來扳大腿，一會兒去掌舵穩住搖晃的船。折騰了近一個小時，父子倆救起了十七個落水者。

他筋疲力盡，汗透一身，昆山把他換下來。救最後一位落水者的時候，一個大浪打過來，船上人多，船身傾斜，昆山一腳踩偏掉進了水中，眨眼就不見了。他叫喊著昆山的名字，旋風大浪把他的聲音攪成碎片。他和那些落水者所期待的身影，一直沒有浮出來。救援船接走了落水遊客，留下他繼續尋找兒子。這時，暴雨終於降臨了。他在雨中呼喊著，雨聲消弭了他的呼喊。雨霧像迷障般遮蔽了他的眼睛，突然什麼都看不見了。那一刻，他熟悉的水上世界坍塌了。

　　我陪著他坐了很久，看著夕陽落下，看著火紅的圓球悄無聲息地潛入水中，都想放棄採訪了。我不忍心再讓他經歷一次失子之痛。這一片的老漁民越來越少，他所居住的捕撈社區有一百四十多戶，上岸定居後，六十歲以上的就不再出湖了。但他是個例外。在外打工的兒子回來閒在家中，喜歡上了玩賭博遊戲機，是他逼著兒子上船的。多少個孤獨的白天與夜夢中醒來，昆山之死，像荊條捆縛全身，在那些命定的時刻抽打著他。淚水嗞啦從眼眶脫落，滾過臉龐，睜開眼，他就看見昆山向他走過來了。

　　他約我在租住居民區的一家私立幼稚園門口相見。他打著手機向我急匆匆走來，從步履神態上看不出是一位年過七旬的老人。時間的白色光斑，潛伏在他的兩鬢和鬍髭之間。一九四五年，他出生在李白詩中「千里江陵一日還」的湖北

江陵，楚國的國都，一個叫「郢」的地方，曾經從春秋戰國到五代十國五百多年的時間裡，有三十四代帝王建都於此。被炫耀的這片故土，留在他記憶深處的卻是貧瘠、窮困與飢餓。

　　他有一子一女，都不是在老家生的。老家農村太窮，從少年記事時起，災荒人禍，田瘦土薄，連年歉收，飢餓每時每刻就在身後追趕著他，就像是在挨著一個個至暗時刻。他決定出逃，駕著一條船，順著長江的水流，過起了水上生活。還有一個糾結在內心的矛盾，是妻子婚後幾年未見懷孕，卻檢查出患有神經官能症。他從沒聽說過這個病名，躺在身邊的妻子，入睡困難，胸悶心悸，多夢易醒，食欲不振，月經紊亂。看似極其日常的生活碎片，在她身體裡長成一種難以治癒的疾病。閒言碎語，落在村裡硬邦邦的土地上，反彈到他心裡就沾滿了塵灰的毛刺。家門口的荊江，只是長江中的一段，小時候他就聽在外闖蕩過的老一輩人說，千山萬水通過這裡就連在了一起。

　　沿著安鄉、南縣、華容，還有很多詩意名字的村莊，那些年走走停停，每到一地，住的時間或長或短，有的地方水域少，駕船打魚出門一趟，幾乎拚盡全身力氣，那是不敢回想的艱難。一九七五年九月，全國對流浪在外的沒有戶籍的人員進行過一次清查，他被遣送回原籍，但一年後他又離家了。樹挪死，人挪活，這句老話讓他甘願吞咽下遭遇的所有

窮困。他信，窮困與阻難總有遠遠拋在身後的那一天。

　　順著那些溝河湖汊，他頭也不回地走下去。他在想，水送到哪裡，就在哪裡安家。有一天過洞庭，遇大暴雨，電閃雷鳴，浪濤怒吼，船上一切能活動的東西都發出劈裡啪啦的響聲。水面像閃耀著一條條魚脊般的銀光。夜太黑，他擔心船下沉，當時船上還有岳父母，於是靠了岸，等雨歇天明，風平浪靜。這個夜晚帶來了意外驚喜，妻子發現自己懷孕了，之前看醫生，求神拜佛，把觀世音請到船上神龕供著，歸結於一場風雨中的滯留。那個年代，三十二歲的妻子已經是高齡孕婦了。菩薩在風雨之夜顯靈了，他掰著手指，算出孩子是三月末在調弦口水域的另一個風雨之夜懷上的。他朝著東方磕頭跪謝的時候，天盡頭的雲層發出透明的光亮，像一座剛剛點燃的雲彩。他看到過湖上太多的雲彩，卻只記得這個夜間，重重黑幕中稍縱即逝的絢爛。

　　水把他送到了洞庭湖畔的一個捕撈村安家落戶。捕撈村過去是城中村，住著的都是南來北往的漁民。那時集體作業，每次歸來要把捕到的鰱鱅青鯿分好等級上交集體，他從不藏匿一條多餘的魚。吃過遣返的虧，他口袋裡隨身帶著一紙證明，老實厚道人緣好，幫他融入並拿到了一個當地戶籍。由鄂入湘，漂泊經年，他覺得自己是幸運的，還有那麼多在水上漂著的人，幾代下來，都忘記了自己從哪裡來，到

哪裡去。有水的地方，就有船，有船的地方，就是家。兒子昆山是與包產到戶的政策一起降生的，他認為一切都是最好的安排，好日子才剛開始。

　　他是出了名的吃苦、霸蠻、節省，前些年掙下了漁民新村的一套集資房，南北通透，一百一十平方米，站在窗邊就能看到隔著馬路的湖。熟悉的水的氣息每天清早把他從夢中喚醒。他又想起那些追逐雲霞的日子，晨曦、午後、黃昏、白色的、七彩的、烈焰似的，粉色霧靄，沉凝墨色……他看著它們的聚散，卻有一種「常恐歸時，眼中物是，日邊人遠」的神傷。

　　有一天他一聲不吭地把房子賣了，搬進了社區鄰湖的一排舊平房，五十多平方米，簡陋陰暗。最關鍵的是借房子時，社區主任就講明瞭，何時喊拆遷就要搬走。他簽了承諾書，卻盼著別拆、不拆、慢點拆。兒子昆山不爭氣，辭工回來過完春節，沒找到中意的工作，沒事就到路邊小店玩賭博遊戲機，開始偷偷小玩，後來透支了信用卡，不知不覺刷了兩萬多，還不上錢，上了黑名單，銀行告到法院催繳。傳票到了他手上，逼問之後才知道是玩賭博機惹的禍，他氣得肺都要炸了。

　　他把兄妹倆寄讀在岸上一個老師家，送錢送吃的就過來看一眼。孩子從小就跟他不親近，看到他來了就躲開了，像

是看著別人家的爸爸。兒子昆山成績差，不是讀書的料，挨到小學畢業就不肯繼續上學了。打過罵過之後，他妥協遷就了，就帶著出湖打魚。他讓昆山幹累活髒活，心存他能知難而退的希望。沉默的昆山咬牙堅持下來，畢竟水上太辛苦，他又心軟了，琢磨著送去學點手藝。廚師、修理、剪髮，名堂換了好幾個，不成器，後來外出打工，電子廠、服裝廠、食品廠來回跳槽，也是不成功的命途。找了個打工認識的湛江女人結婚成家，拖了幾年生了孩子，丟在家裡又外出打工了。女兒也不省心，好歹讀了個自費的本地中專，畢業後去了東莞工廠，適應不了那邊的流水線生活，又誓回來，超市收銀員、賓館服務員、足浴按摩師，換過幾份工作，婚姻一拖再拖，高不成低不就，最後找了個大十歲的外地男子結婚，也是沒工作。

分不了家，都還住在一起。每天吵吵哄哄的，煩心但也還是完整的一家人。過了六十歲，他也出湖很少了，找了份看門的工作，坐在崗亭裡盯著電子螢幕。他戴起了老花鏡，手頭邊還放著一本《對聯知識》的薄冊子，是去街道的老年詩社聽課發的，自己也學習寫了兩句：電子眼安營老巷，小螢幕辨真識偽。他請書法班的老哥們兒寫了，貼在崗亭外，物業主任誇讚他，這安民告示寫得好。原以為老年生活就是此般度過，沒料到接二連三來了事，昆山的信用卡事件和外

第二輯　荒野裡

面的幾個債主來家裡進進出出，要面子的他唯唯諾諾，除了道歉就是咒罵不爭氣的兒子，恨不得自己鑽個縫躲起來。他痛下狠手，把房子賣了，當時房價不高，十來萬塊錢，還掉家裡欠的一點債務，兒女各分一半，從此再不相欠，各自安身立命。兒子的事剛解決好，這口胸中的怨氣還沒吐完，女兒女婿又鬧騰起來。女婿在老家的妻兒找上門來，原來是一個沒離婚的主兒，男人懦弱，灰溜溜地跟著走了，丟下一個笑話給街坊鄰居。女兒羞惱之下，又踏上了南下工廠之旅。

他帶著妻子開始了租房生活。那些日子他每天喝酒，喝完酒就去幹活。租的房子後面是一片沙洲，他挑來泥土，春上時節，種了幾分菜地，春天過去，菜地全長綠了。幹活的間隔，他抬頭就看到了湖，看到湖上來來去去千萬條的水路，辨不清哪一條才是自己走過的。要是再年輕些，他怕是要選一條水路再次出走。水上沒有那麼多糟心事纏繞，風吹雨打過後，天空像水一樣乾淨透亮，心情也乾淨透亮。

「兒子死的時候眼淚都流光，流到湖裡了。」他像是講述別人的故事，那張醬油色的臉，深深的皺紋互相折疊，表情動起來，就成了咧嘴微笑的一根根唇線。

那段懊悔的日子，他試圖理解兒子的苦悶 —— 孫子慶聲的病，找不到滿意的工作，沒有經濟來源，管不住貪玩的心性，夫妻間的齟齬，都可能是壓在昆山心上的石頭。父子

140

之間這些年沒有過一次掏心肺的交流，經常是冷戰，如同陌路人，這也許才是壓死駱駝的那根稻草吧。他又想起了慶聲生病的事，昆山帶著媳婦去了深圳關外打工，慶聲留在老人身邊，最怕生病沒照顧好。這世上有時怕什麼偏來什麼。愧疚的疤，雖早結了痂，但還沒脫落，用力去掰碰，又會鑽心地疼。

　　慶聲上幼稚園大班那年，有天放假，慶聲嚷著去划船去捉魚。漁民的後代，不管以後要不要離開船，但總歸要認識水，認識水裡的魚和水上的風景。妻子沒攔住他們，慶聲上了船，歡心得很，裹著頭巾，像個海盜船長指揮他全速前進。萬里無雲的天空，突然就像開始演出的舞臺，帷幕拉開，雲彩從遠處款款走來。慶聲大呼小叫，指給他看天邊奔跑的馬、追逐的狗和肥胖擁擠的人們。歸家後，吹了風的慶聲晚上發燒了。妻子換了幾個土法子，溫水擦過脖頸腋窩腹股溝，白酒又擦了一遍，喝了糖鹽蜂蜜水。燒不退，他急了，趕緊把孩子送到市醫院，急診醫生認定是手足口病，打了針後有所好轉，帶回了家。本以為沒事了，結果晚上孩子又發燒，他急忙把孩子再次送到醫院，換了一個醫生，讓去兒科繼續打針留觀。留觀室人滿為患，孩子生病，那些年輕父母只懂得往醫院送，醫生排隊叫號，冷漠地打發著一撥接一撥的病人。慶聲躺在留觀室床上，輸液防脫水，也不知注射了其他什麼藥，孩子瑟瑟發抖，都尿到褲子裡了也沒知覺。

他一個在湖上漂的人，不懂檢驗結果上的那些箭頭和數值，但孩子昏迷的樣子，尿褲子竟然連吭哧一聲也不會了，他覺得問題嚴重了。他去找醫生，醫生忙，他就變成了低聲哀求。也許是看他是個老人了，醫生過來了，皺著眉頭看完孩子。他從醫生眼睛裡讀到了不祥的預感。又來了兩個年紀大的醫生，嘀嘀咕咕交流了一會兒，然後其中一位告訴他，病情有些異常，會馬上派車送往省兒童醫院。他腦子裡刮起了風暴，天旋地轉。他一個勁地問為什麼，醫生不說話。他想撲上去撕開他們的嘴。後來孩子上了救護車，還是昏迷不醒的狀態。救護車閃著燈嗚嗚叫著在高速公路上疾馳時，他看著昏迷不醒的孩子，感覺整個世界都在旋轉，腸子都快悔青了。湖上打魚的時候，再黑的夜再大的浪，也有過恐慌，但都比不上這個晚上，像是走到路盡頭，走到末日來臨的那一刻。

慶聲的命是保住了。「後來到省城，醫生一檢查，就說恐怕是癲癇病，你說市裡醫院哪這麼糊塗，誤診耽誤了那麼久。」他耿耿於懷，又懷著人在疾難前的萬般慶倖。到了醫院，車門打開，見到醫生他就跪下了。他的雙腿戰慄，湖裡的風浪見過那麼多，都活到兩鬢斑白了，他從來沒有這麼害怕過，一下抓住醫生的手就哀號起來。大庭廣眾之下，他感到人生如此的悲傷、恐懼和絕望。

後來的事情，不幸中的萬幸，上天保佑。「祖宗菩薩坐

得高。」他說，孩子因癲癇引起腦損傷，智力出了問題，讀書是沒指望了，平安活著成了他心中最大的祈願。他害怕什麼呢？他問過自己好多次，是怕在外打工的兒子媳婦的責罵，還是怕眼睜睜看著一個小生命的離去。醫院仁道，輾轉請市婦聯幫著辦了母子的低保，辦了孩子的殘疾證。那一年，低保是每月三十元。他沒去找市裡醫院的碴兒，認了這個命，就像他只有在水上漂的命一樣。滿世界，這些年月，他最恨的是自己。

他說，人是要服老的。老之已至，連天上的雲彩看上去都蒼老了，連水最深的地方都變得如此切近了。

我分明看到他心中那條痛徹之徑，覆蓋著悲傷、苦楚、離別的雲朵、風浪和細雨。我決定放棄對他英雄之舉的採寫，只想陪著他安靜地坐一會兒，從湖水和變幻的雲彩中看到些人間祕密。

他從早到晚坐在湖邊，有時駕船去昆山落水的地方待一待。船順著水漂，他靜靜地看著遠處，依然是看過許多年的茫茫一片，是無限拉長的靜止。湖水停止了湧動起伏，好像有這湖水，就能將他滿身的苦楚卸載、溶解，好像有這湖水，通向的是起死回生的至親身邊。昆山不在了，沒過多久，媳婦聲稱外出打工，把孩子丟下，再也沒有回來。他早就該猜到過這個結果，也好，他安慰自己也安慰妻子，有慶

聲留在身邊，至少他們不是空巢老人。

　　有一次，下著雨，他看著湖面升起一朵雲，像是風卷起的水，水變成了雲。雲跟著風在空中飄，夕陽西下，雲影慢慢由大變小，如同一個人的衰老。雨落下並穿過它，像打溼了一件衣裳。他想起小時候聽老人說過，看到水變的雲，再大的苦難都會化為烏有，生活重新開始。一笑泯悲愁。

　　「要回家啦！」總還是會有那麼一個時刻，讓他回到現實之中，想起那個租借的隨時要拆的房子和房子裡的女人。那個叫鳳珍的女人這兩年的風溼關節炎加重，拖著一條病腿，但從沒有過半句埋怨。「你陪慶聲長大，我陪你老去。」他耳畔響起她說的話，就會又一次躲起來涕泗流漣。她在等著他，慶聲也在等著他，像湖水不會因為一次沉覆停止流動，像世間命運的差池總有一個歸處，像生活中的至暗時刻終不會因為苦難、失去而阻滯黎明的降臨。

▎夜色起

　　那些日子，二媽總在忐忑不安的情緒裡等待每一個夜晚的到來和離去。

　　她病了，著了邪，這個邪不輕。小姨氣鼓鼓地對著姐夫發脾氣：「你看，這個家弄得還像家嗎？」小姨那張胖圓的臉改變成有稜有角的方形，有些滑稽，但沒人敢笑出來。因

為，二媽這次得的病顯然是鄉下人磨得粗皮厚繭的手也不敢接的「燙山芋」。

從縣城的醫院回來，二媽上床合著眼假寐，實則尖著耳朵聽堂屋裡的說話。但二叔、小姨幾個只是嘆氣，喝水，咳痰，嘴巴裡喉嚨裡刺刺啦啦作響。然後是沉默。束手無策。醫生說的話很委婉：回家先吃藥觀察嘍，多安慰病人，控制住不往壞處發展。

小姨火了：「碰了鬼啦，我明天去請鐘大仙治治，哪會無緣無故搞這個毛病。」又來了幾個二媽家的親戚，扎探病情的，他們都住在村子的周邊，不遠，溜達幾步路就到了。他們看著天書般的病歷本，瞠目結舌。「憂鬱症」，他們沒聽說過這種病，但從小姨的怒火中，很快心知肚明。他們的生活詞典裡蹦出「精神病」這個詞，取而代之那個讓人意外的結論。二叔打電話給小女兒通報醫生定論，反覆說著病象。窗外的夜色於悄然間張開巨翅飛臨，親戚們趁此機會作鳥獸散。

人好人歹都是要活下去的，這是二叔的人生哲學。他走進冷火秋煙的廚屋，塞進灶膛一把把晒乾的棉稈，劈劈啪啪炸響，屋裡的燈沒有亮起，炊煙帶來生氣。二叔悃悵若失，鍋裡翻炒著自家地裡長出的萵苣，那一聲長長的尖嘯像是從地底下堅硬的石頭中突然炸裂。他的耳道裡響起一陣驚馬奔

逃的聲音。腳步紛亂。二叔慌張地拉開紗門跨進裡屋，患病的妻子眼睛圓睜，散亂著頭髮，縮抵牆角，緊緊抱著自己的身體，床上的紅印花被甩在地上。二媽的嘴唇扭動囁嚅著，發出奇怪而低沉的聲音。二叔撈起地上的棉被，又呵斥起自己的女人。多少次無效的勸慰，讓他難以壓制心中的無名怒火，恨不得燒死那個躲在妻子腦子裡的幽靈。事後情緒平靜下來，這個一輩子都在與土地打交道的農民又會懊悔不已，醫生叮囑的話浮雕般站起來，要多給病人營造安靜溫暖的現實環境，多引導病人去回憶感受美好親切的往事。他使力拍打自己雜亂的頭髮，心裡的痛淌過滿臉皺紋的溝壑，犁落兩行熱淚。

淚流過後，二叔更加堅定地認為，二媽的病都是她自己的心理作用。「一個人為什麼要想那麼多複雜的事呢，外面吹點風下點雨，狗呀貓呀弄出些響動，這有什麼好害怕的呢？你那麼緊張幹嘛？……」二叔咄咄逼人，他有太多的疑問，連珠炮般發射出來。一個已經患病的鄉下女人獨自面對正常人的疑問時，只剩下瑟瑟顫抖，四處躲避那些粗暴聲音的追擊。

二媽患憂鬱症的事傳到我耳朵裡後，我找了個週末回去看望。她的兩個女兒都在外地，沒有子孫繞膝，家裡空蕩蕩的，打開家門就是成片的棉田，左鄰右舍的屋都隔著上百米

距離。鄉野的清冷，對二媽的病是非常不利的。見面時，二叔到地裡摘棉桃去了，二媽就坐在堂屋堆積幾籮筐的棉桃中間，把棉花絮從黑色的殼裡扯出來。她很緊張任何一個人的到來。我親熱地喊她幾聲，她認出我，又更加緊張起來。她想去喊田裡的二叔回家，又想去燒杯茶招待家裡的客人，但當這兩件事無人指揮的時候，就心慌意亂了。

誰也無法否認這場病改變了二媽。二叔更是不願在鄉鄰面前啟齒，什麼憂鬱，他們只曉得瘋子、神經病，誰的家裡攤上這種人，彷彿是前世作惡的結局，彷彿誰四處談論，博取同情都是可恥的。要知道，二媽年輕時幹過大隊會計、代課老師，回家務農後，各類農活都幹得漂漂亮亮。田間壟上，庭前院後，收拾得井井有條，她是村裡公認的聰明人。但她又老實得只知道埋頭幹事，老實人的本性讓她不去爭取那些稍加付出就能得到的東西。她跟人交往，有禮有節，言語不多，人的好壞她心知肚明，進退有度。就是這樣一個賢慧能幹又善良明快的農村婦女，卻鬼使神差地落入身體的陷阱。「陷阱」的悲哀所在，就是你慢慢地挖好它，連自己都未察覺。

在二叔心裡，我在城市工作，見多識廣，也許能幫上什麼。飯桌上他堅持要喝一點酒，我沒有拒絕，他心裡的苦需要找個管道宣洩一下。「為什麼要互相折磨，一個人好端端

的，為何如此折磨自己折磨家人。」「你不知道我多窩火，你二媽的姊妹都責怪我，我是情願這樣嗎？」……家族間的矛盾摩擦在鄉下是普遍現象，天下太平時都相安無事，一旦有風吹草動災禍不幸，矛盾就全迸發出來。我端著酒杯，看著那張老皺的臉、那雙迷離的眼神，唯有安慰：「面對現實，積極治療，這道坎大家一起跨過去，何況二媽的病還是初發期，幸許透過藥物治療會慢慢消除。」多半時候，我語塞沉默，不知要如何條分縷析這個降臨在二媽頭頂的病災。來之前我逛百度，有關憂鬱症的網頁鋪天蓋地地砸進視野——「人群中有百分之十六的人在一生的某個時期會受到憂鬱症的影響，又至少有百分之十的人會出現躁狂發作。專家預計，到二〇二〇年，憂鬱症有望成為僅次於冠心病的第二大疾病。」我不知道二叔會不會明白我跟他說的這些，這個世界上有那麼多同病相憐的人，或許能略微減輕他內心苦澀的重負。

　　二媽患病初期，小姨隔幾天來一次，她執意要去請鐘大仙。鐘大仙是城郊一個道行很深的神婆，很多人有病有災、避邪、求子求福求財都要登門。小姨的提議被二叔一口否決，「哪有什麼神神鬼鬼，有鐘大仙還要醫院要科學幹嘛，鐘大仙能免除她自己老公不出車禍身亡？」「那一個好好的人，突然變成這樣，醫院說治不好，你不想別的辦法，你是什麼居心？」小姨反唇相譏。

　　小姨邀來的幾個「幫手」──大舅、堂兄、表姐，在一旁你一言我一語，澆熄即將爆炸的炸藥包。二媽的病一直是個疑問，病因從何而起。不知誰扯到前年二媽摔跤後的骨傷，二叔便偃旗息鼓了，不管他承認與否，這個世上沒人能吃到後悔藥。前年冬初，二叔執意挖塘泥抬高晒禾坪，塘泥未乾透，二媽在搖水井旁提水滑倒，傷了尾椎骨。傷的前幾天還忍著以為沒事，後來疼得受不了就去看醫生，照的片子是骨折，幸好不是特別嚴重。農村人都是「大病化小，小病化無」的對待方式，一生勤儉節約的二媽哪捨得花冤枉錢躺在醫院裡，只懇求醫生開具幾種不疼不癢的療傷補鈣藥物。醫囑：臥床兩月。這番遭遇，大家都清楚，但又不敢說真正清楚了。一個養骨傷的病人，為什麼會轉化為憂鬱症患者。但擺在面前的事實，二媽躺在一張「門板床」上，療養骨傷的兩個月過後，她開始對這個世界對任何事情敏感起來，一種沒有來由卻無比巨大的恐懼像癌細胞般從她的內心深處迅速擴散。二叔的軟肋被擊中，最後丟下一句：「你們愛怎麼弄就怎麼弄吧！」

　　二媽的恐懼也許並非驟然出現。伴之產生的性格突變、敏感多疑、行為詭異，都在如沙塵般聚積。二叔看到，妻子的情感變得冷漠，脾氣變得暴躁，對家裡家外的事情不感興趣，經常會為一些小事而亂發脾氣。外地的女兒回家發現，

第二輯　芜野裡

熱情好客的母親突然對人冷淡孤僻，與人疏遠，不願與人交流了。鄰居則看著獨來獨往的她，對近在眼前的招呼置若罔聞，行為舉止叫人詫異。

我在二媽家留宿的當晚，酒酣入眠的二叔發出間斷的呼嚕聲，二媽卻輾轉反側。同一間房內躺在客床上的我小心翼翼地安慰她，「想什麼？」「嗯。」「沒事的。」「嗯。」「有什麼事就說出來，說了就好了。」「嗯。」……我給她展望一個家的美好未來，描述醫學發達，憂鬱症的治癒不足為奇。不管我說什麼，二媽的鼻孔裡只嗯嗯地回應著，充滿歉意。後來，她長久不翻身，似乎已入睡，我也沉悶了，實則她是擔心聲響擾我睡覺，想讓我以為她睡了。我睜眼看著屋裡的一團漆黑，辨認不出任何事物，卻彷彿能看到二媽繃緊身體，攥緊雙手，抗拒什麼的到來。這是我度過的最漫長的一個夜晚，我絞盡腦汁，想如何跟二媽說，哪些可以說，哪些是禁忌，我好累。難道她不累？她日益消瘦，神色倉皇，壓力山大，只有在藥物的作用下，她才能夠睡著，否則就是在一分一秒的流逝中數著夜晚的光陰。

迷迷糊糊的後半夜，二媽的一聲尖叫把我們驚醒。二叔睡意朦朧，扯亮電燈，蜷縮在床角的二媽又迅速躲到被子裡，蒙住頭，嘴裡喊著：「別抓我，我不去。」二叔把她哄得安靜下來，她告訴我們她做噩夢了，夢裡有和尚跟道士手

持繩索鐵鍊要把她捆走。二媽手心汗津津的，我握緊她的手，說：「這是夢，不會發生這種事的，沒有誰來抓你。」

　　夜晚成了橫亙在二媽面前一道難以翻越的崇山峻嶺。農村空曠的夜晚，黑暗粗暴地奪走了人類感官中最寶貴的視覺，聽覺趁機作亂，那些素日習焉不察的聲響，夜裡張開想像的翅膀，在二媽的腦子裡飛來飛去。也許飛走了就好了，可它們俯衝下來扎下根不走了。這些混蛋充滿邪惡，嘈雜地爭吵著，趕走一個農村女人心中駐紮多年的安寧，日常生活裡任何微不足道的事在她眼裡都極其危險、布滿陷阱。而夜色剛升起的時分，她總愛張望家門前的通道，彷彿等待著什麼；她害怕疾風捲動樹葉的呼嘯聲，貓兒行走屋頂踩動瓦片的聲響；她眼前經常恍惚，把許多虛無的東西附加到自己身上，別人在議論她，有人想加害於她，幻視幻聽的症狀在夜間演進得格外顯著。特別是夏季驟然增多的雷電之夜，白色閃電撕裂天幕，青色大雨瓢潑而至，風雨的二重奏在一個精神隙縫已經綻裂的老人心裡，該是製造著一場怎樣的心靈地震。

　　二媽的噩夢鬧騰一場，終於乏力入睡，而窗外的天色已微微發白。酒精散盡的二叔毫無睡意，和我漫無目的地聊起兩個表姐的生活。二媽生育四個，中間的孿生兄弟夭折了，一頭一尾是女兒。農村「養兒防老」的意識多少年來像莊稼一樣在田間茂盛地生長。這個痛點一直埋在她的心裡，也從

未向人提起。大女兒中考畢業那年長江洪水暴漲，等到郵遞員送來衛校通知書已是秋後開學，她與那個年代有工作分配的中專學校失之交臂，一生的命運被改變，早早結婚生子，爾後家庭不和、婚姻不幸。她遠上廣東打工，省吃儉用，把自己「刻薄」成一個矮瘦的身體。愛賭博的大女婿輸掉了鄉鎮農電站的工作，離家出走十多年，下落不明。名存實亡的婚姻在鄉鄰茶餘飯後的齒縫間滾來滾去。二媽養骨傷，大女兒請假回來照顧，假還沒休完，就匆匆趕回了南方，原因是她的公婆幾次登門，催促媳婦回去。回去又能幹什麼，一堆窩囊事，眼不見心不煩，更加懶得與那些愛嚼舌的人說話。一個空虛的家，兒子跟著爺爺奶奶生活，被老人教唆與媽媽關係疏遠，讀完縣裡的職業學校也去了南方打工，拿到第一個月工資就染了一頭黃灰色頭髮。四十多歲的大女兒悄悄把辛苦打工攢下的錢塞進二媽的枕頭下，大清早又出發去了那沒有感情只有機械生活的城市。小女兒結婚遲，又有著另外的難言之隱，婚後七年，從之初的不急著要到懷不上，孩子問題似乎成為一個永遠都不敢擅自踏入的雷區。二媽臥床的日子，從前殷勤的小女婿很少問候，藉口是工作忙出差多，但老人敏感地察覺到湧動的暗潮隨時可能摧毀她最鍾愛的小女兒的家庭。

兩個女兒所遇到的生活難題，儘管在這個年代有著眾多

的「類似」，但在二媽這裡變成了一道不可逾越的溝塹。來探望的親朋好友說東道西，嗟嘆惋惜，農村根深蒂固的迷信意識屢被喚醒。有些不懷善意的敘說，有些不期而遇的偶合，都變成一塊塊石頭堆砌在她的心裡。躺在「門板床」上，骨傷慢慢癒合，可苦澀冰冷的黑膽汁，古希臘語中「憂鬱」的代名詞，越積越多，讓二媽患上深深的孤獨症。那些紛繁的心事，像春天地裡播下的種子，碰上好年成，長得越發茂盛、雜亂，再也不能割刈乾淨。二媽糾結於那些蛛網般的心事中不能自拔，讓我想起肥皂劇《辛普森一家》中的一句臺詞：「假如念念不忘，那麼任何事情都會變得糟糕。」

回城後我特意去諮詢一位神經內科醫生，他說，像二媽這樣的病例他見得太多，病因五花八門，但多與刺激有關，有些刺激因素就潛伏在風平浪靜的日常生活中，可全世界都找不到好辦法，唯有依靠藥物來穩控療效。藏匿二媽體內的憂鬱因數，這些要重點盯控的上訪群體，究竟長得怎樣的奇形怪狀，你稍不留意，就不知它要製造多大的麻煩與災禍。有一次夜聚，我的醫生朋友竟然在微醺後埋怨，每天來掛號看病的人群中，憂鬱症患者越來越多，不明白這世界到底怎麼了，我們的情緒何時變得如此脆弱。

他的一聲職業感嘆，把酒桌上散亂的話題歸攏。我們開始談論情緒，追尋一切可以讓情緒失控的往事和記憶。憂鬱

真的只是情緒的一個埠。快樂、悲傷、氣憤、尷尬、恐懼、厭惡、驚奇、罪惡、羞恥、嫉妒、輕蔑、同情、崇敬、挫敗、懷舊、困惑……還有更多細微的情緒感受，那瞬間即逝或短暫過往的情緒反應，像隱藏的導火線，引爆我們無以承載的精神世界。

趁著暑假，小表姐聽我的建議，帶二媽到省城的腦科醫院看病。醫生把情況一問，做了幾個簡單的測試，二話不說，就開了個住院的單子。「要治療，住院吧。」「能好嗎？」「好不好先不說，住院觀察一段吧，憂鬱症，這是嚴重的心理障礙，患者的認識、情感、意志等心理活動均可出現持久的明顯的異常；不能正常地學習、工作、生活；動作行為難以被一般人理解；在病態心理的惡性發展下，有自殺或攻擊、傷害他人的動作行為……」醫生的一番診斷和鄭重其事的描述，把二媽這個在農村待了大半生的女人丟進了冰冷的病房。吃藥、化驗、檢查，小表姐盡心盡意地陪護。老人夜間睡得好些了，藥物控制了噩夢，可神情越來越木訥。她面目冰冷地看著遠處的高樓、有霾的天空，眼前的四菜一湯、藥片，眼睛裡透露出的是一團渾濁，全失去了過往的生動氣息。

病區裡都是這一類的病人，只不過年紀、遭遇、病情各有差異。一個剛上高中的女孩子，總是以為有老師同學在背

後搬弄她的是非；一個公務員男子認定上司給他小鞋穿而暴力相向；一個喪偶的女人，每天到丈夫的單位等他一起回家；一個空巢老人聽不得大的響動，不敢邁出家門半步……這個美其名曰「腦科醫院」的地方，實則是精神病患者的「集中營」。精神分裂、憂鬱、焦慮、狂躁等等，這些標籤被貼到一具具鮮活的身體上。

我出差，順道去探望二媽，小表姐說服藥對她精神之疾的療效時好時壞。記得那天在氣味凝滯的病房內，我與二媽的眼神狹路相逢，一碰著，她就扭頭垂落。二媽的眼神中表露出的是對這世界的不信任，她彷彿永遠生活在一種緊張的狀態中，任何喜悅的傳遞在她的臉上看不到笑容呈現，偶然的神情放鬆也只是曇花一現。在病區穿過，奇怪的感覺溼黏黏地包圍過來，每一位陪護的家屬臉上都很苦澀，一個個比賽似的憂思重重。小表姐說，這裡是病情不太嚴重的病區，她指了指一幢鐵門緊鎖的院子，從天色熹微的凌晨開始，那裡就發出一陣緊似一陣的吼叫聲，夾雜著此起彼伏的哭泣，這個特殊病區的喧鬧會持續到很晚，甚至有時在好不容易寂靜的深夜，突然又爆發出慘烈的呼叫。在這裡的壓抑感太大，小表姐苦笑著說：「不說病人，好人住久了不憂鬱才怪。」

太多的不可言述在我們身邊發生。偶爾我也會認為自己患有輕度的憂鬱。比如我剛改行做記者的那段時間，天天

第二輯 荒野裡

跑會議新聞，藏匿正襟危坐、人頭攢動的會場，人人各懷心思，大家的耳朵似乎張開，一排領導按職務從小到大的順序，念著一摞材料報告。那些內容重複單調、耗費時光的報告，讓人看不到會議的盡頭。面對這種不確定感，我時常生出古怪念頭，拂袖而去，把桌上的茶水潑進那些茫然空洞的嘴裡。那些被惡劣情緒輻射的夜晚，我的目光始終無法聚焦在斑駁的文字材料之中，去梳理這些道貌岸然、裝腔作勢的文字。我一直以來沒法將對它們的厭惡表達，唯有用順從的方式安撫這群躁動者。有時我想，某一天，我將會被這群躁動者逼瘋。即使擠進一屋子平日最鍾愛的書叢裡，那些精心挑選帶回家的書籍面色猙獰，我會產生一種窒息感。多麼荒謬可笑，那些由不同的人創造的書裡有數萬種世界，集結在一起，它們搖身變成了萬數種謊言。

恐懼這個詞，從這裡起源是再正確不過的了。暗示前方有某種不明之物、不祥之兆在等待，不可解釋的事情時刻能在此發生，一瞬間，對虛無的巨大恐懼可以淹沒任何一個人，而每一個人都成為惡劣情緒和孤獨的俘虜。尋找生活的意義，在二媽置身的醫院裡是一件奢侈和可笑的事情。

藥物始終是憂鬱症患者治療的唯一途徑。帕羅西汀、舍曲林、氟西汀、西酞普蘭、氟伏沙明，這幾種常見的藥物專為像二媽這樣的憂鬱症病人量身打造，它們有個令人迷惑的

名字：五朵金花。我在二媽的藥方上看到這些空洞的字眼，特別是帕羅西汀，這是人們常用的選擇性 5- 羥色胺再攝取抑制劑。藥物和疾病是天生的一對敵人，從來都是此消彼長地相互制約、抗衡。二媽患病後，我諮詢過好幾位從醫者。為什麼沒有特效藥，那些從高級科研實驗室內出來的藥品，難道多少年來都是典型的試錯法？因為網路上不斷有人交流自己服用抗憂鬱藥或治療其他精神疾病藥物的感受時，那些諸如手腳麻木、動作呆滯、脾氣時好時壞、性欲消退的副作用層出不窮。似乎所有藥物都有一個共性的缺陷 —— 並不能對每一個人有效。

　　斷斷續續的治療中，伴隨的是鄉村民間的巫術、偏方。二叔從起初的牴觸到不吱聲接受，態度轉變很快，這是他無可奈何的唯一辦法。二媽仍舊在夜裡大汗淋漓地叫喊，有人趁黑來捉了她去。二叔也漸生幻覺，彷彿暗處真躲有偷襲者。小姨登門求了鐘大仙，以及後來幾撥被請來施法的能人，都諱莫如深地搖著頭：「妖孽太盛，沒法降伏。」有一個神乎其神的江湖遊士收了大紅包後斗膽嘗試，結果第二天在自己家裡被酒精燒傷。這被「追究」為法力尚淺的他恣意妄為，得罪了藏在二媽身體裡的魔障。「你看，你看看！」鄉鄰們咂著舌，把不可思議丟在一陣風中。而不信其無、寧信其有的小姨更加上綱上線，翻找二叔家的陳年爛帳，控訴

抨擊這個不能保護自家女人的男人的懦弱無能。

　　我曾無數次想像二媽是如何度過患病後的許多個夜晚的。也許從她躺在門板床上，看著窗外的光亮漸漸熄滅，等待著夜色緩緩升起的那一天開始，就注定走上一條不可能回頭的路。那些夜晚如雨後筍尖爭相冒出的寂靜裡，充滿了龐大笨重的忍耐與孤獨。那些翻滾的孤獨，無法丈量出距離，但它與死亡的距離是最近的。太難挨了，二媽終沒能堅持下來，為了逃脫被捉去的噩夢，做出了一個極端的選擇。國慶日過去不久的一天午後，她支開二叔去鎮上買一些家用品。二叔出門前還再三叮囑，說很快就會回來。也許，他在那一段隱隱萌生過一些不祥預感，又疏忽了這些從心尖上跑過的感覺。送走丈夫，二媽像魅影般地走進過去堆放棉花的貯藏間，把自己的生命結束在一根二十多年前和丈夫親手架起的木梁上。

　　這個被我視為母親一樣的女人，也許很早前就像濟慈在《夜鶯》中寫的那樣，「似乎已迷戀上那個安逸的死亡」。據說她離開的時候，臉上沒有往日的愁情悵緒。親友的敘說，讓我悲傷四溢，渴望知道更多關於她自殺的細節和最後情狀，又不敢追問，只能在記憶的水波裡眼巴巴地看著那張生動的臉蕩漾消失。生活原本有更好的選擇，至少有許多種活著方式的選擇，不應該讓任何人面臨絕望又毀於絕望。二媽沒有留下一句話，沒有遏制住內心經常冒出的自我毀滅的衝

動。她赴死的心可以有千百種闡釋，唯獨沒有標準的一種。

　　世事多悲愴，生活中個體的悲傷仿若溼岩上的苔蘚，發出鮮綠卻沉重的光芒。人死不能復活，紛至遝來的遺憾總會有一段時間糾纏生者的內心。二媽的家人包括我在內的親友，總埋怨在她活著的時候給予的關懷過於淺薄，對有過的慍怒流露恨意心生懊悔。但無情的時光不會諒解任何有過失的人和任何一種心靈的問責。

　　活著是荒謬的，生活處處充滿謊言。這是憂鬱症患者內心時常冒出的怪異念頭，如同被稱為哲學起點的「不可解釋之物」，一波波衝擊著岌岌潰危的心堤。醫生朋友說，佛洛德的心理動力學理論歸結，所有的心理問題都源於人們對情緒的壓抑。情緒是無法透過壓抑而消失的，反而是潛在地聚集起來，最終因無法宣洩而導致整個心理系統的紊亂，結果必然是各種精神疾病的出現。各種情緒的交集導致的這種典型心理問題糾結著世界上百分之十六的人群。面對常常為人嘆息和不可理喻的精神疾障，一旦真實地發生在我們身邊時，兵荒馬亂般的失措感就會漲潮，一浪高過一浪向人群拍打過來。也許，某一天剩餘的我們都會輪渡到這支被正常人看成荒謬的隊伍之中。

　　從腦科醫院接二媽回家的那天，我趕去了。清晰地記得從一條長長的斜坡走下去，經過一扇側門，是通往熱鬧街市

的一條近道。這條離開的「捷徑」上，看不見一個人影，喧鬧之聲突然在這裡消遁。我跟在步履緩慢的二媽身後，鞋底貼著地面，時間在這種緩慢的行走中彷彿停止。她不時扭頭回望，卻看不見一個人影。來到這裡的人們，相同的命運，而哪一個又不是有著不同的故事人生呢？我的目光一次次觸礁般碰到二媽依然冷漠的臉（醫生無奈的表情寫著，只能是這樣，已經是最好的結果了），迅疾被冰冷地彈回，我被搖盪的無力感擊中。二媽此時像極了茫茫大海中的一座孤島，孤島時刻會被海水掀起的巨浪淹沒。十七世紀英國玄學派詩人約翰・鄧恩的詩句從冷記憶裡點燃：

　　沒有人是一座孤島，在大海裡獨踞，每個人都像一塊小小的泥土，連接成整個陸地。

▍來或去

來處

「你從哪裡來的？」

「我……大概是別的地方。」「你從哪裡來的？」

　　他的面目模糊，長著白癜點的黑眼珠突然空翻，走到我身邊時這麼問道。他第二次陡然在「來」字上加重語氣，我像是來歷不明的人，無端地心驚肉跳起來。

來或去

我醒來時，才發現天色還在黑暗之中。我長久失眠，偶然撞入的夢鄉是一片荒野、一條灰頭撲臉的公路、一間灰頭撲臉的土屋，我孤獨地站在土屋的前方，瞻望公路上的空闃。他不再問我的話，而是轉身鑽進黑洞般的屋裡，再沒有出來。在明豔清新的天空下，彷彿有叛軍殺入，是漚餿的異味，從他身上和土屋裡跑過來的。

很熟悉的場景，那必定是我去過的地方，我拚命地從大腦記憶庫中搜尋。但它顯然已經在時空上離我遠去。沮喪連日來跟隨這個夢，把我推向「土屋」搖搖欲墜的牆壁。當再一次被推向斑駁的土壁時，我依託慣性孩子氣地撞上去，土牆瞬間坍裂，砸在地上，棵棵青草彎折匐地。我的心感到了剜了個缺縫般的疼，我想起來了，那是真實的疼。

十多年前，我去往家鄉的東山鎮看望一位農村詩人。當地的朋友在飯桌上說起被稱作老包的他，說起他那些不可理喻的奇談逸事，我們幾個剛鬧著酒的外來者就嚷嚷著要去看看。從松木橋左拐上的那條公路，直插進向山谷綿延、綠意氾濫的田野，就變得格外狹窄和破舊。公路摻雜著一段段的平坦和彎繞，酒精在我們的胃裡加速燃燒。車輪下撲騰起灰塵和細石，掠過路旁的溝塹，把野地裡的螞蚱和麻雀驚飛。車就這麼一路賓士，像是開進一片無邊無際的荒蕪裡。

叫老包的農村詩人並不知道我們何時到來，但我在朋友

的提醒下，一眼就看到了坐落在那條公路旁的土屋前的他。我看到他從一個一動不動的小黑點，變成身材矮小的瘦弱男子，膚色蠟黃，皺紋折疊，衣領袖口濃墨重彩。我望了一眼同行的省城來的衣冠楚楚的胖詩人，皮膚白淨，戴著眼鏡，嘴角油光浮泛。老包就是一隻逃離饑荒剛鑽出地面的土鼴鼠。

有熟絡的人跟老包打招呼，一一介紹跳下車的我們，他無動於衷，目光在陌生者的臉上跳動，表情跟土屋的顏色是一個調色板上的，板結、凝固。我們這群外來者，也不見外，自己張羅著自己，然後像掂量著這塊地皮生意，繞著屋子轉圈。胖詩人轉了好幾個圈，走姿像跳舞。老包突然撞向前，跟他說了幾句話，胖詩人訕笑的聲音越來越小，然後機巧地轉身躲到我身邊。老包跟過來，像根細木樁般杵到我面前，長著白瘢點的黑眼珠突然空翻，問道：「你從哪裡來的？」我承認，那一刻，我是真的慌亂了，雙手無措地折疊著剛從野地裡拔起的一根狗尾巴草莖，回答：「我……大概是別的地方。」這樣的答案當然是不會令人滿意的。老包咄咄逼人地再次問：「你從哪裡來的？」這時，當地的朋友把他連拖帶抱地推進了土屋裡。

再次走出來的瘦小的老包，腿有殘疾的老包，把訂閱多年、已經紙頁發黃的《詩刊》雜誌和他寫在一張張髒兮兮紙

上的詩歌，從漆黑髒破的土屋裡搬出來。這些紙頁一見到陽光，頁腳就瑟縮著發抖，頁面上更加黯淡。它們喜歡跟老包在黑暗中密謀者般對話，太陽照著，它們已不習慣睜開眼睛。當地朋友說，老包常常困在家中不出來，跟紙和筆說話，跟一行行所謂的詩歌說話，卻不跟登門的人說話，四周八圍的人都認定他已經瘋了。

土屋的門實在是矮，登門的人沒有誰不是要把頭低下才能進去。我們輪流進去參觀，屋裡很黑，也很逼仄。我瞇縫著眼，等待視線適應後才看清，經年累月堆積的油煙和塵垢，多久不曾換洗的被褥衣物，散發出漚溲發臭的氣味。老包無所謂、不在乎的樣子，讓對氣味敏感的我無法對在此般屋簷下生活的他懷有好感。胖詩人吐了吐舌頭說：「他也許不需要任何人的好感。」我說：「是啊，有詩歌和遠方的人，都是自戀狂。」

屋的西牆破了個洞，用一張舊掛曆紙糊著，風不時地把印在上面的美女的衣裙吹起。一根照明線在頭頂搖盪，屋外的人說，這電燈線只是擺設，老包沒錢，怕繳電費，自己把線剪斷了。怎麼不乾脆把和世界的連繫一齊剪斷，詩人是可以這麼做的，我心裡躥起一個聲音作答。

有人在一旁調侃：「老包啊你這麼髒，老包啊你這麼窮。」

又有人繞到他身旁，「你背一首詩我喊你老包，背不出來你就是草包。」

他像沒聽見，進進出出，照料著他那些舊雜誌、破書籍「寶貝」，也許還有永遠不會被發表、被朗誦的詩作。這個家徒四壁的人瘋了，這個瘋了人在寫詩。他是瘋了才寫詩，也是寫詩後變瘋的。我突然覺得朋友的笑談很滑稽。滑稽者怎麼可以肆無忌憚地取笑那些沉默的滑稽者呢？

土屋前突然安靜下來，沉默的老包讓人覺得無趣。同行的人紛紛散開，滑去有段距離的村子，幫老包討取些用物。老包像隻剛剛熟悉環境的鼴鼠，身處安靜之中，緊張感慢慢消散。當地朋友拈出一頁紙，指給我看老包因為孤寂寫的一首〈沒有鳥的林子〉。

一座空山／我走進沒有鳥的林子／樹葉上喧鬧著陽光／時間是一座停下的鐘／柴草滿山山在枯黃／木屋旁豎著兩隻耳朵／尾隨在主人左右／砍倒的木料堆積著財富／對面坡上一隻小兔／倒在獵人的槍口／我相信它們會玩一場死亡的遊戲

我說：「寫得很好，真是老包寫的嗎？」老包不知何時站到了我身旁，看我讀完，果斷地將那頁紙抽回去夾進手稿中。他搖晃著腦袋，頭髮在空氣中摩擦出窸窣的聲響。朋友說，那些村民講老包胡說八道，寫的不是現實，哪裡有沒鳥的林子，哪裡有沒鳥的山？

我的目光挪向老包，不要和不懂詩的人計較。「老包，你為什麼要這麼寫？」

老包斜我一眼：「我寫的就是我的現實。」

老包的現實是什麼？我想，他孤身獨居，一個人上山去砍柴，感覺那是一座空山。即使那天是陽光燦爛的日子，有樹葉托著流動的陽光，光沉甸甸地落在樹葉上，但山裡還是很寂寞的。

一個中年村民脖紅耳赤地挑著擔水，放進了土屋的黑暗處，然後拍打起陽光下的塵灰。他是村裡唯一把老包認作詩人的人，也只有他會閒下來串串老包的門。他說，大家笑他是過得太空虛，想找個老伴兒一起上山砍柴。人家的調侃，老包當沒聽見。別人的閒言，像風把落葉掃攏那樣傳到老包的耳朵裡。他從不去當面反駁，卻會跟來串門的村民針尖對麥芒般掰扯那些錯話。

沒有人說錯話，沒有女人願意嫁給一個又窮又老的瘋詩人。老包從來沒在眾人面前絮叨他的陳年舊事。他的過去，從認識他的人、與他交談過的人的嘴裡傳來傳去，就像一條條小溪流，從山谷裡蜿蜒流出，編織出一塊發光的水面，而每個人似乎都可以拍擊起水面的浪花。三十年前，老包也是有家有室的人，但怕窮的老婆突然就帶著一雙兒女遠離僻壤，再也沒有回來。這場失敗的婚姻，緣起、結束於他不可

治癒的腿病。更早之前，他生了場怪病，輟學歸家，四處求治，幾年下來好不容易找了個山裡的中醫治好了，還被人點撥去上門學了裁縫，手腳靈巧、頭腦聰慧的他很快獲得師父的垂愛，讓他做了上門女婿。幾年後病情復發，且越治越糟、越治越窮。這是一個鄉村詩人的前半生。獨身的他突然在某一天開始從腦子裡蹦出一些句子，他認為那是詩，他的鄉親們卻是當作荒謬的笑話。開始寫詩的老包，把好心人給的米和油賣到鄉村小餐館裡，把兒子偷偷寄回來的錢，都拿去買了紙和筆、郵票和遠方。他夢想著詩歌發表、詩集出版，鄉親們茶餘飯後在心裡嘲笑，這是把生活搞得一團糟的荒謬夢想。

荒謬把老包和這個世界連繫在一起，並不是某個編輯發現他，而是一個路過的當地記者把老包的「荒謬」從土屋搬到了太陽底下。老包的荒謬生活引來門庭車馬，這些車馬離去之後，老包像水面浪紋一圈圈地往外漾開：

「前不久，我決定繞道東山鎮去看那間熟悉的土屋，只見門敞開著，大門外喊了幾聲，誰知詩人脆弱的聲音送不出房門。跨進裡屋，終於見到活著的他。還是那張又瘦又黃的臉龐和一頭亂糟糟的灰白髮，也許身上的破棉襖早已擋不住襲人的寒風，扶在椅子上的手在明顯地顫抖。環視土屋，緊靠床邊的後牆還是三年前連牛也能鑽進來的大窟窿，伸手抄進米缸，米粒少得能夠數出來。

來或去

「六十多的老人，身邊一直沒有親人，身子又因風溼幾乎癱了一條腿，手也不方便，沒人保證衣食，且身無分文，患了病怎麼著……

「嗜詩如命的詩人還能在詩國的疆界跋涉嗎，我在布滿蛛網的土屋中搜索著，顯然，詩人沒有因病、因窮停止吟唱，一本《詩刊》合訂本底下又發現了他的《增補「土屋手記」》手稿，是用一個作廢的備課本裝訂的。」

那天老包一瘸一瘸地走來走去，他的小腿肌肉萎縮多年，這個疾病讓他幾乎失去了一個人的正常生活，學業、家庭、親情，卻在陷入困頓中愛上詩歌。除了老包，誰會選擇這樣的愛。挑水的村民講起一則舊聞，有人殘忍地笑了，我卻似乎聽到老包的血管爆裂的聲音。一天，老包走到東山鎮的街市上，迎面一個女人指著他對別人說：「這個人還在！」

他們，是不是以為他早死了？或者是這樣一個荒謬的人應該死了？我無從猜度老包當時的心情，但他用文字記錄了：我是活著，但誰曾有過一番評述我活著的內情呢？算了，就讓詩來為我發言吧！他這樣在粗糙的紙的潔白處寫下一首〈我死了，但我還活著〉：

我吃的飯沒有／鹽呢？／油呢？／還有燒柴！／也就是沒有一個「飽」字／只有「飢」／／我穿的衣沒有／被呢？／鞋呢？／還有襪子啊！／也就是沒有一個「溫」字／只有「寒」

第二輯　芃野裡

/「溫」、「飽」二字/是作為人最起碼的要素/而我沒有具備/這麼說我已經死了/但我還活著/啊，死了的原來是我的肉體/我詩的生命還活著/我看見人們正在搬運我的屍骨/在我六十個春天還沒到來的時候/就為我挖掘好了墳墓。

荒謬的老包只是感到他無可挽回的無辜。

前不久在北京搭乘 13 號線地鐵，我和一位編輯朋友聊到老包，他說見過很多像老包這樣的人，有著文學稟賦或熱情卻無法正常寫作與生活的人。他告訴我，有位叫邁克爾‧費茨傑拉德的教授曾把一小類人群劃歸為艾斯伯格症候群，這個群體裡的人擁有超常的藝術創造力和超常的數學天賦。貝多芬、莫札特、安徒生、康得等音樂家、作家和哲學家都屬於艾斯伯格症候群，而愛因斯坦和其他一些工程學天才也被認為是這種病症的受害者。費茨傑拉德說，導致這種病症的某些遺傳因數同樣也是他們非凡的創造性才智的來源。這就是人們常說的，瘋子與天才只是一步之遙。那老包是瘋子，還是天才？當時地鐵途經回龍觀站，朋友說出站不遠的回龍觀醫院就是北京有名的精神病專科醫院。我苦笑一聲，地鐵再次疾駛刮起的風，把我的笑吹到黑暗的隧道裡，被下一趟地鐵碾成碎屑。

我從那個既怪異又真實的夢中醒來，回憶起了我去看老包的那年，有人說他剛過六十四歲生日。大家都向他表示了

生日的祝福。他說，你們都記錯了，他沒有生日。這一晃又過了十幾個春秋了。

我撥開家鄉朋友的微信，問：「寫詩的老包，還在嗎？」朋友隔了很久才回答：「死了好些年了。」他又幫我問了幾個人，大家竟然都不知道老包到底是怎樣死的、死去的具體日期。我們都把寫詩的老包忘記了，也許那些去看過他的人，一轉身離開就被他忘記。我費力從成堆的舊書中翻撿出那本地方文學內刊，是做的一期老包詩歌專輯，遴選了他自一九九〇年至二〇〇〇年十年間寫下的一百二十首詩。我翻開其中一頁，寫的是老包家住在大山腳下一個叫探彎子的地方，村莊隱身在兩座矮山背後，只住一戶姓包的人家。老包這樣講述他的來處：

春風一吹，彎子裡滿是李花、梨花、桃花／花中掩映著一座青磚瓦屋／還春雪一樣藏在我的記憶裡／／目尋探彎了，就在我的前面不遠／想走進探彎子裡，／可一生啊，要走過多少坎坷方能抵達／再想那兒時的舊夢／時光的迷霧啊重重疊疊／想走近那山坡的小路上／可我又更加靠近了黑暗。

那是怎樣的黑暗，讓老包更加靠近。他看見的又是一個怎樣的世界？燃燒的又是冰冷的，透明的又是遮蔽的，一切是可能的又是無能的。他在那個世界裡獨自生活，從中掘取賴以存活的力量，以此去拿到一個毫無慰藉的人執著生活的

證明。我還在後來諸多夜晚接踵而來的失眠中糾結扭打，他是否還難以釋懷他離開的這個世界，是他曾用他的全部意識和對無拘無束生活的要求來對抗的世界，抑或只是通向日常生活的一條道路。

　　他，他們；我，我們，都要從這條道路上走過。「你從哪裡來的？」我看著鏡子裡的我，自言自語地說，我還欠老包一個回答。

去處

　　「我們到底要去哪裡？」「你好好想想，地址有沒有弄錯？」

　　到這座陌生的大城市不到半天時間，這些問題我已經問了他不下十遍，但我的聲音被城市裡炙熱的車流、粗嗓門的方言和刺耳的叫賣聲咬噬著，嘴一張開，聲音就變得無比脆弱。風一碰就散了骨架。

　　他是我最要好的同學，那一年，我們十五歲，倚著溪流奔向江河的膽量，碰到五月的假期，決定來次說走就走的旅行。第一次結伴出行，那要去一個大地方，一個可見世面的地方。談到去處，他說有個姑媽在那裡，是一家大廠的小幹部，有房，每年寫信都會邀請他去做客。他清楚地記得那個地址，對那個即將的去處信心百倍。

　　我們都是小鎮上長大的孩子，那個大地方在腦海中其實是空洞的，像風孤獨地刮過那些空蕩蕩的房間，像螢幕上閃映的很多畫面終被一片撕裂取代。一個記在他心中的位址和他的百倍信心祛除了我那搖盪的膽怯。做完這個決定，我們擊掌慶祝，但我的手心還是出現了汗潮，也許是緊張感尚未及時跑出我的身體。

　　那座城市傍著長江，從我們所在城市的火車站出發，兩百多公里，這是個不太遠的距離。綠皮火車，轟隆轟隆，車速不快，停靠很多名字好聽的小站，四個小時就到了。摻雜在人流中走出車站，經一個戴袖章的大嫂指點，我們擠上了去鋼鐵廠的公車。雖說臨近中午，但我們對出站口招徠生意的餐館老闆視而不見，身處陌生之地的興奮和即將前往的去處能抵抗腹中飢餓。鋼鐵廠是姑媽的工作單位，她就住在廠裡，一打聽就能問到，她是那裡的幹部，那裡的人互相都認識。他是這麼與我描述的，我贊同這一說法。小鎮上的家家戶戶幾乎沒有誰不認識誰的。

　　公車是有三節車廂的那種，嘎吱一聲，就塞滿了人。連接處搖搖晃晃，乘客也一起搖晃，跑一段路，車門打開篩掉幾個，車廂內的空間終於鬆動了一些，我的腳還在踮著，凶猛的窒息感終於被人群中撕開的縫隙所稀釋。這座城市以它的擁擠迎接我們的到來，這個見面禮讓我有浪湧的暈眩。

第二輯　芃野裡

　　車子不停地拐彎，從很多的樓群和林蔭道中穿過，像條碩大的抹香鯨在深海遊弋。除了特別寬闊的街面，好像到處林立著樹，是那種粗壯的高大梧桐，掛著嚴肅的表情，地上飄落著寬大的葉子，青裡帶黃，一片疊著一片。城市比我想像中要龐大得多，摺扇似的街路和差異甚微的林蔭道讓我想起了迷宮，不斷地折返，永遠也走不出去。我們不會迷路吧？話一出口，他白了我一眼，我就意識到這是個不好的預感。呸呸呸，烏鴉嘴。我嘲弄自己。

　　立夏節氣剛過，城裡的人就換上了短袖，熱浪不顯山露水，暗中烘烤著街面上的每一個人。那條穿過城市的江，水面如鏡，沒有一點兒浪波。風被江吃進肚裡，連個屁也沒屙出來。街邊一個老頭兒牢騷滿腹。沒有風，我們很快就領教了「火氣」帶來的傷害。我們接連走近幾個本地路人，小心禮貌地打聽鋼鐵廠的去處。聽到的回答，語速像機關槍一般掃射，也不管問路者是否明白話中之意，人就轉身而去。你愛信不信。就是這樣的誤導，我們被引向了一個南轅北轍的地方。毫無疑問，這般折騰，讓初來乍到的我們變得無比恓惶。面惡聲劣，這也是我後來對那座城市的人沒法抱有好感的原因所在。

　　「我們到底要去哪裡？」「你好好想想，地址有沒有弄錯？」

　　問急了，他不再吭聲，保持沉默，悶著頭向有路牌的地方張望。從一開始，那就是個模糊的位址，來自他父親的嘴裡，地址的主人是個女人，被他稱作姑媽的人。她們還是在他讀小學一年級時見過記憶淺薄的一面，而一個位址在十年裡也有多次改變的可能。他的眼神變得惆悵，失去了原來的清澈。我對他的沉默有些怨怒，倒寧可他繼續咬定不會連一個位址也記不清楚。他抱著他的自信心硬邦邦地摔在面前，歪瓜裂棗撒落一地，我已不情願去扶他一把。這時候我們已經在街上遊蕩了好幾個小時，飢腸轆轆，卻賭氣不肯找個地方充飢解乏。我們先後找到的是鋼鐵廠的舊址和它的一個鎖著鐵門的分部，還有兩家查無此人的小鋼廠，與我們要去的地方要找的人毫無關聯。

　　在江北！有個路人言之鑿鑿地說。我們還想找他確認，他已疾行而去。真是憋屈。要知道，我們剛從江北過來，又要殺回去。去一個沒有敵人的戰場尋找敵人，沒有哪一位急於立功的戰士願意聽從這樣的指揮。我們索性坐在路邊的街沿石上，顧盼四周，有的路人目光警惕地注視，像揮著一把寒光寶劍橫掃過來，我們趕緊虛亂地躲開。

　　他開始跟我講那個模糊的地址，春節前跟著一枚生肖郵票還來到過他的家中。他把信封黏著郵票的一角剪下來，泡在水裡，半小時後，就完好地剝落下來。說到地址的主人，

他是這麼說的：「姑媽一直沒有結婚，爸媽每次寫信都會勸她不要執拗，還是要找個人照顧。」我四肢乏力地靠著梧桐樹，耳道短暫鳴響，他那些低沉的話語不走心地飄離。我想當然地以為姑媽還是個年輕的女人，一個沒結婚的女人就應該很年輕，正在為個人事業忙碌，而她爸媽不過被「一個女人要趁著好年華嫁出去」的觀念束縛著。後來，在面對那位五十歲的老姑娘時，我完全震驚了。她的皮膚那麼白淨，臉上的褶子熨熨帖帖，像梳過的頭髮上塗抹了凡士林，是光滑的那種。她擰著眉頭和舒展著笑起來的時候，這些皮膚裡藏著的褶子才像春天萌發的芽苗，迎著風就起舞。那些平坦的光波不見了，還有那在鬢角匍匐的白髮，全都任性地招搖起來。

夜幕潦草逼近，江風沒有蹤影，熱浪依然魑魅魍魎般尾隨。他和我商量，語氣裡充滿歉意，萬一今天找不到姑媽，下一步去處當如何選擇。這是我們最初都沒考慮過的嚴峻問題。在驚慌的盤算中，一輛路過的公車帶來了答案。車窗醒目的數位下標識著它駛向的終點 —— 火車站。我們看到過在候車室過夜的人，完全可以效仿著將就一晚。我們為找到這個去處的答案而振奮。當火車站取代鋼鐵廠成為將要抵達的方向時，我們反倒變得輕鬆，心中跳動著隨遇而安的愉悅。彷彿濃霧散去，那些視而不見的街店換上一張張生動的面孔。馬路對面有一家日雜百貨大賣場，還有服裝店、小書

店、餃子麵館、包子鋪等。我們可以慢慢逛，沿著這條路，是公車去往火車站的方向，我心中那些怯弱的荒蕪雜草被再一次收割。

那個戴眼鏡的當事男人，在我們穿過車流跨過馬路走到賣場門口時，瘋狂地大叫起來。賣唱的喇叭戛然而止，沒有人看到店門口的一個貨架是怎樣塌垮的，但大家的目光都聚焦到了男人身上。老闆撸袖站起，指手畫腳地走過來。男人很瘦，眼睛往外凸起，在深度鏡片的折射下，顯得尤其奇異，活像蝶尾龍睛。那是金魚中眼睛最突兀的一種，我剛從學校圖書館的魚類畫冊中認識。龍睛眼男人先下手為強，一把揪住老闆那衣領泛油的襯衫，向他大聲質問，人到哪裡去了。老闆臉上滿是疙瘩，像一塊草地上的水窪子，太陽一照，驚起一片光斑。他的脾氣也不小，被激怒的他扭著身體，騰出一隻手，伸向了龍睛眼男的左肩，一下就扯住了他工服上的那顆銀色紐扣的肩章。我聽到有人說，他是鋼鐵廠的。

鋼鐵廠的？！我們的身體尖刃般插進人群，人群立刻就蜂擁合攏。事情原委是，龍睛眼男的老婆孩子在一個多小時前走進了百貨賣場，這是整條街上最大最熱鬧的賣場，進去後，她們就再也沒出來。母親帶著女兒悄無聲息地消失了，不知去處。男人進去一趟又一趟，整張臉哆嗦，扭曲，躁

狂，咆哮，時間滑行，人是真的不見了。

「這不是變魔術吧？」「大白天的，哪能有這樣的事發生？」

「太恐怖了。」

「你得回家找找，說不定已經在家做好晚飯等著呢。」

人群議論紛紛。龍睛眼男和老闆相持不下，終歸被人勸開，老闆一臉苦大仇深，他不會玩這種無聊的把人變沒的魔術。「賣場開著，要找去找，別潑皮撒賴。」「你帶著去，有祕道祕門，賣場肯定不正常，我就在外面待著，多看了街邊擺的棋攤幾眼。」可棋攤已經不見，龍睛眼男的話無從佐證。無聊，無賴，無趣。人群散去，龍睛眼男也不見了。不一會兒，兩個員警來了，前面快步走著龍睛眼男，不時回頭投去焦慮哀求催促的眼神，他只差沒搧動翅膀飛起來。員警終於走到了賣場前，其中一個臉上長一顆指甲般大小的痦子，他習慣性兩個指頭捏搓那幾根聳立的鬍鬚，喝令著畢恭畢敬的老闆問話。另一個小青年例行公事，在隨身帶來的記事本上寫畫個不停。他是個左撇子，右手垂下的時候，本子正好在我眼前展開。兩個人偶的簡筆劃圖案，大手牽小手，向一個大的圓環走去，圓環的下方，歪斜站著一個「？」。

問號的旁邊寫著兩個字：

去處

來或去

員警問詢完畢後驅散了圍觀的人群，把龍睛眼男帶走，來了一輛閃著警燈的車，他們向城市的夜色深處賓士而去。「他們是去鋼鐵廠的吧？」我遺憾地說。一隻手向我的肩上搭過來，他用力地拍了拍，「走吧。」

那天晚上我們幸運地混進了候車室，但過了零點後才找到可以躺下的位置。假期出行的人很多，有列車晚點，就有旅客滯留。候車室裡的嗡嗡聲不曾間斷，像轟炸機在上空盤旋不去。我突然冒出一個念頭，看著那些背包的女人，被牽著的小女孩，我想那對在賣場消失的母女會不會神奇地出現在這裡，然後踏上蹣跚而至的火車呼嘯而去，去往一個讓龍睛眼男永遠找不到的地方。也許，她們滿身血跡，屍橫荒野，又或者早已回家，迷藏遊戲已經結束。我帶著胡亂的猜想進入臃腫雜亂的夢鄉，偏生睡得很安生。

第二天早上出發，我們繼續尋找，他想起了爸媽談起那是城裡最大的鋼鐵廠。「最大」這個關鍵字發揮了關鍵作用。後來我們走進的工廠果然像這座城市一樣龐大，寬綽的門頭上，彪形大漢般站著幾個龍飛鳳舞的大字，需要仰視，而遠處是一片空曠的坪地，草綠疏朗，延伸到高聳的煙囪之下，還有成片的樓群，長長的林蔭。騎著摩托巡邏的保安把我們截下，把兩個臉色焦黃的少年盤問了好幾遍，然後才由其中一位指向舊樓群中的一棟。這位保安恰巧認識姑媽，他

對同事脫口而出，我們要找的就是他們眼中那個沒有結婚的
「怪女人」。怪女人住的是一棟筒子樓，樓梯間很寬，但光線
很暗，走廊上擺著煤爐、碗櫃、水桶和菜盆，早晨的煙火味
道尚未散盡。正準備外出的姑媽面對我們時既意外又熱情，
她的屋子隔成了裡中外三間，飄散著薄荷的清香。

　　聽說我們昨天的遭遇後，姑媽說，這座像火爐一樣的城
市有大大小小幾十家鋼鐵廠，有的一字之差卻相距百里。我
們咋舌不止，如果上帝捉弄，也許當我們絕望地放棄最後一
個去處時，那才是我們真正尋找並要到達的地方。坐在這位
老姑娘的房間裡，我突然有些無名的憂傷。

　　姑媽決定中午帶我們去廠裡的小食堂接風洗塵。她帶我
們穿過的生活區排列著幾十棟樓，每一棟長相十分相似。從
北邊生產區飄過來的爐灰，長年累月灑落，堆積成樓群外牆
上的灰色汙垢，有的雨水浸泡，長出一塊塊像張開翅膀的蝴
蝶黑斑。漆色剝落的樓棟號許多就長在「蝴蝶」的眼睛上。
姑媽在樓下讓一個肥胖的女人叫住了，胖女人嘟著兩片厚厚
的嘴唇耳語，姑媽臉上的表情很不自然。我們看到一樓有個
麻將屋，裡面幾桌大呼小叫的麻將。外面擠了一圈人，站在
那裡熱烈地說著什麼，房間裡有人出掉一張牌，就伸出腦袋
參與到外面的討論中來。繼而在人群中我們看到了一個熟悉
的男人身影。那個男人之前埋著頭，抬起眼剛好掃向我們

這邊，是那個可憐的龍睛眼男。他臉色冰冷寡黃，卻沒有了昨天的哀傷和暴躁。一個夜晚的打磨，那些急亂的情緒就奇跡般地消失了，像他的妻子女兒。他是真的把妻子女兒給丟了。圍觀的人似乎早就把這件事翻來覆去了多少遍。有人在同情嘆息，也不排除有人幸災樂禍。人們猜測母女倆的去處：

被綁架了？

（他們就一普通工人家庭，非官非富，無冤無仇，找不到綁架的理由。）

讓人拐賣了？

（誰會拐一個成年人。）遇害了？

（活要見人，死要見屍。什麼都不見，有些說不過去。）趕緊報員警去找呀？

（員警是你家親戚？啟動調查失蹤的程序有多複雜你知道嗎？失蹤沒過二十四小時去也白去，你得先自己找，然後上電視臺、報紙登尋人啟事。人家要是成心躲，你上哪裡找去。）

一個聲音蹦出來，就有另一個聲音跳出來反駁。有時說話的雙方不知不覺鬧得面紅耳赤。姑媽一直保持沉默，不時地伸長瘦細的脖子望向龍睛眼男，又看看我們。胖女人嘰哩咕嚕，沒完沒了的架勢，姑媽的耐心用盡的時候，就用力地推開了她，做了一個道歉的手勢，然後招呼我們，拐個彎離開了。

第二輯　荒野裡

　　餐桌上姑媽仍然保持沉默，當我們說起昨天賣場前的見聞時，她嘆了口氣說：「那個女人肯定是帶著孩子跑了，但她們跑不遠。」我很好奇為什麼肯定是跑不遠，那失蹤的母女只是一時衝動，開一個惡意的玩笑。姑媽是這麼解釋的，她認識那個不見了的女人，老家在貴州山坳裡，孤兒，父母早亡，無親無絆，山裡太窮了，不知怎麼流落到了這座城市，掃大街，撿垃圾，什麼累活髒活都幹過，嫁給一個中年喪偶的本地人，生了個女兒，經人介紹進了鋼鐵廠後勤服務中心，幹過洗衣工、澡堂看管員，丈夫大前年死後，她又帶著幾歲的女兒改嫁給了工人龍睛眼男。他有些輕度的矽肺，身體走下坡路，三天兩頭請假治病，必然掙得少花銷多，家裡的日子不好過，不過他對她挺好的，對那個不是親生的女兒也挺好的。姑媽像講一個故事梗概般地描述了龍睛眼男一家，最後她說：「她會去哪裡呢？」

　　我一直記得姑媽說「她會去哪裡」時的語氣，有許多複雜的成分，像是人人皆知的一個必然，又像是面對一個不可理喻的錯誤。

　　我們的假期很短，當然等不及一個失蹤之謎的答案揭曉。我們進出筒子樓，麻將屋裡喧鬧繼續，卻再沒見過龍睛眼男。往後的生活在盤旋中會甩出許多的事情，令人目不暇接，也無力去窮追不捨。多年後，我做記者時與一位新認識的公安刑偵朋友聊過人口失蹤的事。他很平淡地說，幾乎每

天我們身邊都有人失蹤，失蹤的形式堪稱千奇百怪，有的後來找到了，有的果真就再也沒回來，有的是一個局，有的是永遠的謎。

我和同學畢業後各自忙碌，從沒回憶過十五歲時的這次遠行。彷彿有過一次談到他的那位姑媽，她一直單身，越來越孤單地活在那座慢慢頹廢衰落的鋼鐵廠。這個事實我絲毫不覺意外，也沒追問她為什麼要給自己安置一個此般的人生去處。還有被塵封在記憶裡的那對失蹤的母女，她們又身在何處。那個母親，像是一個沒有去處的人偏去尋那個不存在的去處。如同風消逝於風，水溶解於水。我從未動念尋找答案，答案也早已不知去處。

芃野裡

「這真是場荒謬的雨！」

人群中跌撞出一聲喟嘆。聲音有些熟悉，當我扭頭去找Q君時，他的背影在病區的走廊消失了。而他們，那些擁有相同表情的臉上，嘴並沒張開。

雨聲喧烈，我耳畔就一直盤旋著更尖細的嗡嗡嚶嚶，他們的嘴仍一直緊閉。如果不是這些病人的竊竊私語，那就是我的耳朵或眼睛出了故障。眼皮底下的聲語，竟然找不到來源，或者我就是「荒謬」的。一走進雙重防盜門隔離的病

區，我就不由自主地感覺到模糊的「荒謬」氣勢洶洶地奔襲而來。

　　大雨也氣勢洶洶，就這樣把我們阻隔在這座遠郊的精神病醫院裡。說是遠郊，卻是大張旗鼓建起來的工業園，有城市氣象，入眼的是一片片水泥森林、一條條水泥大道。這又與城市森林差異度大，空曠、蕭索、清寂、門可羅雀。醫院租賃安置在這裡，真是對園區裡隨處可見「實幹興園」、「趕超發展」等正能量標語的極大諷刺。這幾年，縣級工業園的發展都是大幹快上。像這樣的內地縣城唯一的資源稟賦就是土地，招不到實力雄厚的企業，著急拉升 GDP 的地方政府退而求其次，於是一些口若懸河、外表光鮮、別有企圖的行游騙子、寓外鄉友或本地老闆以投資的名義趁虛而入。他們在早期透過各種社會關係進駐，玩起了「圈地運動」，蓋上幾棟空蕩蕩的廠房，砌起一溜高高的圍牆，然後關門大吉，待價而沽。一排排圍牆圈砌起來的院落，或大或小，有高有矮。牆內風景各異，有的荒草萋萋死寂沉沉；有的鋼構廠房聳立，刷著「安全生產」四個藍漆大字，半空中搖擺不定的幾根細煙囪吐出滾滾濃煙；更多的是幾棟空置建築，又瘦又窄，倔強地矗立著，像幾棵被驅逐出林子的樹。

　　那些空闊的廠房，也像是患了病的人，荒廢、冷清、憂鬱、無語。

幾隻飛鳥悄立積著厚厚塵灰的窗櫺上，你我瞻對，踩下幾枚孤獨的腳印。

醫院「委身」於其中的一座院子。院子原來的設計已在一張紙上凋萎，也無人提及胎死腹中的藍圖，院長老張和幾個合夥人買下它，稍施改造，廠房就隔成了病房。在醫療系統幹了幾十年的老張，拿出 A4 紙刷刷幾分鐘，空曠的區域就劃分成掛了臺電視機的活動室兼餐廳、治療室、強制隔離室、急救室、若干三人間病房。它搖身變成了工業園裡的異類。外觀上看不出差別，如果不是事先打聽清楚，很難有人會想到這是精神疾病專科醫院。圖紙上轟鳴的機器聲，在這裡變成晨間爆發的嚎叫、連綿不絕的哀哭、流離失所的泣訴。聽說掛牌那天，很多當地和外地的病人像探親一樣地走進了這裡。

穿過水泥森林往外走，阡陌式的水泥公路，伸向那些叫「遠方」的地方。住在醫院裡的人，也都是從「遠方」來的。老張摸準了病人家屬「掩耳盜鈴」的心理，他們既希望病人得到有效治療，又不願太過聲張，最好就像是一趟出門遠行。

我找過來的時候，還是大太陽天，走走停停，道路愈加發白刺眼，不見盡頭，讓人有置身沙漠、口渴難耐而升起的暈眩之感。工業園西邊近山的那一側，山勢連綿，山影嶒

峨，背陰處散亂幽明，但總歸算得上是一丘丘禾田。禾田裡的水稻長勢從來都是頹廢的，也許荒蕪多年沒結出過一顆稻穀。人們不太關注這些禾田的四季和收成，但都會順著差強人意的山林，讓目光爬上山頂。

山那邊，我瞻望過好多次，卻尚未去過。

Q君逮著我的目光，像是抓到我的心思，別了一下頭，語氣溼黏黏地說：「山那邊，還是山。」我望了一眼老張，從我來到這裡，他一直臉掛很淺的微笑，與他們有著區別的微笑。我也尷尬地抽搐一下，朝他眼睛的「籃筐」裡投球般投去笑容。

從衛生局長到精神病院院長，年過花甲的老張選擇創業事出有因，在這個五十多萬人口的縣，精神病患者有三四千人之多。到省衛生廳的一次工作彙報中，老張得知允許辦民營性質的精神病院，且當地政府有財政資金配套支持。他一吆喝，幾個股東信心滿滿地加入，有了啟動資金，一支專業醫護隊伍也很快組建起來。老張從股東們的口袋裡掏出了七十多萬元，可政府該配套的錢尚未到帳，還只是在政府常務會議桌上滾過一次。

「要錢不容易呀，不在領導的眼皮底下滾幾個來回，你莫痴想。」深諳政府那一套運作模式的老張知道急也沒辦法。三十多名醫務人員的工資開銷，場地的日常費用，對單

純的民營醫院來說，都不是一筆小數字，能否把醫院堅持辦下去，我感覺這還是個問號。言談中，我能觸摸到老張心中的那些焦慮。一點一點凝固積聚的焦慮，也曾經在他的每一位病人的身體裡出現過。

「一百七十八位病人，男性九十七人，女性八十一人，年紀最小的十二歲，最大的八十多歲，一旦發病，終生服藥，復發率高。」我同老張閒聊病人的基本情況，他對數位格外敏感，病人的收治數經常發生變化，醫院規模決定了收治病人不能超過兩百，他們一般都勸那些有條件、病情輕的在家裡服藥治療。關於病因，老張早就做了調查歸納，多數病人患病前比較聰明，追查患病之因，愛情婚姻失敗占百分之四十，讀書壓力過大占百分之三十，其他社會因素占百分之三十。常見的患者都有幻聽幻覺、憂鬱、精神分裂等症狀，最嚴重的視物變性，這可以導致殺人。談到精神病患者殺人，老張一再強調他不是危言聳聽，前兩年縣裡就出現過這種情況，一個有精神病的青年男子誤殺了鄰家女孩，現在還羈押在市康復醫院，法律上治不了罪。

酒精中毒性、精神合併癲癇、感染性、精神發育遲滯、腦器質性、顱腦外傷所致、老年期痴呆伴有急性精神混亂狀態……趁老張接電話，我掃視一遍他辦公桌玻璃臺板下壓著的一張小便箋，上面密密麻麻地抄寫著這些複雜多變的病理

名稱，在當前醫學診斷上，精神病種類細分達二十六種之多。我細聲念誦這些字眼，彷彿面對一張張表情怪異荒誕的臉。

我從醫院門口的小賣店裡帶進來了兩大袋菸、檳榔、餅乾、花生等零食，老張說病人都很歡迎這樣的「福利」。打開兩道防盜門，一條直走廊，兩旁就是病人的集體宿舍，每間房根據面積大小，安排了四至六名病人居住，一間教室大小的房子是活動室兼飯堂，一間特護室裡不銹鋼管隔離出四個小單間。下午多數病人閒得無事，在走廊或房間裡走來走去。老張走在前面，病人對他畢恭畢敬、木訥莊重，像部隊裡士兵見到首長。面對陌生的我，有的病人不屑一顧，有的流露出緊張和防範的神情。老張不停地安慰，這是關心你們的好人，來看你們的。吃了院長的「定心丸」，見有吃食散發，病人熱鬧地圍攏來，但到了跟前又很有秩序地各取所需。這一點讓我有些吃驚。他們每人取一樣，沒有誰多拿多占，有的還很禮貌地道一聲謝謝。一個小夥子拿到食物，盯著我問道：「你是火星來的嗎？」然後詭祕地一笑轉身離開，我被他的話逗樂了。

打開走廊的另一道門，是女病區。男女病區結構設置大體相同，但明顯感覺到，女病區裡彌漫著一種說不明白的氣味，滯重、壅塞、沉悶。與現實生活恰恰相反，女病人不愛乾淨，加上女性的生理週期，衛生狀況明顯不如男病區好。

女病人對我們的到來，沒有表示出太多歡迎的熱度，對吃食興趣也不濃。一個個頭髮蓬亂的女人，眼睛很警惕地望著微笑的我們。一團團迷惑的泡沫順流漂來，我的鄉下二媽，曾經因憂鬱而自殺的女人，她的臉龐浮現面前，彷彿她也藏身於這群受難的女子之中。心底的絞痛，像牆角滲出的水無聲且疾速爬上來，而老張關於「生存是場悲劇，必須學會忘記，與那些痛苦沮喪的時刻保持距離」的警告此刻被拋之腦後。

一個皮膚黝黑的男子，穿著藍條紋服，一直尾隨老張這位「最高長官」，表達他那笨拙的阿諛之意。他嘿嘿地向我們走近，送來生硬的笑臉。他用力搓著粗糙的雙手，盯著發剩下的半包菸。老張故意裝聾作啞，遲遲不把菸遞給他。菸終於遞過去了，他姿勢標準地鞠了個躬，拿到菸就悄無聲息地從我們眼前走開了。

我們走進公共活動室，掛在牆上的電視是唯一的娛樂設施。一些人目光痴痴地望著電視，有的則散漫地轉悠著，坐下來，又站起來。來到這裡的人，平等相待、和睦相處，沒有外面世界裡經常遭遇的歧視不公、辱罵毆打，這是否能讓他們獲得心靈上溫暖的慰藉，不再害怕被這個世界拋棄。Q君站在窗戶下，外面天光黯淡，雨聲收小，他的臉側面向上，眉頭微皺，我在瞥見的那一刻看到了溢出來的憂鬱和迷離。

我小心地與他打招呼：「看什麼？」他淡淡地說：「世間的裂痕。」

我一下沒回過神來，又追問道：「什麼？」

他這次回答的卻是嘿嘿的笑，很生硬。他抬起夾在指縫間的菸猛抽一口，良久，從鼻孔裡瀟灑地吐出一個、兩個、三個煙圈。煙圈扭動腰肢跑遠，他的神色一變，笑的樣子很開心，一點兒都不像是個有病的人。做這一切的時候，他還是望著天空中飄舞的無邊無際的雨絲。收回爬到窗外的目光，他朝前方努了努嘴。我轉身看到那個藍豎條紋男子正敞開衣服，露出鼓鼓的肚皮，跟著電視機裡央視綜藝頻道的流行音樂，走起了 T 臺模特秀。他滑稽的表情、蹩腳的貓步，配以幅度很誇張的挺胸、收腹、甩頭、擺手、扭臀，我們都報以熱烈的掌聲。男子盯著「舞臺下」的觀眾，餘光則瞟著我手中的相機，不時甩臂指過來，擺出一些定型姿勢。細微的哢嚓聲飄進他的耳朵裡，那是此刻能讓他心情非常愉悅的聲音。

這是群有精神疾病的人？

誰知你我，又來自哪裡？

是或不是，這兩種回答也許在這裡都是行不通的。我穿行其間，愈加惶惑。他們拖著身體的「軀殼」，精神卻早已遊弋在外。多少個世紀以來，宗教、哲學和醫學都在尋求解

釋人類精神疾病不斷這一問題，卻毫無定論。人的絕大多數
情緒都是負面的，負面的情緒又都是極其個人化的。有一次
與人討論，說寫作不就是一件極其個人化的事情嗎？照福
柯的理論，在一個規訓制度中，兒童比成年人更個人化，病
人比健康人更個人化，瘋子和罪犯比正常人和守法者更個人
化。這讓我想到電影《鵝毛筆》中的薩德侯爵，寫作淫穢小
說在市井坊間流傳甚廣，因此被憤怒的統治階級投入瘋人
院。他在瘋人院裡以最個人化的方式享受著寫作帶給他也帶
給讀者的快樂。在外人看來，他的瘋狂像一支鋒利的長矛，
是對拿破崙統治時期的法國，對復辟的封建君王制度，對束
縛每一個人的封建禮教的刺破。最終，他的「長矛」被收
繳，他從絞刑架下離開這個悲摧的世界。而極具嘲諷意味的
是，那位統治階級的「代言人」醫生，表面上處處維護禮教
和秩序，背地裡卻自私、淫蕩和虛偽不堪，當看到薩德的書
成為流行讀物後，他的大腦「綻裂」，開始組織病人印刷出
版牟取暴利……

　　Q君轉身走了，他大方地走到 19 號病床旁，向後轉，抬
腿，側身，硬邦邦地躺下來。我真是擔心他閃了腰，他卻大
大咧咧，執意要我上前看望他的表演。過去他身材偏瘦，熱
天裸著上身喝酒時，肋骨根根清晰可觸，而今他明顯發福，
並不是人到中年的敗局。老張低聲說：「常年吃藥的結果，

藥裡面有激素。」我問：「無激素的藥有沒有？」老張翕動翕動鼻子，在「有」或「沒有」的答案裡跳來跳去，頗費了些時間後搖了搖頭。

掀開病服，Q君鼓脹起的肚皮上居然畫了一雙紅眼黑眉，顏色淡了些，但輪廓惹人發笑。他運氣丹田，把肚皮這張臉拉成一面圓鼓，又憋足氣，把臉拉長，隨著他肢體打出的節拍，「眉」和「眼」一蹦一跳，肚臍眼打扮成的「嘴」一開一合。不知他何時學會了這一招，他的表演像模像樣。Q君就有了兩張臉，平時給人看見的那張臉是表情冷漠的，另一張藏在衣服之下的「肚皮臉」卻喜怒哀樂，情緒茂盛。或者是，他讓肚子成了一面哈哈鏡，把他們這群觀者的臉，照成他們想要的誇張模樣。

聽說Q君在表演，他的病友們呼啦之間一擁而至，把病房圍了個水泄不通。我掃視一圈，像看到花果林裡簇在一根根枝上的數個花苞。哈哈大笑者，木訥者，故作驚奇者，苦大仇深者……眾生相琳琅，唯有Q君不動聲色。每一具身體上濃重的汗味也悄然綻放，我縮了縮鼻子，趕緊往外吐納。人群中沒有人在意我的抽身離開，就像大家也沒在意這場荒謬的雨是何時到來的。

雨聲大作，沒有人伸頭去窗外探望天氣的遽變。一大群人從活動室擠進了Q君的病房，活動室和走廊顯得空蕩，幾

個袖手無事的病人走來走去，眼睛直盯著虛無的前方。但老張說，幻視的病人，盯一個地方時間長了，能看到常人想像不到的景象。我突然有些嫉妒，整天能看到不同的景象，想看什麼順著一個念頭就看到了，這不是一種奇妙的生活嗎？老張像洞察我的心事，立即補充道：「你不知道他們的痛苦，是那種每時每刻都要搏鬥的痛苦。」是「看見」闖的禍和罪過？

　　觀看的秩序是井然的。他們鴉雀無聲，唯有眼神交流各自心聲。我詫異於這種秩序，是老張這位精悍的院長訓練出來的，還是那些有激素的藥物使然。例外的是，一個瘦骨伶仃的青年跳將出來，一本正經地繞著觀者的內圈，儼然他是這秩序的維護者。他腰板筆直，面頰兩側爆出幾顆紅得發紫的青春痘，竹竿般的細長腿踱出的方步歪歪斜斜，一隻手在他的同伴面前揮舞，但沒有人搭理他。他像空氣，他在他們面前就是空氣。老張站立人群中央，嘴角的笑，顯得僵硬，像一位嚴苛的父親看著自己的孩子。我早已暗中注意到，他們也都真像孩子似的，在老張這位「父親」面前討好表現。他們希冀得到某種獎勵，也許這獎勵只是老張的一個微笑、一個溫柔的眼神。

　　青年走動的時候身體是歪斜的，左膝像是身體挂著一根不屬於自己的棍子。我原先以為「歪斜」作怪是他的幽

默，後來才察覺出他的異樣。老張熟悉每一個「孩子」的來歷——青年高中未畢業入伍邊境武警部隊，某一天突然從三樓飛身而下，他要摔死給他的戰友看。性情上的孤僻不合總讓他質疑戰友的嚴肅與玩笑，從口角、毆鬥，最終激化為自殺。部隊後來把多處骨折尤其是左膝粉碎性骨折的他送回農村，給了一筆豐厚的退伍金，聲稱他的精神狀態已不適合留在部隊。素來寡言的青年更加沉默，他的母親恥於承認，逢人便說，是部隊的戰友欺負他，把他逼出了精神問題。人生一旦破了窟窿，就再也回不到原貌了。老張這麼說，並做出個手勢，似乎要把空氣戳個窟窿。青年和我的朋友 Q 君都成了老張醫院的常客，在不同數位的床位之間玩著身分交換遊戲，但幾乎沒有說過一句話。

「連死的勇氣都有，一個人還需要跟這世界說什麼呢？」

這是 Q 君跟我們喝酒時說過的一句話。那時我們年輕，他是能飲者，一喝多，就成了哲學家。我們喝了酒總有奇談謬論，或唏噓人間悲劇。有一回 Q 君說起鎮上剛死去的一個中年女人，不知從哪一年始患上一種奇怪的病，從她腹部的右側長出一大塊肉團，肉團顏色紫殷殷的，薄薄的一片皮肉很堅韌地兜著它，像臘月裡家戶掛在外面晾風的灌臘腸，看上去很漂亮。她年輕時也算是個標緻的女人，但家道不好，父母早逝，又辛苦撫養帶大三個弟妹，找了個在搬運社工作

的四川籍丈夫，經年累月，把腰累成癆傷，稍加負重就咳出一口濃痰，痰裡夾雜著纏繞的血絲。我記得那幾年女人越來越憔悴凹陷，卻無故長出個肉團。

　　Q君說，像發酵的麵團，越來越腫大。你難以想像一個骨瘦如柴的人身上懸掛著一團瘤狀的肉，在衣服下凸起而步履緩慢的姿勢。聽說有一段日子她還搭車去縣城乞討，把那駭人的肉團露在外面，向路人走過的半空中伸出蜘蛛般枯瘦的手腳。她後來終於是狠下心自殺了，趁著丈夫回老家，喝下一瓶劇毒殺蟲藥。

　　Q君起了頭，我們就開始談論女人身上長的那塊脂肪瘤。脂肪瘤這個名詞是從一個醫科大學畢業的同學嘴裡言詞確鑿地說出來的。他說，脂肪細胞原本扮演著身體儲藏室的角色，它效忠身體時，豐富的脂肪細胞遊弋在骨頭與肌肉之間，人的皮膚就會光滑細嫩，胖人要比瘦人更能耐寒忍餓。一旦叛變，脂肪細胞所包含的黃色油球，只顧把脂肪儲存起來卻與身體內的領導者對抗，不再去為身體的需要效忠，而變成一顆癌細胞，那身體的噩運就隨之拉開帷幕。

　　「人的表皮之下集結著十億脂肪細胞，誰能保證它一生忠心嗎？」

　　「脂肪是必不可少的，但它也會成為虛無的存在，就像脂肪瘤越長越大，人卻被它折磨死去。」

第二輯　荒野裡

「像富人，缺少慷慨、大度的品性，對窮人都是無益的。」當 Q 君與醫科生交鋒著思想，爭議著身體的複雜組織，打著富人窮人的比方去總結人的宿命時，他只是個鄉鎮中學的地理老師，每天都要經過女人家門口並看見那團肉瘤的存在。他肯定為女人的死傷心過、哀悼過，但游離在外的我們不會有那種強烈的痛楚。痛楚之後，依然要站在講臺上的 Q 君，每天繼續在地球儀上周遊世界，探測地球的深度、某塊陸地或海洋的經緯，暖溼氣流在空中如何相遇，地貌在時光裡不為人察的變異。我更欽佩他歷史知識的淵博，對每一次歷史事件前因後果的洞察，歷史拐點帶給世界的複雜變化，從野史中走出的歷史人物身上的荒誕性。我們是從少年進入青年時代相識並締結的深厚情誼，他虛長兩歲，卻給過我們很多書本世界之外的驚喜。我們有過很長一段時間的書信，他蟄居鄉野，生活寡淡，某一天迸發的怪誕想法，以書寫的方式遊弋到我身邊。他喜歡上學生中一個特別聰慧漂亮的女孩，暗中支持她堅信知識改變命運；他信心百倍地學習英語，準備考研，以期離開窮鄉僻壤；他讀完我寄給他的《萬曆十五年》，然後在按捺不住的失眠中召喚靈感……這些努力後來都找不見蹤跡或中途夭折。就像那些紙頁發黃、字跡閃爍的信函，被我捆成一劄廢棄物送給了樓下的廢品收集者，或是連同某個夜晚一起持燭燼之，都已下落不明。

　　我和那些與 Q 君相好的三五朋友都走到了城市的角落安身立命，起初我們還在歲末節假會聚鎮上相談甚歡，還不依不饒地勾織理想，而不屑現實於一顧。Q 君總是鬥志昂揚的那一個，這是我所發現我們之間的差異。在面對現實的種種困擾時，我永遠都缺少他那種正面強攻的勇氣，而選擇迂回閃避的方式繞道。繞道者有繞道的僥倖，強攻者會遇到攻不下的挫敗。此去經年的資訊漸漸發達，交流卻陷進風蝕地帶，我聽到的關於他的現狀，都戴著一副灰色的面具。大概是考研路上的三番折戟，來自學校領導、同事和鄉鄰的冷嘲熱諷，愛情的挫折、婚姻的無望、青春和世俗繁衍的重重矛盾，把他推向一個個酗酒之夜。即使是我們歲末年初湊攏來的難得相聚，喧鬧之中，他卻成了最孤單最容易醉倒的一個。

　　他們在說，Q 君考研影響教學，也不會處理關係，年終沒有評優，就跟學校領導鬧翻了；他認為是領導有意為難，而且評上優秀的老師，所教的班級成績不如他的學生；他牴觸學校領導和幾位同事的虛偽做派，聲稱永遠不跟形式主義妥協。他們在說，Q 君相親見光死的原因是他嫌棄女方讀書少，可又沒有本事到縣城、市裡找一個；他鼓勵幫助過的女生遠遠地躲著他，她的父母向學校投訴他心懷鬼胎。他們又在說，風水先生哪一年就斷言，Q 君家的祖墳埋在水凹窪，

第二輯　芃野裡

地勢低，一下暴雨就淹了，後代要往上爬高一點兒都是白費力氣。躲在背後議論的他們，是那些他曾經的學生、同事，熟悉的鄉鄰、親人，也有他最願意相聚而終遠離的三五好友。醫科生夥伴預見性地說，Q君有陷入人生荒謬之預兆！

我們沒有人去設身處地地想過，有一天，Q君的荒謬真的撞向現實這堵牆。對他而言，既清晰又難以馴服的荒謬，是何時潛入他的生活，又是怎樣生根開花。

Q君終於在讖言裡出事了，他先在辦公室裡朝左腕上割了一刀，送作業的科代表發現後嚇得啊哇嗚呀地大叫。幾個月後，他又拿同一把削鉛筆的刀片在教室裡朝左腕割了第二刀、第三刀，當時學生正在埋頭複習迎考，Q君端坐講臺，面前的課本被風吹出窸窣的微響，坐前排的一個學生，突然看到地上一條紅色的蚯蚓蜿蜒而至，爬到了自己的鞋底下，也許這個調皮的學生還萌生了撿起蚯蚓嚇嚇女生的念頭，但他發現他的腳沒法翻轉蚯蚓的身體，而他的目光稍稍抬起，他看到了一條世界上最長的蚯蚓，是從老師的身體裡爬出來的。Q君再一次從死亡中倖免，他曾經的理性在面對心靈的吶喊時變得一籌莫展。他怕疼，手軟發抖，不敢用舊了的鈍刀片使大力，在刀口嗞嗞割開皮膚的裂疼中，他嗚嗚地落淚。學校領導抓住他的精神異常讓學生遭受刺激做文章，認為他已經不合適在教學崗位工作，把他調去校工辦公室，好

心的同事憐惜他，讓他幹最輕鬆的活兒，按點敲上課鈴下課鐘。他錯會好意，對同事惡語相向，還一次次隨性地把鈴聲之間的時間拉長縮短。有頑劣的學生，乾脆課間把他堵在茶水室，藏起他的敲鐘槌，搬來地球儀請教山高水長，搬來歷史書爭論江山社稷。一些班級的師生常常為了上課的時間吵得面紅耳赤。他的罪名又添加一條：擾亂教學秩序。結果就是，他沒有教室可進，沒有鐘可敲，這種遊手好閒更加深了他的恥辱感。恥辱籠罩著的他開始給鄉鎮教育組、縣教育局市教委寫告狀信，揭露學校的不公和校長的小集團、小金庫、小裙帶，這些控訴最終被上面小而化之。校長還是校長，他卻不再是他。他成了某種建立起來的秩序的破壞者，人人都在背後議論「荒謬」的他。這荒謬在他的呼喚與世界的不合理的沉默的對抗中產生，一堵牆壘得越來越高。在學校大刀闊斧的改革之鞭要抽到他身上的關鍵時刻，那位在磚瓦廠勞碌一輩子的脾氣暴躁的父親，呵斥著哭哭啼啼的文盲妻子，領回兒子，奔波在去醫院的路上。

　　三道蚯蚓似的疤痕疊印在手腕上，被他藏進長衣袖裡，只在熟睡的時刻被他母親偷偷撫摸過，他有時也會揭開袖口逗嚇婦人懷抱裡的嬰兒和咿呀咿呀的幼童，然後遭來一片惡毒的罵聲和哄笑。大庭廣眾之下，他那種故作鎮定的相遇和貌似安然的無恙，還是會莫名其妙地露餡。他進出醫院的次

數逐年頻繁，碼放在窗臺的藥瓶多了起來，他的信口胡言稍
不留神就跑出來。母親因此信了佛，常常丟下家務去求神拜
佛，在人家面前說道哀傷，耿直一生的父親不信這套，呵斥
母親的聲音越來越大，家裡的鍋碗瓢盆無故就摔地殘缺。他
還偏要添亂，還偏要忤逆母親的願，去投靠抵臨鄉野不久的
上帝。他早早起床，沿著通往鎮外的唯一公路，步行半個小
時，鑽進新建的基督教堂。他茫然的目光，看著高高聳立的
穹頂、貼彩畫的窗戶、冰冷的石像。他混跡於一群上年紀的
老頭兒老太太之中，比母親在神佛前更顯虔誠地低頭默誦，
那些原本積壓他腦子裡的歷史地理知識，一片片落葉般向細
瘦的身體外墜落。信仰這種個人對終極意義的追求，在他那
裡不知被什麼取代。他的母親很無奈，在猶疑中許下誓言，
若上帝能拯救自己的兒子，她就去信基督。有一天，他遇到
教堂裡的每一個人，都要質問一個與上帝有關的問題：「為
什麼他容許這個可怕的世界繼續存在下去？他有什麼資格為
他的獨生子作那偉大的宣告？他有什麼資格說，若不借著
我，沒有人能到父那裡去？他有什麼資格說，他就是道路、
真理、生命這類的話？」沒有誰知道這句話的來處，只有他
記得讀過的那本書的頁碼；沒有誰能回復這句話的要義，只
有他知道他接下去的言行。

　　他跨著大步，振臂一呼，當著眾人的面，把一本嶄新

的《聖經》焚毀，火焰在石像下跳動，搖擺著妖嬈的身體。燃燒一本《聖經》遠比一次禱告的時間簡短，更讓人瞠目的是，他張嘴朝石像吐了一口唾沫，然後頭也不回地轉身離去。在場的十多個教友，表情裡流露出揪心般的疼，但沒有一個人上前把《聖經》奪回。這裡面有的人，曾經謗議他這樣一個過了結婚生子的正當年紀卻還單身的人不能進教堂，一個抽菸喝酒覷覦女學生的人不能進教堂。「上帝不是愛他的每一個子民嗎？」他兩片嘴唇一吧嗒，就讓對方啞口無言。我們已經無從探究他起初是真正懷著成為一名虔誠基督徒的心願，還是後來走偏踏上屬靈的離經叛道之迢途。終歸是那一天，火焰照亮他手腕上的傷痕，紅得那麼耀眼，彷彿有血液正從「蚯蚓」的身體裡往外淌湧。

　　他此舉非但沒有讓上帝的聲譽受損，反而是他病情的反覆、言行的漏洞成為那些教友取笑和佐證「上帝慍怒」的生動教材。好些年過去，我偶然讀到小說家張萬新寫的一首詩的開頭幾句：「那個人在教堂門前鞭打自己的影子，／為了關一扇關好的門。他是我的兄弟，／他沒有瘋，也沒有罪。」我立馬就悲從心生地想起了 Q 君。

　　從教堂出來，他去過本地和周邊省份的幾家醫院，也有過短暫的治療，但看不見持久的療效。有親友暗中向他父親兜售，找家私人診所切掉他的腦白葉質，他會徹底安靜下

來。他父親果斷地拒絕了他人的慈惠，繼續積攢一點兒錢，再帶他去一次醫院，直到老邁得再也不能遠途跋涉。這兩年Q君自己選擇了老張的醫院「遠行度假」，短則一月，長則半年。那些白色的小藥片，鹽酸苯海素片、海必利片、甲氧氯普胺片，在母親一以貫之的神佛和被他偶爾惦記起的上帝之外光顧他的日常生活。這些藥長期服用所帶來的副作用，對腸胃和記憶力的傷害，讓他時常變得呆若木雞。這是對他面貌最恰適不過的形容。他喜歡晚上出門閒蕩，可有時連回家的路，都要在一條分岔的路口糾結很長時間。他像一輛深夜在野外拋錨的車，風寒霜凍，救援卻遲遲不在白晝將近的時刻到來。他不知從哪裡弄來一個可以折疊起來的小骨架，那種我們後來經常會看到的萬聖節的裝飾品，逝去幽靈的遺物，在他手掌上折疊翻滾。他有時學著，像骨架那樣把身體縮起，像小龍蝦，彷彿要在外表上發展出一個堅硬的殼。回想起他進教堂的時日，他不是要找一個上帝的國度嗎？那殼看上去是可靠的，是可以築起一個國度的城堡的，但他內心卻極度脆弱，那麼容易被攻擊，他體內的骨架也許乾脆是鬆軟的，那些鈣質在骨頭裡逡巡，卻缺少有機物質調和，如同沒有黏膠的一盤沙礫，永遠不能豎立為沙雕。

　　Q君有自殺傾向並付諸實施的那年冬天，我聞之驚駭不已，立即決定，動身去鎮上學校的舊宿舍找到他，然後我們

乘坐一條小木船，去河洲上的一片荒涼的杉樹林散步。杉樹林是他那一段日子最熱愛的地方。冬天的水杉，光禿禿地抵擋著河面吹來的風，那些掉落的葉子，淺栗色，厚厚地鋪在地上，踩在上面軟軟的，有如身陷泥淖。在這片芤野般的地方，四面空蕩，八方來風，冰涼地擦著裸露在外的肌膚。我企圖靠近並去打開他內心被隱痛裹著的結。我小心翼翼，又不敢加劇一個在生活中滑落者的痛苦和他悲觀厭世的情緒。我挑一些看上去不錯的往事，也談我們在外漂遊者的困惑，他回以無動於衷的表情。我們走了很遠，他終於開口了：

「你一定是想比別人更多地知道我為什麼會這樣？」

「你很費解我的這些不可思議是從何而來？」

「我幾次膽怯赴死，卻還羞恥地活著。」

「那些活下去的理由，也是死去的理由。」

他就用「活著與死去，都是同一個理由」的哲學回答，拂掃我心頭的疑惑，卻又讓我視野模糊。後來這句話多次影響到我對生活意義的思考。地球、月亮、太陽，哪一個圍繞著哪一個，怎麼轉，轉多久，從根本上都是無關緊要的。陷入潦倒之境的伽利略，不也曾輕易地放棄他那些堅持的重要的科學真理？

杉樹林有一段很狹長的路，他走在前面，我在後面，我們在縱橫之間走了很多個回合，也彷彿是走了無數個畫夜。

水杉彷彿生來就此般高挺筆直，我記得他舉首望著一隻大鳥窩，問我對他打算像柯希莫那樣去樹上生活的想法有何高見。他竟然想學習十七世紀義大利翁布羅薩的那個十二歲的貴族少年，我知道他定是剛讀完卡爾維諾的小說。他說，他是正讀著《樹上的男爵》。他問我：「誰想看清塵世就應同它保持必要的距離，你不認為這句話很有道理嗎？」我遲疑了一下，他就走遠了。他的背影看上去像一個無所依託的流放者，他隨手撿起一根細枝，抽打著刻在皴裂樹幹上的記憶。樹皮碎屑窸窣飄滑落地，我感覺像是自己身上有什麼東西在掉落。我不喜歡看他把現實戳得千瘡百孔，把孤獨的自己推向更孤獨的境地。那一刻，我相信，一個人與自己的生活之間，肯定存在著某種壓倒一切苦難甚至死亡的東西。那一刻，我對他又多了些與別的朋友之間不同的親近感，不只是同情與悲憫，而是某種隱約的敬意。我寧可相信，他是在展示著我們希望思考卻尚未開始思考或最終不會思考的東西。我很想幫他，但我又無奈地想，這世上終究是誰也幫不上誰。

　　從杉樹林渡河回來，我上 Q 君家想順路看望一下他的父母，卻被兩位老人熱情挽留。當燒瓦工的父親能喝酒會勸酒，我方明白他的酒量是典型的遺傳。酒像上了熱氣的熨斗，把老人常年燒窯爐烤成紫銅色的額頭上的皺紋深溝熨拉得平淺了些，而我很快就暈暈乎乎。飯桌上的他思維清晰，

言語正常，還勸父親不要灌我酒，我身體裡暖流四淌，像是回到從前的酒聚上，常常是他護著我幫我擋酒。天黑得早，白天走了很遠的路，疲乏得很，加上酒精的催化，我早早被他扶上了他家的客床，還叮囑我床頭擱著杯茶水。半夜裡我果然口渴醒來，意外聽到門閂拉開的聲音和腳步的拖逤聲，又看到人影的晃動，我當是便溺者的響動。但好長時間也不見門關上，我把床頭的水喝盡再閉上眼竟睡不著了。好奇的我披上衣服走出去，喚了兩聲 Q 君的名字，沒有回應。到屋外看見廊下的燈昏昏地亮著，Q 君喘著短氣從黑暗裡鑽出來，朝光的另一側暗影裡急傻傻地奔去。我壓低聲音問怎麼啦怎麼呢？等他前額脖頸溼漉漉地回來，卻是略帶責備的語氣說，你安生睡你的，讓那人跑了，今晚是不會再來了。我問他那人是誰，他閉嘴不說。他的父親這時也起了床，低聲制止了兒子半夜追人的荒唐之舉，語氣裡沒有了早年的暴躁，只有哀求和絕望。他又對兒子的背影嘆息一聲，夢和現實總是混淆，未來的日子不知如何到頭。我們各自回房，熄燈睡覺。我耳畔迴響著一個老人對兒子「日子如何到頭」的嗟嘆，挨了多久，依舊迷迷糊糊，依舊聽到他在另一間房裡翻轉身體的微微聲響，像翻一張已經焦黃的煎餅。

　　我後來逐漸把這個夜晚忘記，偶爾想起時會有恍惚之感，以為那只是一個夢。我是真心想把它當成一個夢。

第二輯　荒野裡

　　藍條紋男子從身邊走過時，老張一把牽過他的手，跟我耳語，他父親也是個精神病人。我認出他與Q君勾肩搭背，相談甚歡。我想和他談談，老張就輕輕拍了拍他的肩，「榮伢崽，出來一下。」他滿了四十，但看上去要比年紀顯小許多。在我面前坐下，他略微有些局促不安。他的菸癮很大，抽完一支菸後，才開始向我講述他的「病史」。初中沒畢業，父親一句話「讀書卵用」，他就退了學，其實更多是經濟局囿，家裡姐弟五個，沒錢供了。排行老滿的他到廣東一家服裝廠打過工，打工期間參與一次老鄉與外地人之間的鬥毆被工廠勸退。十九歲那年，他打工返家後借來初中、高中的課本，想復讀，這一行徑遭到因為考學已經發病的父親的訓斥。他不管不顧，栽著頭，逼上梁山般從早到晚啃書。越急就越讀不好，越讀不好就越發焦慮煩躁。某天夜裡，再次遭到脾氣火爆的父親的斥罵時，他一拳打掉了父親的一顆門牙。那一晚，他燒掉了所有借來的書，揪扯著自己的頭髮，一根接一根地抽菸。

　　榮伢崽清晰的思路讓我感到驚訝。過去的事情他講述得很準確，時間、地點、事由，沒法叫人相信這是個患有狂躁症的人。但自從有了第一次發病，他就間歇性地發作，屢屢拳腳相向。他把不公命運（沒讀書的命運）所導致的後果都歸結到那個跟老支書糾纏不休，在家裡情緒暴躁的老男人身

上。後來，他才發現，這個人已經鬢髮斑白，滿臉皺紋，年老力衰，被兒子打過幾次後就開始躲避，即使是兒子強悍的目光射來，他也會不由自主地哆嗦。我謹慎地避開關於他父親患病的話題。

「我們都是吃了性格的虧，太強，太呆板，太愛頂牛，撞了南牆也不回頭。」孰料這位兒子談論精神病父親時的那份淡然，彷彿是置身生死之外的超脫。

榮伢崽的父親的傷心往事是老張後來講述給我聽的。「文革」期間，老榮有著美好的嚮往。學習優異的他因為家庭成分的問題，先是被村支書剝奪了讀大學的機會，後來連學校代課的機會也被「剝奪」了。恢復高考，老榮立誓要考個大學，反反覆覆，頭幾年總是在錄取線的邊緣遊蕩，後面是一年不如一年。再後來，老榮年歲漸增，考學是徹底沒了希望。由此，他記恨了村支書這位戕害自己命運的「罪魁禍首」。支書在位時，不務農事的他就從早到晚跟著，記錄下支書的一言一行，然後每月給縣、鄉領導寫信，檢舉村支書的「反動與腐敗」。寫信沒有回復，沒見到調查組，老榮就去上訪。領導拗不過他的堅持，遊說即將到齡的支書提前退了休。沒料想他不願撤離，繼續像影子一樣地跟在後面。心懷愧疚的支書也是個霸道的人，並沒有意識到老榮的行為舉止和心理狀態瀕臨失常的邊緣，只差扣發「扳機」。某天，

支書儼然以一種毫無罪過的姿態譏諷老榮的高考悲劇時，後者漲著一張發紅的臉，早謝的頭頂變得更加油光氾濫。在眾人取樂的歡笑中，老榮感到一股力量拽著多年來忍受的屈辱東衝西撞。命運的不公，生活的不如意，時代的卑微屈辱，讓他對眼前某人的憤怒極速膨脹。他隨手操起農民屋堂裡的竹篾耙頭，撲向了笑得正歡的支書。

支書的一隻眼睛被弄瞎，而老榮發瘋了。發瘋了的老榮還是追蹤著支書，支書惶恐不安，雙方幾次發生摩擦和打鬥，攪得村裡雞犬不寧。無奈之下，鄉里每年象徵性地出點錢，把老榮送進了精神病院。他絞盡腦汁地逃跑，終於一次成功逃脫後，卻在回家的半路上給車撞死了。聽到這個結局，我很吃驚，一個家庭，父子患上相同的精神疾病，父親成為一面鏡子，難以言喻地照著兒子的人生前程。

老榮死後，榮伢崽的病才浮上水面。不發病的時候，他就外出打工掙錢。結了婚，兩個孩子，大的讀一所職業中專，小的念小學，家庭開銷大，醫生開的藥要長期吃，有時嫌貴就「偷工減料」甚至停了。那種叫帕羅西汀的藥，小小的白色藥片，許多精神疾病患者常用藥物，經常被榮伢崽這樣的患者忽視。而忽視的後果只能是病情復發，然後他每年都要到醫院來住一段。最近的一次外出是年前，經老鄉介紹去到一家電子廠，三班倒，流水線上的時間枯燥乏味，沒吃

藥總記不住上班準點時間。有天外出到一高檔樓盤售樓部被
保安睨視驅趕時，一氣之下撿石頭把大堂落地玻璃砸了一
個窟窿。「賠了錢，出口氣，這樣又回來了。醫生說還住半
個月就可以出院了。」他說得很輕巧的樣子，「我還是要出
去打工，細伢子讀書要錢，還得靠我。」一個父親對女兒的
心思，在當下和將來，是否能獲得女兒內心深處的認同和
體諒？

　　談話結束，榮伢崽從褲兜裡摸出一根菸，借火點燃，揮
手告別。身後的不銹鋼門「呀嗒」關上。這聲音彷彿把這個
現實的世界隔斷成兩半，Q君、榮伢崽們跨進這張門，回到
他們的世界，與無數活在我們中間的人不同，他們向回不去
的世界閂上門，緊閉不出。我不知道，夜色升起的時刻，那
些時光啞默的晚上，每張床是否都會與他們說話，每面牆是
否都可以打開一扇門。

　　雨聲依舊大作，把整棟樓的屋簷遮棚拍打得驚心動魄。
離醫院不遠的地方，是廣闊的洞庭湖。湖面上氤氳的陰沉，
團團抱抱，推搡追逐，與死亡有關的衰敗氣息在暗處發酵。
病區裡的氣味追趕著被雨淋溼的風。溼滑、黏黏、很濃的鏽
味兒，輕微嘔吐物的味兒，從不清新的衣物裡飄散的味兒。
我感到形容它的語詞是匱乏而不準確的。表演結束，人群四
散，好幾個擠到我的身旁，還是那個年輕人突然拍了拍我的

　　肩膀，問我哪一天進來的，是不是從火星上來的。我苦笑，在這裡，他們的任何言語，都可以是一首耐人尋味的詩。Q君不知何時走到我身後，說：「這真是場荒謬的雨！」

　　我望著窗外的雨，雨幕遮擋了遠處的世界，只剩下一片灰濛濛，轉頭看見走遠的 Q 君的背影，就像我們過去的某次相聚後的告別。他走了，我留下來。這背影一晃眼又變成榮伢崽的，我也像是這些病人中的一個了，我是從那個被問到的「火星」的來處來的。我想起那個地方，還有一個「都市」的稱謂，人群聚集那裡，許多人，彼此並不相識，密集地共處在同一個空間，不打招呼，不攀談，每個人各懷心事左顧右盼。空間上如此近，在沉默無聲裡又是如此疏遠。就像波德賴爾所說，每個人都將自己藏身於人群中，這樣的人群又成了壞心、惡行的溫床。我們被這溫床「滋養」，一不留神就或快或慢地腐爛變質。又或是，我們在水面上瞻望，卻看不見水。

　　雨在用餐鈴響起時驟然停下了。像聽到號令，他們面無表情地排隊領受食物。天色在雨幕裡尤顯凝重，一天即將告別。我也和醫院告別，和這一片水泥森林告別。車行至公路的拐彎處，我看見醫院藏身的那幢建築，在臃腫龐大的工業園區，它像極了一棵被驅逐的孤獨的樹。差不多十年前，Q君「去樹上生活」的嚮往，一語成讖。只是他爬上的樹是這般一個地方。他和那些被認為是荒謬的人，從我們中間走出

來或故意掉隊的人，都在這棵樹上看著生命之光一明一暗，閃爍、綻放、萎滅，重新燃放，重新萎滅。

其實我們都是世間再普通不過的遊走者，無足輕重的小人物，他的悲劇，我們的悲劇，悲劇人物的憂傷種種，都是荒謬這位主角的重複演出嗎？回城的車上，車窗緊閉，一片沉寂，我卻感到有一股彷彿從恐懼內部奔瀉出來的風，銳利地滑過來，蕩過去。我開始有些後悔在精神病院度過的一下午時光。一張張時而模糊時而清晰的臉，陌生而又熟悉，他們變身為球狀黑暗之物，一錘錘砸過來，心臟硬邦邦地疼。時針指向深夜某個角落，偶有過往車輛尖細的喘息銳利地劃破沉沉夜幕，廣袤無邊的夜色緊扣那些彩燈閃爍的長長街道，彷彿一條看不見盡頭的食道，隨時就把這世上冒失者吐出的聲響，生吞活剝，消弭乾淨，連骨頭也不吐出。

那些待在角落裡的人，是不是被侮辱和欺凌的冒失者？是不是最無力的遺棄者？我反覆給自己提出這個模糊又具體的問題，卻從沒獲得任何聲音的回答。

那天的暮色裡還有一個場景被我提取。走廊拐角有一處人造天井，雨屑濡溼定定站著的 Q 君的額頭，我看向他，他卻把目光瞥向茫茫雨中。那目光裡的虛無繃緊力量，彷彿箭在弦上，將要射出。可是，等了許久，他閉上眼睛，那箭在清亮的弦響中最終是射向了自己。他的眼角，冒出兩顆圓鼓鼓的淚珠，也許是那荒謬的雨。

▎死亡演出

她從深夜的夢中驚醒，淚流滿面。微信呀嗒一聲，她問我，在嗎？

我正在書案前某個虛構的困頓中泅遊，點開閃光的螢幕，發過去一個功夫熊貓的萌頭像。

她說，我做了個夢，夢中，你告訴我，在你的夢裡，我死了。我回以誇張的驚悚表情，說，別繞了，我頭痛。

她說，你的夢證實了我的預感，我可能即將死去，在衰老並未到來之前。

六年前，我們第一次見面，我看到她差點在我的眼前死去。她是地下酒吧的領舞，那晚演出結束，她跨上街頭一輛載客的摩托，與同伴揮手告別。當時的她濃妝豔抹，吊帶背心，僅把跳舞時的超短裙換成了一條七分牛仔褲，一身潮酷打扮。對這些不知深淺的女孩，我並不抱有太多的好奇，但也會在路遇時多打量幾眼。倒是那個中年摩托車司機，年輕女孩子搭載他的車，讓他有些興奮，腳下離合鬆開，油門提速，飛快地向前沖去。他也許是某個工廠的下崗工人，只為討個生計，他的車技也並不嫻熟。夜間下過一場小雨，路有些溼滑，前方光線黯淡。一輛沒有打轉向燈的計程車從斜裡的巷子殺出來，雙方幾乎要撞到一起時才發現對方，都想避免事故的司機同時往一個方向急打方向盤。計程車剎住了，

摩托車也剎住了，但慣性讓摩托車輪打滑，沿著幽邃的街道摔出老遠。

坐在後座的她發出尖利的叫聲，身體像蝴蝶一般飛起來，在夜空劃出一道綠光，然後撞到一棵行道樹上跌墜，落地。哼嚓，像是樹枝折斷，又像是骨骼碎裂的聲音。

從報社下夜班的我正好目睹「蝴蝶」在夜間的飛翔。她躺在地上一動不動，我走近才聽到微細的呻吟，圍觀者聚攏又散開，以為她受了重傷，不久將離開人世。也許是職業使然，我打通急救電話，並跟隨急救車送她到了醫院。急救車內的燈光蠟白，她的臉被額頭淌下的一道血流分成兩半，漸漸變得慘白。後來我對她描述那一幕，她喊喊笑著像是聽別人的經歷，天真地問道：「臉真的只是白，我想也很醜吧？不行，你不能再跟別人說這件事了，你保證！」

她說：「當時我以為自己死了，臨死前感覺真好，我在空中舒展身體，像是一次最恣意的舞蹈。哎，我是多麼想讓我的死亡演出給這世界留下一點掌聲。」

我說：「當時沒有人為你鼓掌，只有局外人的哀訝。」

她恢復得很快，常年的舞蹈訓練和肌骨的柔韌性，讓她奇跡般地只有一些皮外傷和左手臂的輕微骨折。倒是那個跑摩托的壯漢車主傷得嚴重，聽說在醫院足足躺了半年。我把這當作夜歸中的一個意外，過去就過去了，但離那個夜晚很久的某一天，一個女孩到報社來找我，那是一張乾淨和精緻

的臉。她略帶羞澀地自我介紹，聲音細柔，而我幾乎沒認出來。在我的印象裡，那濃濃的眼線、光豔的唇彩、被粉底撲打過胭脂塗抹過的肌膚、被血汗流過的臉，與眼前這位女孩的清秀端莊根本不搭調。

　　她請我吃飯，後來卻是我買的單。從落座開始，她就像是我多日未見的老朋友那般說話，天真、莽撞、不設防，又無畏懼。那段時間，她不再去酒吧領舞，而是找了家培訓學校當起了教小學生的舞蹈老師。她喜歡不固定的生活，喜歡沒有約束的工作，就像她愛做夢一樣，夢是她對自由的追逐。

　　「我喜歡做夢，大部分夢都忘了，但有的夢常常給我指引。」有一段時間，我們的聊天就因夢而展開。她夢見自己前世是一隻蜷縮在枝枒上的鳥，而這隻鳥竟然有三雙翅膀，因為它不知道要搧哪一雙才能飛起來，就一直在心裡盤算著，卻至死也沒有飛起來。她夢到去大海邊旅行，遇到海嘯，把船上的人們卷到高高的空中，又捲入深深的海底，同行的遊客都被五彩斑斕的深海魚吞掉了，魚就長出一張張變了形的人臉，但人魚都被泅在一個個沒有光的巢穴，把穴壁撞得搖搖欲裂，只有她在水邊長大，憑藉幼時就學會的高超泳技，穿越海底，逃到了岸上

　　（實際上，她害怕水，也壓根不會游泳）。她說突然夢見自己得到一個靈簽，是關於生孩子的，她告訴了因一直懷不

上孩子而苦惱的女友，很快女友就懷孕了（實際上她又記不起簽上的一句話一個字）。她說起從小把她當珍寶般喜愛的外婆，死去多年她只夢到過一次，外婆說房子漏水，指給她看左上角屋頂，她說去找建房子的朋友來修，外婆說讓你舅舅修吧，再讓他給我寄點錢，第二天她打電話給舅舅，去墳上看看有沒有什麼問題，果然看到墳堆的左上角泥土開裂，雨水積在溝縫裡，修整了墳，又燒了很多紙錢，她就再沒夢到過外婆（後來我意外得知她的外婆當時尚在人世）。她說得更玄乎的是，每次月經期那兩三天，總會夢到沙漠，一架著火的飛機從空中墜落，飛行員從燃燒的機艙裡跑出來，頭戴吐著火舌的皮帽盔，一路跑，沙漠也跟著一路燒起來……

　　還有的夢，我聽過就忘了，而她從夢中醒來，那些像風一樣吹過卻記不起來的夢，會讓她的心情跌落至深谷，鬱鬱寡歡好幾天。

　　我們不見面的時候，她也會在留言或郵件中講述那些奇怪的夢，說夢有時候是昭示，有時候就是她與自己的內心對話。有的夢雖然是超越現實的邏輯，但想法和欲望是真實的，督促她放下世俗的框束，面對心靈最深處的真實。她的過去我知之甚少，她不主動談起，我也很少問及。現實中的她給我傳遞的資訊如下：像男孩子大膽任性，但從小不敢關燈睡覺；熱愛各種化妝品，搜集了數百管口紅；有過兩三次

夭折的戀情，原因是那些百般順從的男友不會持久地愛她；與父親的關係一度十分緊張，父親揚言要與她斷絕父女關係，她頭都沒回地走出了家門……

後來呢？我問她。她說，她在外面租了房，嘗試過幾種職業，有化妝品推銷員、迪廳領舞、歌廳啤酒促銷員，還去朋友開的服裝店當過衣模，賣過服裝，有男友登門卻又被她掃地出門。母親一直悄悄地關心她，怕她沒錢花，給她的卡上打錢；怕她生病感冒，不時打電話噓寒問暖；怕她被人欺負又錯過好男人，提醒她不要只看顏值要重品行。她知道，母親說話的時候，父親一定也是坐在旁邊側耳傾聽，她就嗯嗯呀呀地點頭，一副特別乖順的樣子，最後會說一句，讓老穆保重身體。老穆是她父親，當過一家紡織廠的車間主任，企業掀起下崗潮，老穆不忍心讓他的下屬 ── 那些一家幾口都窩在廠裡的人失去工作，就先讓自己下了崗，大家都知道老穆是好人，唯有她認為老穆對她太嚴厲，從中學起就沒叫過爸爸，改以老穆相稱。

離家一年，老穆某天「三高」引起中風，幸虧送醫院及時，不然餘生極有可能在床上度過。那是她們父女關係最融洽的時期，她毅然辭去了工作，與母親搭檔照顧臥床的老穆。端茶倒水，餵飯換衣，洗漱按摩，她一聲不吭，卻做得比專業護工還細緻。同房間的病友，明裡暗裡嘖嘖稱讚老穆

有個好女兒。老穆悄悄轉過頭，又是笑又是哭，眼淚把枕頭打溼一大片。而她心中緩緩升起的暖意，可以融化一座冰山。父女倆化干戈為玉帛，脾氣暴躁的老穆再沒指責過女兒想做的每一件事。從此，老穆成了另一位百般順從的「男友」。老穆真的老了，常常呆望著窗外的那些樹，那個被各種聲音和顏色填充的世界。她看著父親委頓的樣子，感到生命的老去帶給一個男人的沉重打擊多麼讓人恐懼。老穆臥床半年後終於能正常行走，不久她再次離家，這次是在南方找到一份有保障的工作。老穆第一次送她出門下樓上車，淚眼婆娑，她戴著墨鏡，一個勁兒地揮手讓父母回家。她說，其實她是對家庭生活又感到了厭倦和疲憊。

　　她是個無比複雜的矛盾體，她說，她從不愛任何人，對自己的愛超過一切。我們作為朋友的交往是斷斷續續的，她有時會從我的視野裡消失一年半載，有時會讓我以為她隨時能在身旁出現。她把在迪廳酒吧結識的姐妹帶來與我認識，說我可以採訪寫寫她們，我還真與那幾個染著或栗色或黃色或紫色頭髮的姑娘聊過天。她們很多是從一家藝校畢業，十七八歲的樣子就開始在酒吧裡流轉。戀愛、分手、喝酒、跳舞、畫伏、夜出，她們都有一個藝名，大家叫久了，很多人會一下想不起自己的真名，像是兩個人活在同一具軀體上。「吃青春飯唄。」、「未來太遙遠啦。」、「過好當下

就行。」這是她們對活著的世界的體察與洞解。轉身她們走了，她不屑地說：「我跟她們不一樣，我知道我要過怎樣的生活。」後來她離開這座城市，與她過從甚密又分崩離析的一位姐妹向我談起她，有過一次閃電般的婚姻；有很長一段時間嗜睡成病；害怕衰老，偷偷地給自己買最好的化妝品；請私家教練單獨輔導，瘋狂健身練舞到不分晝夜。「其實她根本就算不上漂亮。她從不換位思考，她從來都是自以為是，很難有人可以與她長久相處，她的生活裡沒有一個可以成為永遠的朋友。」她姐妹的評價讓我驚駭不已。

　　這個評價，我不知道最終是否構成她離開這個世界的理由。兩年前，我到了另一個城市，奔波於新的日常生活的搭建，我們幾乎沒有了聯繫，我都差點忘記了她。後來，她不知如何從微信聯繫上我，我問這問那，她都很燦爛地說，一切都好，生活很快樂。

　　她給我發來各種自拍和房子角落的照片。我把照片在電腦上鋪開，拼湊那一套富人區的房子，卻像是很多不同的房子。有那麼多外觀不一致的門，每一扇房門都通往不同的風景，有的房間像一個露天鳥籠，圓弧形鐵柵欄，黑得閃閃發光。其實那時候，她只是租在偏遠的郊野，陷入一場付出了愛但沒有結果的戀情，以割腕自殺的方式又上演了一場死亡演出。搶救過來後，她對自己並沒真正地死掉而惱怒，在

病房裡吵鬧，偷偷拔掉輸液的針頭，在舌根下藏匿藥片轉頭就吐掉。醫生已經向她的家人建議讓她服用精神治療類的藥物。她向我隱瞞了這一切，還說要找機會來看望我。我說，獨自在外，要把自己照顧好。她卻生氣了，對我很不禮貌地回答，她過得比任何時候都好。後來我才知道，她在幾次進出醫院接受精神治療的住院過程中，目睹一個女護士把自己關在診療室自殺，還有那些莫名其妙聚攏在一起的病友的嘯叫、呻吟，扭曲的表情，異常的舉止，是否對她造成過大的心理暗示和惡劣影響？

她在治療中與我聊天，隻字不提生病的事。很長時間裡我對此費解不已。她仍繼續跟我說她的夢。她夢到自己有很多張臉，夢到自己像印度教徒那樣腰纏布條、穿著紗麗走進河裡時卻被那些潛水的魚身人面怪把她活生生地吞噬，夢到一個長著鳥臉的男人因為不能得到她的愛而剖腹自殺，也夢到過自己醒來時皮膚褶皺、四肢顫巍，鏡中花草一片枯黃……她不再只夢見別人的故事，而是讓自己在夢中反覆以主角演出。我揣測她的身體裡，到底充滿了多少離奇的夢、多少長短的詩句和多少相互追逐與咬噬的時刻。

是的，在某些時候，她一定是把我當成知己朋友的，她也理所當然地認為，朋友能理解她的一切。對一個生活在自我世界的人，他人的理解和寬容都成為一種放縱。放縱走到最後，

帶來的必然是讓傷害者擁有更多傷害自己和他人的理由。

　　那個我預想過但最不願發生的結果終於發生了，幸好又是在時隔幾個月後傳到我的耳中。她把自己反鎖在家中，服用了大劑量的安眠藥。藥的來源是她的好幾個朋友，她把大家幫著找來的藥積攢下來赴死。與她有關的事實就是，她如願以償地死了。我希望她是在一個深夜的夢中安然地死去，但聽說她被發現的時候，一隻手搭在門邊上，指甲在門框摳出幾個深深淺淺的印痕，還有嘴角邊是一攤已經乾涸的嘔吐物。自責和哀傷讓我不斷地回憶與她之間的過往，反覆浮現的卻是她說過的奇幻夢境。除了家人與朋友，沒有人紀念她，也許她的朋友並不是真的紀念，而是對一個懷著自殺心生活的人的幽幽哀諷。

▌假裝要飛翔

　　那天是冬至，我記得清楚，從本地一家黃酒企業做完採訪往回趕的路上，因為飲了一大杯酒，渾身暖烘烘的，像是信手燃起的一蓬野火，呼哧啦啦地燒起來。走到新遷不久的報社大樓前，認識我的保安跟我打招呼，說有人找我。然後朝大門外石階的一個拐角處，努了努嘴。

　　人坐在石階上，背影朝著我，頭髮多日不修剪，有些蓬刺。蓬刺得像草，是一點就能果斷燒起來的那種。

我走過去，來人側著臉，嘴上的菸頭在吐出的煙霧裡一明一暗。他突然回轉頭，四目相對，趕緊慌張地站起身。我喊了他一聲，多年來的稱謂沒變，也許是我語氣裡有些意外。他臉上鬆垮的肌肉瞬間拉緊，菸頭從指縫滑落在地，腳胡亂地扒劃著找到它，沾泥的舊皮鞋重重地碾壓了上去。

我把他領進了辦公室，幸好同事悉數外出未歸，這樣說話可以沒有太多顧忌。我不知道他來找我的真實目的，他先是問我爸 —— 他的老戰友身體怎樣，說電話打不通。我說剛換了，但我媽的號碼沒變。其實他這些年從來都是打我媽電話的。

坐在我面前的這張臉蒼老了許多，臉上的溝壑裡掩埋了青壯年時期的韌勁和自信，剩下的是清晨即將熄滅的火燼。我記得他是不抽菸的，他無所適從地張望著，又不由自主地從褲兜裡摸出一根點上，看到我皺了皺眉，就趕緊把菸頭在鞋底上摁滅，又找不到丟棄的地方，就拿著菸頭尷尬地笑。他說是來求我幫忙的，大兒子在一個偏遠縣城的自來水公司倒班，與兒媳婦兩地分居，至今尚未生育，問我有沒有認識的領導，關照關照或是換一個工作。對這個超出我能力範圍的請求，我又皺了皺眉，委婉地表達了為難之情，但還是翻著電話簿，想從某個熟悉的朋友那裡試探一下。我總改不了愛面子的臭毛病，也從沒掂量出面子的重量，或者說是我心地的善沒有離開過。

第二輯　芜野裡

　　他隻言片語地講著為人父母的憂慮，孩子的現實困難，最後嘆著氣說，還是你爸媽的命好。最後一句話進了我心裡，有些刺，上一輩的比較就是如此庸俗。我瞟了他一眼，手上的電話簿翻得越來越快，在清寂的空氣裡發出嘩嘩的響應。他停止了絮叨，我知道，這個電話不打出去，他是不會從這裡離開的。電話打得很順利，我拐著彎跟那個縣宣傳部的朋友說了，讓他出面給自來水廠的領導打打招呼，對方答應了。雖然後來並沒有效果，但他再未就此事找過我。

　　當時已經到了飯點，我在猶豫是領他外出找個小餐館吃飯，還是帶回家。我借上洗手間的機會給家裡打電話，爸爸的聲音有些粗，「他去找你幹什麼，又是什麼麻煩事吧。」我聽到媽媽先是問哪位呀，弄明白後就搶過電話，「要你國生叔到家裡來吃飯吧，何必在外面花那個錢。」

　　他對我媽的邀請顯得很開心，也許是因為我的電話打出後有了期待而情緒飽滿起來。走出辦公樓，他說等一等，然後不知從門衛大廳哪個角落裡拎出兩把孩子坐的小木椅和兩個鼓鼓囊囊的編織袋。椅子是鄉下榆木做的，座面上有沒打磨徹底的疙瘩，漆過一遍後就變成了撒潑開的雀斑點。我想起來木匠是他的老本行，小時候，他就經常在我耳邊說要打一對能讓人飛起來的翅膀送給我。每次說完這話，他都會站起身，找到空曠的地方，平伸兩隻手臂，像機器人似的從手

指到手腕，從肘關節到肩關節，慢慢地動起來。繼而人開始逆時針奔跑，先慢後快，像是真要盤旋著飛起來。那是我特別期待的一個夢想，但他並沒幫我實現，那對讓人飛起來的翅膀一直遙遙無期，以至我都遺忘了它的存在。

我笑著問：「還記得給我做木翅膀的事嗎？」他先是愣了一下，似乎並沒想起曾經許諾過的這事，然後顯得很無奈地說：「哪有這本事，我這輩子連飛機都沒坐過，只能在鄉下當個不本分的農民。」

下了車，到樓下，我打開單元門把他讓進去。他停下腳步，像是突然想起還有重大的事情尚未完成。他說：「我不上去了，之前答應了去誰誰家，也是老鄉，剛當上市聯社的主任，約好了這個點見面。」然後把編織袋中的一個遞給我，一點鄉下自產的東西。這是他慣常的行事方式和口吻，從不空著手登門，對那些確實存在的老鄉領導點名道姓，好像彼此之間真有著非常密切的關係。我客套地挽留，當然最後是目送他走進了暮色裡。

他的背影很快就消失了。這個曾經很熟悉的背影，像件衣服被時間揉搓得縮了水，又像是一棵長在荒野裡經年風吹雨打的樹，彎駝著走進一片冥暗中。他的離去幫我掀開過去的時光折頁，那些兒時小鎮上的時光。

小鎮的暮色總是走在時鐘前面放下簾幕，把鎮子籠罩嚴

實。鎮上最高的水塔，鯽背似的屋頂，通往縣城的公路上的林蔭，彷彿是眨眼間給吸進了一張黑洞洞的大嘴裡。不知誰家提前生起了炊火，炊煙只會讓暮色更濃，更暖，會突然敦促在外玩耍得興猶未盡的我驚呼一聲，要回家了。

　　我家住在爸爸的單位院子裡，兩層樓的長排房，一樓辦公，二樓是職工宿舍，西邊的屋子燈是亮的，窗簾是媽媽拚縫的，那是一張縫合了四五種顏色的紗簾，透出來的光因此有了凹凸不平的立體感。那天回到院門口，那頭叫毛栗的黑驢守在門外，正低頭尋食著院牆外稀稀拉拉的草葉。院門並沒有真正地鎖上，但毛栗從不輕易進這個院子。看到牠，我立刻一喜，是國生叔來了。我拍了拍毛栗的腰背，輕輕撫摸下巴處鬆軟的一簇褐毛，牠認出了我，打著響鼻，把頭靠過來。

　　早上出門的時候，媽媽叮囑我，晚上煮冬至餃子。她還說，冬至過了，白晝又會慢慢拉長。是誰把它拉長呢？媽媽支支吾吾，說不出答案。我也並不需要一個回答，門外的玩伴吹出尖細的呼哨，把我噓得焦慮不安。倒是後來媽媽的一位信了基督的姐妹在我們耳邊絮叨，上帝有一雙無所不能的手。她來我家串門，其實是勸媽媽像信任她一樣去信任那位被吊在十字架上的人，但媽媽拿不定主意，總在推託，總在拒絕走進那扇門。這位阿姨蹲到我耳邊，看著媽媽說：「你

信了，就得福了。」後來媽媽把這句話轉達給了國生叔的老婆，那個女人常年疾病纏身。媽媽也是一臉神聖地說：「你信了，就得福了。」

他給我家送豬肉，是那些年冬至的固定節目，就像南方鄉下都在這天殺年豬這個習俗一樣。這天的一大清早，鎮上的豬在黎明前的黑暗裡叫喚著，很快吵得雞犬不寧。準備殺豬的人家廚房裡熱氣彌漫，灶膛裡長長的火舌吐出呼哧呼哧的響音，像肥胖者巨大的鼾聲，鍋裡的水滾出噗噗嘩嘩的沸響，沒隔多久，天空裡就此起彼伏地傳來那些尖利的號叫。

他家每年只養兩頭豬，豬到了這天殺掉後，他就趕著驢出門給親朋好友送歡喜。他一躍而上，驢身子一沉。他吆喝一聲，呀，呀呀。車子開始行進，兩隻車輪在地上滾出一陣吱吱呀呀的聲響。驢拉著車從七八里地外的魚口村走到我家，正好是媽媽從學校回來的時間點，他把木板車上的豬下水、豬蹄、豬龍骨，一爿小豬肉，搬進我家廚房。來的路上，它們還冒著熱氣，散進薄薄的霧裡。轉眼，他又趕著驢回去了，通往魚口村的路，濃蔭遮蔽，人影隱綽，車輪壓過的聲響清晰可聞。媽媽繫好圍裙，捅開爐灶門，廚房燈影搖晃，砧板上很快就響起了剁肉的嗵嗵聲。

他是爸爸的戰友，也是個木匠。聽說他曾經的名字就叫木生，後來去部隊時，自己改成了國生。他豪情壯語，去部

隊就是為國而生。但他是個農村兵，注定了退伍後要回到那
片黃土地上。一九七〇年代後期，他們所在的部隊專在廣西
的深山老林鑽山打洞，爸爸在一連的工程班，國生叔在三連
的木工排，去部隊前他們並不認識，後來是一連和三連合併
後才相識的。他們同年退伍，爸爸說是因為認識了我媽，被
愛沖昏了頭腦，又認為自己這樣的城鎮兵有工作安排，等不
及提幹就毫不猶豫地回來了。倒是不想回來的國生叔，似乎
在部隊不受待見，服役結束也就脫下了軍裝。

　　那時候，他是我家的常客，有事無事到了鎮上，他就要
來看一看，說幾句話露個臉。在那個計劃經濟的年代，爸爸
供職的單位掌管著所有緊俏的農資化肥，春種秋收前後總是
供不應求，堅持原則的他很是嚴肅地面對每一位來家裡的親
友。爸爸對他就顯得不那麼熱情，但他毫不介意。爸爸媽媽
的生日，冬至殺完年豬，打好糍粑，加上一些農作物收穫的
時節，他都會趕著毛栗過來。爸爸不在家，他就像變戲法一
樣，摸出幾顆糖、一個嶄新的木陀螺或者一把木劍。他是給
我的孩提時代帶來欣喜的人。他與我講部隊的故事，講與爸
爸的深情厚誼，說有次上級下令連夜打通一個山洞，他臨時
鑽進去布裝雷管，不是細心的爸爸及時發現並把他叫出來，
早就命喪炸碎的亂石底下了。他說，這輩子他都懂得要感恩
一個救過他命的人。而我爸說起這事卻很憤怒，挨了上級一

頓嚴厲的批評，被要求寫了幾千字的思想反省材料。

　　他差點兒成了一個鄉下醫生，他的父親懂些中醫，農閒無事常給人把脈開藥，治好過鄰戶隔村一些人的勞疾和風傷。有一年給鎮上多年沒能生育的副鎮長老婆開了藥，那女人煎服幾月果真懷上了，後來順產一大胖小子。老人很快聲名大噪，上門求醫者陡增，門前也常徘徊若干學醫者，但都被婉言拒之。老人倒是有意傳點藥道給兒子，藝多不壓身，他卻不情願，跑去跟村裡的老木匠當學徒，整天和鋸子、鉋子、牽鑽、墨斗、角尺混在一起。跑了半年多，雖然學習時間不長，學藝不精，但也算是身懷技藝。他有次在我家酒後說，他並不喜好木工這個傳統手藝，當時是叛逆，為了討點輕巧的生活，而不是整天到田裡辛苦勞作。到了部隊，他順理成章地被分到了木工排，但這位年輕的木匠做得最多的是工程要用到的木模（把木板裁割好拚接成型），偶爾也幫連裡修修補補歪腿斷肢的桌椅板凳。不同的是，爸爸當年幹的是開國產的裝斗車挖掘機，這讓他很嫉妒。更讓他落寞的是，多年後看到鎮上村裡開的那些家私人診所，他帶著多病的妻子去看病開藥輸液，耳聞目睹，半道上路的醫生們，輕而易舉之間，口袋就變得鼓脹流油，他就一次次跟我媽談起年輕時的選擇，說恨不得一腳把自己踹回幾十年之前。

　　退伍後的國生叔又回到了土地上。離世的老木匠把所有

的工具留給了他。他成了村裡的新木匠，卻還是只能夠打製些桌椅板凳。他又不像有些肩挑手扛的手藝人，走村串戶叫賣，一年到頭，接木工活的日子也屈指可數。有一陣他埋首木藝，把家裡存放多年的一些柞木松木搬出來，做成桌椅，當作禮物送給親戚朋友，也送給村裡有交情的鄰居，即使是這樣，家裡有空閒的屋子角落還是堆滿了做好了的矮椅長凳。

毛栗到國生叔家是他退伍的第二年，這頭剛出生不久的驢是副鎮長買來向老中醫致謝的心意。當時老人不肯收這份重禮，驢是當年農家的好勞力，價格不菲。老中醫推辭之間，他笑臉盈盈地給副鎮長泡茶讓座，別有心計地牽過驢繩拴到了屋後的豬圈外。養了三五個月，驢就成了他的好幫手。幫他拉木料，拖送桌子椅子八仙桌，給我家送過豬肉糍粑，給自家搬過農藥化肥，好幾次還把醉酒的他安全地送回家。

我爸說起他，評價是不守本業，想法太多，不腳踏實地地幹事，更談不上幹一件成一件。二〇〇〇年前後，農資市場剛放開個體經營，不知從何處打探到「春後農資要漲價」的消息，他找到已經調到縣城工作的戰友，欲拿出家中的積蓄，做點農資生意。照例每次來，他不會空著手，都是農村的一些食材特產。爸爸勸他別折騰，利潤空間不大，市場有

風險，經營規模起不來的話，費力不討好，虧本也不好說。他信心滿滿，鐵了心進了一批化肥農藥，當起了小老闆。那些尿素、碳胺、殺蟲劑取代了桌椅板凳，堆滿家裡各個角落，起初周邊的村鄰來買，毛栗就忙碌起來，呼哧呼哧地四處送貨，不出半月他又來進貨，量翻了一倍，但這次是爸爸被迫擔保了部分貨款。他給我爸描述農村春耕的大好形勢和農資的廣闊市場，我爸抱著下不為例的心態做了擔保。幫誰不是幫，原則是死的，人是活的。媽媽對爸爸旁敲側擊，趁國生叔回去時悄悄塞上一條時銷的白沙菸，祝願他生意紅火興隆。

與此同時，鎮上又有了好幾位競爭對手，其中一位更大規模的經營者，當街開了個顯眼的門鋪，把價格降個三五塊，也送貨上門，農民就不再光顧他的家庭店了。雖有人來拿貨，但錢是賒欠的，一拖再拖，他經不起虧損。三個月過去，公司的貨款是按期要交的，農民的欠款左拖右賴，最後爸爸同情他，找了司機幫他把剩下的農資產品運回縣城，掏錢補了虧空的貨款，也讓他斷了這個念想。他設計好的第一次創業就這麼結束了。後來，他又倒賣大豆棉花菜籽油，嘗試過開家小超市，買輛小四輪接客送貨，都是不了了之。隔不了多久，總有他的消息傳到家裡來，爸爸就憤憤不已，天生不是做生意的料，偏要去蹚，強腦殼，不淹個半死他是不

回頭的。也許，爸爸從一開始就認定了他的失敗。可失敗的
人總是懷著希望去做的，失敗了甚至還要牷著頭往前頂撞。

　　我媽不同，對國生叔的想法讚賞有加，每次待他都客氣
有禮。錯過了飯點，重新炒菜做飯，尋些鄉下沒有的東西給
帶回去，批評我爸只講原則不講感情。爸爸反唇相譏，「你
以為這樣就是幫他，其實是推他下火坑。」

　　為了國生叔的事發生幾次爭吵後，我爸摔門而出，我媽
淚眼婆娑，然後跟我講起一件往事。離開鎮上的前一年，媽
媽甲亢、膽囊結石併發，眼突脖子粗，疼痛幾月不癒。他聽
說了，照例送些滋補身體的土產登門，滿臉悔恨地埋怨自己
當年沒跟他父親學點中醫。後來發生個小插曲，他不知從哪
裡聽說縣裡有治療甲亢的老藥方，趕著毛栗前去打聽，不料
毛栗這樣的健壯黑驢很快被收驢皮的人盯上，有人詼騙說拿
驢皮換老藥方，保證對症治好媽媽的病。對方把他帶到小酒
館，答應馬上安排人送藥來。驢被牽走一陣，有好心人提醒
他上當了，他滿頭大汗追了十里地，在縣城郊的宰牛場找到
了那個騙子，把驢給搶了回來。他到我家有驚無險地說著此
事，我爸卻把他數落了一番，說這麼大年紀，還那麼天真，
腦子裡總是少根筋。他也不介懷批評，一個勁地嘆息沒能幫
上媽媽。說起他的有情有義，我媽就格外動情，一次次按捺
不住激動地重述此事。

　　我的印象裡，交通漸漸發展之後，毛栗還經常與國生叔
四處行走。四五年前，碰上他又上縣城我家來了。那次正好
我從外地回去，與他聊到了毛栗。他說，毛栗死了，救人累
死的。一天半夜，村裡一個待產的孕婦發作，求助他家的毛
栗。後來手術中發現要輸血，又求著毛栗跑了趟縣城醫院。
連夜奔波疾行，他累個半死，毛栗也受了風寒，回家後就病
倒了，沒隔幾天就死了。他捨不得宰殺後吃了牠，而是找了
離家門口不遠的山崗葬了牠。哎，我們不約而同地嘆息一
聲。那真是頭倔強的驢，從來沒進過爸爸單位的大院子。

　　離開小鎮二十多年，爸媽先是安頓在縣城，後來幫著我照
顧孩子到了市裡，又進了省城，距離的拉遠讓國生叔與我們家
的往來漸漸減少。但每到爸爸的生日或冬至，他會打來一個電
話，或者是不知從哪裡冒出來，登門時提著幾十枚土雞蛋、一
壺菜籽油。上了年歲也不再有權在握的爸爸對他依舊不待見，
我並沒有去深究過，各人有各人的性格吧。那時因工作奔忙的
我，也有著對找上門的上一輩的窮親友的不滿。寒暄之後，他
們總是會表情訕訕地提出一兩件托請的事，當然都是些麻煩
事，要求人，不討好，面子上的事得你去撐著。

　　我盡量避開直接面對。有些事，讓爸媽去言說去消解，
能幫的就順手幫了，幫不了的也減去了面面相覷的尷尬。國
生叔照例登門，於我而言，托人幫他妻子辦過低保、大病救

助，為修路交份子錢找過村主任減免，給他的小兒子牽線在縣城介紹過一份並不長久的工作。媽媽還是如同過往，始終是熱情的，每次也絕不讓他打空轉身，臨走時要掂量著送出比他重那麼一點的回禮，不刻意也不傷面子。我爸掩藏不住對他諸事不成、人生落拓的懊惱，但還是會心平氣和地與他聊天談心，比如「照顧好病妻的身體，少折騰少煩惱多保重」的話，一遍遍重複。後來發生了一件事，又讓我爸火氣十足。他們搬到市裡第二年，有天大清早，爸爸接到派出所電話就急急火火地出門了，到中午回來時，屁股後面跟著國生叔。國生叔在後面遮遮掩掩，嘟囔幾句始終沒聽清的話，到了飯桌上，他忍不住自己把事情的前因後果說出來。他本是計畫今天再來我們家的，頭天到了市裡，他路過運通街的一家髮廊，結果鬼使神差地進去了，剛進去就莫名其妙地被聯防隊抓了，什麼也不說就關了一夜，早上起來讓他打電話找人交罰款。他爭辯著，什麼也沒幹，是那女的招呼進去理髮，真是被冤枉的。可派出所沒人搭理，有個小平頭不耐煩了，走過來狠狠地踹了他小腿一腳。我爸始終一言不發，聽憑他跟我媽解釋，我媽也不明就裡地跟著批判那些釣魚執法的派出所聯防隊。後來，我爸呵斥一聲，把桌子一拍，就推門出去抽菸了。國生叔也惱了，說：「放心嘍，罰款我肯定會還你的。」

　　罰了兩千，我是晚上回來聽說這事的，那時他走了。我爸還情緒難抑，說：「哪裡不好理髮，偏偏去那種地方，鬼才信。你們不知道，走出派出所，他昂首挺胸，一副拂袖而去的樣子，好像做了壞事的人是我。」

　　爸媽跟我說這事的時候，我其實已經知道了個大概，國生叔離開我家後就給我打了電話，說：「這樣的事你們記者應該去管一管。」我嘴上應允了，當然並不會真去干預，政法線我不熟，一件百口莫辯的事，況且罰得並不重，也沒鬧出不良後果。這事不了了之，某天從跑政法新聞的同事那裡知道，運通街確實常有訛詐之事，髮廊女和派出所一唱一和，有時地面黑道的人也插上一杠，遇上了也就只能自認倒楣。大概過去一年後，那條街搞了幾次大整頓，髮廊就銷聲匿跡了，多了幾家灰撲撲的舊書店。我讓我爸告訴國生叔，以免還因此事鬱結心中。我爸懶懶地回我：「要說你說，不費這口舌，讓他誤會我在催他還罰款。」

　　最後一次去見國生叔，是他妻子患病離世，我開車送我爸回小鎮。我爸當時重感冒，但他說：「人死為大，他國生不管怎樣，把病妻照顧了這麼些年，我無論如何都要趕去。」鎮上鄉下的路都修好了，通往魚口村的道路兩旁，依然濃蔭遮蔽，只是傍著路的溝渠裡聽不到流水淙淙，橫躺豎臥著成堆的瓦礫碎石，以及掛在棘草之上的紅的白的塑膠袋。我和

國生叔的妻子見面少，那些年他很少帶她來我們家。聽說這個好幾年在乳腺癌病痛中挨度時日的女人，寡言少語，卻很雋秀能幹。我們快到他家時，爸爸指著鄰著公路旁的那個小山崗，山崗上有稀疏的林木，風從空曠的幾道崗梁上自由穿巡。爸爸指了指一塊空地上微微隆起的地方說，那怕是毛栗的墳吧。我望去一眼，心裡咯噔一下，爸爸還記得那頭倔毛驢。他接著說：「你國生叔也會把妻子葬在這小山崗上吧。」

　　國生叔的頭髮彷彿是跟著妻子的離世一起變白的，我們到了，他迎上來，嘴角像是笑著，眼眶裡的淚水卻簌簌地落。我們去設在家中的靈堂上叩拜，屋裡光線很暗，牆面斑駁，白的粉塊幾乎掉盡，廳中牆上掛的一幅毛主席像也是上了年月的，邊邊角角發黃卷翹。偏房的傢俱都是舊的，空氣中遊蕩著腐蝕的氣息。我爸嘆氣，來回走動的人們幾乎都在嘆氣。幾個老戰友先到了，大家敘舊，翻著多年前的記憶，又感慨著這些年國生叔生活的不易。他們的中心意思，既有悲嘆也有暗諷，一個人剛學會走，就想飛，跑都跑不動，又怎麼能飛起來呢？父親沒有言語，但也眉頭緊鎖，像要把一片愁雲關在天空之外。

　　我看到，國生叔坐在靠門邊的角落裡，眼睛不時地朝這邊說話的人群望，當時靈堂的哀樂聲和親友的哭聲四起，他壓根兒都聽不到大家的議論，臉上卻浮現著被用力拉扯的布滿褶皺的緊張。他的兒子兒媳，還是沒有孩子，兩人悶不吭

聲，在堂前屋內轉悠忙碌，倒水搬凳，總被管事的長輩好心地呵斥開。轉背，他們重又轉悠，又被長輩呵斥。

出殯前夜，國生叔的慌亂緊張愈發嚴重。是悲痛的漫溢，或者失去之後的怯弱。我所知道的那個自信的、愛折騰的、充滿鬥志的、要製造翅膀飛翔的人，沒有了蹤影。歲月裡經歷的坎坷、拒絕、敷衍、挫敗與無望，像一顆顆巨大的砂石，磨洗去一個人身上的稜稜角角，並未留下圓滑，而是擠壓到最後只剩下一粒小小的核。生活的瀲瀲波紋，匯流成河，他的泳技不好，屢屢嗆水，卻仍在撲騰掙扎，呼吸疼痛。一個反覆的失敗者，最先看輕的肯定是自己。

那天夜裡，我去後院上茅廁，看到過去的豬圈驢舍裡，堆著一些光澤黯淡的木料，幾件撲滿灰塵未成形的傢俱，牆上掛著的兩塊木板倒是有趣，疊在一起，像一雙折斷的翅膀。木板上了色，色彩裡紅的黑的勾出的是鳥羽的形狀。我晃了晃眼，生怕自己看錯，猜測，那怕是國生叔曾經說過的要打製的翅膀吧。

生活的渾濁有如這昏黃的燈影，我們總是無法看清，也經常認錯。我又想，即使現在做好了這對翅膀，擺在他和我面前，我們真敢安插上它們去飛嗎？走到屋坪前，我抬起頭，夜涼如水，傾覆而下，全身忍不住一個激靈。我張開雙臂，向著前方碎步疾跑，像是起飛前的加速，像是要擁抱這無盡黑夜中的一切可以擁抱的事物。

▎巴什拜上山嘍

1

一群羊密密匝匝地走在鄉間公路上。旅遊車減速停下，耐心等待羊群讓道。

羊的個頭兒長得很接近，腦門白色，尾部肥大，毛色紅棕，耳朵上方長出深深淺淺的兩隻羊角。也有些白羊混在隊伍中，特別打眼，有的屁股上塗上了藍色顏料，有的剪出一個大平頭——那是牧民為了便於區分是誰家的羊。

騎在馬上的一位「半克子」牧民揮動長鞭，像劈開一條河流，把羊群分成兩半。羊一點兒也不慌張，邁著小碎步，呈人字形打開隊伍的閘門。車重新發動，緩慢地從羊群中駛過，羊並不為身邊經過的龐然大物所驚擾，互相摩挲著身體繼續趕路。羊沒有表情，抿著嘴，昂著頭，看著前方。

我也從車窗外看到了，前方是連綿起伏的巴爾魯克山。

第一次到新疆塔城，文學家茅盾說她是中國西北的最後一個城市，從地圖上丈量，她是離海最遠的地方，而蒙古語的意思是旱獺出沒之地。我在塔城最先聽人說起的不是山，也不是那種消失不見的旱獺，而是這群羊——叫巴什拜的羊。半小時前，原籍甘肅、後在山東長大卻嫁到塔城來的年輕女導遊正編排著牠們：「頭戴小白帽，身穿大紅袍，尾巴

分兩半，好吃最難忘。」她描述的「難忘」，前一天已經在餐桌上被我們咀嚼，我們用牙齒和舌頭嘗過牠的鮮美味道。

「真不一樣！」「好吃！」除了這兩句抽象、空洞但也真切的感慨，初來乍到的我們似乎找不到更精準生動的新詞來傳遞舌尖的感覺。巴什拜在新疆聞名遐邇，也就在於牠是北方牧場羊肉中的佳品，味美肉嫩，營養豐富，無可替代。有時候，人就是靠味覺的記憶對一個地方保存著長久的念想。

2

成群結隊的巴什拜跟著主人，一個多月前轉到了巴爾魯克山北的這片夏牧場。

公路牧道旁的吐爾加遼牧場，像神的雙手抖開一張巨大的綠色地毯。各種顏色的花藏身其間，像人海中美妙女子的回眸一笑。轉場的路途遙遠，勞頓跋涉，牠們忘了眼前的風景。也許看了太多的風景，就沒有風景能再讓牠們怦然心動。也許牠們是用胃來記憶一個地方的，牧場風景美不美，是那裡的草料好不好。

巴爾魯克山在塔城之南，與人們熟悉的北邊「界山」—— 塔爾巴合臺山遙遙相對。從大比例地圖上看，它像「雄雞」頂端彎曲向下的那片漂亮羽翎。全長一百一十公里的巴爾魯克山脈，西南寬，東北窄，寬窄比例達五倍之多，像一把大掃帚，把帶尾掃向西北偏北的中哈邊境。

看到山，也就看到了邊境線。塔城美術館的中俄哈三國國際油畫展的展廳裡，一位新疆青年畫家用筆下的「皚皚白雪」覆蓋了起伏的山體和棕色叢林，那是我與巴爾魯克山距離最近的一次遙遠相遇。在另一位畫家的作品裡，巴爾魯克山海拔三千二百多米的最高峰塔普汗峰，成了一位老牧民和幾隻巴什拜羊在陽光下眺望的清晰背景。無論你站在哪個角度，羊的眼睛都注視著你和你置身的世界。

也是巴什拜的世界。

3

「巴什拜！」羊群被甩在了車後，來自四面八方的漫遊者，隔著玻璃歡快地喚著羊的名字。牠們沒有表情，也是用看不出情緒的表情和你告別。也許再次相見的時候，是在一張吵鬧的餐桌上。食客不會記住一隻具體的羊。

外面的陽光過於炫耀，牠們心思渙散，或許聽得不夠真切 ── 車的轟鳴像偶遇的蜂群嗡嗡嚶嚶，我們的呼喚摻雜其間，牠們錯以為是喊著一個人的名字。

沒錯，巴什拜也是那位在巴爾魯克山區裕民縣吉他克鄉出生的受人尊敬的哈薩克族男子的名字。成年後拿著父親分給他的一百多隻羊和一群馬，倚仗一次偶然發現的成功交配，他成了巴爾魯克山區的人生贏家。

巴什拜上山嘍

　　有人說，是山上那種一百多公斤重的野生盤羊誤撞入了他家的羊圈，與哈薩克土羊交配後，生下的紅棕色仙臉大尾羊。那些盤羊野性十足，抗禦寒凍的能力特別強悍，即使零下 40℃，照舊在雪地上自由行走覓食，雜交的後代也是骨骼強健、抵抗力強。也有人說，是勤快好學的巴什拜在草原上摸爬滾打，向老牧民謙虛求教，把從蘇聯引進的葉德爾拜羊關進了羊圈。成功引進優良畜種的雜交科學實驗，一次被寫進草原史志的繁衍傳說，是機緣還是必然，已無從考證。

　　巴什拜欣喜地發現，仙臉大尾羊生長發育快、成活率高、適應性超強。大尾們的到來，讓家圈的羊越來越多。他不得不雇傭牧民來放牧，也不得不一次次把羊圈的柵欄拔起，再建一個更大的羊圈。羊群是草原上財富的象徵。巴什拜成了遠近聞名的大牧主，富甲一方。他的羊群在牧場上出現，人們都要側目注視。羊腆著圓滾滾的肚子走過的草地，來年又長出一片豐茂濃密的綠色。

　　如果只是擁有無以計數的羊，也許不足以讓人記住這位草原上富有的大牧主。我聽到人們津津樂道地敘說著，沒有受過正規教育的巴什拜，在民國二十五年（一九三六年）籌建了裕民縣的第一座初級中學，又緊接著投資了塔城電燈股份有限公司，建起了塔城第一座電廠；民國三十一年（一九四二年）請人修建了額敏河大橋，解決了裕民縣通往

第二輯 芜野裡

塔城的人畜過河的困難，時任行政長官後來將這座橋改名巴什拜大橋；抗日戰爭期間，他給政府送了數百匹出征的馬；解放軍進疆，他送去成噸的小麥和成群的牛羊慰問；抗美援朝的炮火在遠方戰場打響，他又捐獻了一架飛機。當地史志上記載著，這架飛機折合四千隻羊、一百匹馬、一百頭牛和百兩黃金。這些並不是巴什拜的一己之力，幫他的是一群群不斷繁衍的大尾羊。

那些窮苦的牧工，沒有誰不認識巴什拜的羊。清早或傍晚出門，他們會羨慕地給認識的羊群讓路，「這是巴什拜的羊！」對羊的尊敬也是對巴什拜本人的尊敬，巴什拜所做的每一件事都值得他們敬重。他們自己或身邊人多少得到過巴什拜的熱心幫助。送錢物牲畜，買地蓋房，願意來當牧工的，人盡其能都可分派到一份養家糊口的工作。有一年秋天轉場的時候，羊群闖進了一個漢族農民的馬鈴薯地，主人急吼吼地驅趕著，牧工說，你看清楚了，這可是巴什拜的羊。農民立即噤聲停止驅趕，臉紅成一片天邊的火燒雲。回家後，牧工炫耀起途中遭遇，巴什拜聽了卻很生氣，嚴肅地批評了牧工，然後親自登門道歉，還派人幫農民收割莊稼，賠償了被羊踩踏後的損失。儘管如此，他的牧工依舊只惦念著他的好處和給他們的關心。巴什拜知道，放牧季節，牧工常常是孤身一人與大自然和羊群為伴。

巴什拜上山嘍

　　「巴什拜剛離開這裡。」人們心中的他慷慨大方、正直熱誠，他的羊群轉場走到哪裡，就把他的聲名帶到哪裡。備受擁戴的巴什拜，成了巴爾魯克山區的知名人士，後來還擔任了塔城地區的最高行政長官。他成了一個符號，象徵著財富、公正、溫暖、給予。不幸的是，六十四歲那年，身為塔城專署專員的巴什拜去杭州考察時病逝，後被專機運回家鄉安葬。羊群經過墓園的時候，都會朝著墓碑的方向瞻望。不知道從哪一天起，人們為了紀念他，把草原上出入每家每戶的仙臉大尾命名為巴什拜羊。

　　這片看不到邊際的原野上，巴什拜羊突然走到你眼前，又眨眼間走遠；拐過一道彎，蹚過一條河，翻過一座山；羊在行走，也是草原在流浪。

　　車駛過巴什拜大橋的時候，說是橋，跨過的卻只是一條窄窄的河。河床裸露，雜草不生，河水來源於山間積雪，有大半年的時間積雪不化，河就一直瘦弱著。橋頭名字閃過眼簾，讓我又想起了落在身後很遠的大尾羊。

　　巴什拜也曾經從這裡走過去，草原上到處嗅得到羊群離開的氣息。我們與羊在某個時空維度上有過多次的相遇，每一次相見，也許都是永別。

4

車停在吐爾加遼牧場旁的公路上。

從沒見過這麼藍的天，朵朵白雲懸掛在公路前方，彷彿你的速度再快一些就能追上她。

沿著窄石板路爬上高高的斜坡，穿過打開的一道鐵絲網門，視野瞬間被推到一片無盡之中。羊群讓人生髮的草原想像，與實際所見相距太遠。遼闊的定義被刷新。每一位外來者都無不為之震驚。遠處的山，與向遠處蔓延的草甸子、遠處垂落的雲層在看不見的地界相接。那個不知要走多久才能到達的草甸子盡頭，就是積雪正極其緩慢融化的雪山。草甸子變成了一個看似很快走到卻又永遠抵達不了終點的球面。無法形容的美，多少雙眼睛都根本裝不下。這就是那一刻的心情。

迎著山谷吹來的風，花在搖曳，草原也在搖曳。「這是什麼花？」耳畔的聲音都是提出同一個問題，草原上盛開的是不同的答案。

紫色鼠尾草長著針狀卵形的葉子，沒過膝蓋，遍地開放；殺蟲治癬的翠雀花開得非常密集；根莖粗壯的紅景天黃燦燦一片；有稜槽的飛廉披著蛛絲狀的毛，沿著莖下延展成翅；向陽坡面開著的是金盞菊；傘狀的寒地報春，有半年的花期，幾乎匍著地面；花托凸起的小甘菊錐狀、球形的模樣

遠看像小菌菇；薔薇科屬的天山櫻桃花葉同開，粉白相間；
鱗莖圓錐形的貝母，倒懸生長的白花瓣上長著紫色斑點；瘦
長的長蕊琉璃草，紫色的花冠微微彎曲像翹起的蠍尾……

「如果五月來，才是更好的花開季節……」女導遊往前奔
跑，突然匐倒在地，被草浪淹沒，又爬起來繼續跑，風把她
那爽悅的笑聲「捎話」我的耳邊。她說，她是愛上在塔城相
遇的他，也是愛上這片草原和看過一眼就忘不了的花。

我唯有閉上眼，想像那個更好的花開時節，漫山遍野，
放肆盛開，也想像一個異鄉女孩多年前愛上這裡的心潮澎湃
與細密歡喜。

5

羊在這片大地上經歷過什麼？

吐爾加遼是有名的夏牧場，它的漢語意思是貴族牧場。
一個名字就畫出楚河漢界，涇渭分明。不是誰家的羊都可以
進入，過去如此，現在也是，護網圍欄，非請莫入。從這裡
經過的巴什拜羊也許從來沒吃過一片草葉。這些年月，巴爾
魯克山區的家家戶戶都在成功地養殖著巴什拜。草原上牧民
的日常四季，夏天牧場豐茂，放羊上山，秋天去集市賣掉多
餘的羊或把羊圈補滿，冬天要照顧牠們度過凜冬，春天等待
羊羔出生。上山，下山，轉場，牧養，人和羊群，與這片山

地草原唇齒相依。

　　巴什拜羊像雲朵般從牧道走過，嗅著空氣中吐爾加遼的花草散發的誘惑芬芳，看了一眼圍築起來的鐵絲隔欄網，就頭也不回地，決絕地走遠了。它們丟下的是牧場，也是風景，是這一片最好的風景。

　　女導遊跑得越來越遠了。拍照的人們四處搜羅著風景和瞬間。我故意躺在草叢中，頭臉朝上，四肢平展，藍天白雲，一塵不染，陽光透亮。閉上眼睛，有斑斕的五彩之光在眼裡躍動，像一群金色的蜂蝶。沒有雲的地方，藍得虛幻，像舞臺打上的一塊巨大布景，又像是天空浸在一個藍色的世界中。側身，目光從如密林般的的花莖中穿越，披著光的花莖，每一根細微的毛蕊清晰。光讓草原上的一切袒露，品格中的貴金屬與世態中的低俗小說，碰撞出錚錚聲響。

　　有兩匹成年的馬在草地上遊蕩，踢著蹄子，打著響鼻，與人合影，也在等待撒蹄奔跑。二十元十分鐘，問完價錢，成交者踩著馬鐙跨上馬背，把牧場跑出震耳欲聾般的漂移感。人群早已四散，同行的一位大姐與我擦身而過，然後一個勁兒地往前走，似乎是有多遠就要走多遠。我以為她是要離雪山更近，看得更仔細些。她的綴花紗衣隨風飄動，她的背影變細變長，像是一株獨立行走的花。轉眼間她不見了，我有片刻的慌張，以為她突然掉進了深山峽谷或裂隙溝塹。

我叫喚她的名字，她拱起紗衣後背，一隻手揮動致意，身體卻還是伏在草叢中。「我聽見了鳥鳴！」她站起來，向我喜悅地敘說鳥聲從哪而來，又如何清麗鳴囀。但我耳朵裡灌滿唯一的風聲，從山那邊吹來的風，清爽，柔軟，拂過面龐，穿越身體，精神和骨骼也為之發出籟籟響動。

天空潔淨，悄無聲息。看不到鳥的影蹤，也許鳥藏身雲層的枝杈。有朵雲，張開翅膀懸空，變成了一隻巨鳥，青背，羽斑，寬翅，投下萬道斑影，時間的碎片被碾壓成生活的粉齏，陽光照亮清澈的天體，也照亮巴什拜羊眼中的清澈。

清澈是這片土地上的標識。

山脈橫臥綿延的地方是邊境線，是羊熱愛的夏牧場。積雪尚未完全融化，峰巒山谷間的白色點綴著褐色山體，背光處的雪終年不化。冬天裏風踏步而來的時候，又有新雪將過往覆蓋。無法覆蓋的是人的足跡，牧民的、探訪遊客的、野外考察工作的、閒逛者的。我在塔城認識的一位攝影家朋友把我帶到他的家中，牆上掛著他行走的「足跡」。這位痴迷於游牧文化的田野調查者，拍下了幾乎所有塔城山林草原坡地上的千餘種植物。三面環山的塔城，這裡的中溫帶乾旱和半乾旱氣候區，被顏色深深淺淺的植物占領。

山麓西南的塔普汗峰南面陡，向北傾斜的落差有近兩千米，生出一個大斜坡，種類繁多的草木花卉在氣溫的攀升

裡，從低谷向高山蔓延綻放。這一帶有明確記載的野生植物就有百餘種。這讓我加深了對「巴爾魯克」漢語釋義的理解──豐饒、富足、無所不有。

　　過去這裡也有山地放牧的習慣，雖然路途崎嶇，但牧民還是會把羊群趕往牧草茂盛的山地。朋友伸出一根手指，蘸著潑灑出來的酒，在桌上畫出北高南低的塔城地貌，高山──淺山──丘陵──平原──溼地──高山，他的手指順勢往下，在講述某個地貌時要停頓畫出一個虛無的圓圈，他最終畫出了一條被我記住的弧線，像極了一個傾斜的雙手打開的 U 字。稍有地理或植物常識的人都知道，這樣的階梯狀地形，必然的結果是多樣性植物在這裡富集。

　　「聚居成群的花，在望不到盡頭的草原上都是孤獨的存在。」攝影家朋友說起，他也拍過巴什拜，牠們的眼神有種清澈的孤獨，另一種孤獨，收納了巴爾魯克的絲絲毫毫的變化和饋贈。

6

　　我們從牧場上歡愉地下來，那群巴什拜羊拖著狹長的影子，從公路的拐彎處消失。「巴什拜剛離開這裡。」我驚喜地指著牠們離去的方向。牠們是我見過的最缺少表情的羊。其實我也描述不清羊應該有的表情。

巴什拜上山嘍

剛有那麼片刻的恍惚，彷彿遼闊的草場只剩下孤零零的一個人，一隻小個子鳥喝啾一聲刺入天際，看不到一隻羊，只有那條蜿蜒的鄉村公路和遠處的村莊。沒人知道這片土地上放牧的歷史有多久遠。

巴爾魯克山南背風向陽，降雪量小一些，人畜越冬的很多冬牧場建在那裡。冰雪從四月開始消融，黃色的大萼報春最先鑽出冰雪覆蓋的地面。融化的雪水從大地上的每一道縫隙彙聚河谷。

我是在塔斯特河谷看到的雪山水。到河谷的下坡山路有很多斜仄的彎道，我們換乘幾輛越野車才順利到達。水混濁，湍急流淌，山谷回聲響亮。從巴爾魯克山發源，有十六條大小河流穿過裕民縣，奔赴名聲更響的河流。山腳下的塔斯特河和布林幹河，分別從兩個方向西流，走出國界。另一條相鄰的額敏河，自西向東經由庫魯斯臺草原，最後流入咫尺之遠卻是國界之外的阿拉湖。發出藍色幽光的阿拉湖，在瞭望中被打磨成一面鏡子。山脊起伏，河谷狹遠，在巴爾魯克這個森林王國，看得到百萬畝的原始次生林、十萬畝的野生巴旦杏林、萬畝野白楊林和千餘種野生珍貴植物。季節四時，色彩繽紛，是生命的繁衍與共生鍍鉻著這片山水荒野的界線。

一群羊沿著塔斯提河往山上走，牠們低頭的模樣，像是聆聽著與河水一起流淌的屬於光陰的故事。草原像一個展示

的透明胃，吞吐著時間裡的冰霜雨雪、風和日麗。

　　羊群爬上山頭，在這裡看得到牧場、院牆、堤壩、道路、河流、畜棚，以及由牠們組合的風景。看風景的羊，也成了被看的風景。這片草原是他們的家，是生命開始和結束的地方，牧民對這裡的愛，無人棄之遠去，也無人駐留在外不再歸來。那些遠方，依然是遠方。牧民趕著羊群回圈，像低矮的坡地上飄過一群雲的影子。

　　草原上遇見的人都有一種樸素的誠實。也許誠實是這裡日積月累的人生守則。我聽他們說起一件往事，一個牧民在秋季買了一群羊，價格都是雙方事先議定的，後來他去集市的交易會上，發現他是以很低的價格買到了這些羊。他因此感到愧疚，而不是占了便宜後的竊喜，就主動找上賣主家送去補差價的錢。賣羊的牧民卻堅持成交的生意不能再多要錢。草原上的牧民經常如此，把誠實守信的聲譽和德行看作一個人生命中最珍貴的東西。聽說那個叫依洪達的買羊牧民第二年繼續找上門，出了比市場高得多的價格。有人說，後來依洪達也總喜歡幫人排憂解難，一諾千金。也有人說，如果你有依洪達一半的品質，就是值得稱讚的善人。

　　叫依洪達的維吾爾族老人，剩下最後幾顆烏黃的牙齒，卻依然可以啃光羊排上的肉。在女兒哈力旦的記憶中，一輩子牧羊的善人父親，是草原上沉默的大多數人中極不顯眼的

一個。這般人群，一輩子就活在勤勞謙卑者的草原上，生老病死，喜怒哀樂，幾乎不曾留下生活的記錄。草原上的歷史就是小人物的歷史。

7

天光燦爛，亮晃晃的。天黑要推遲三個小時後到來。天黑前，羊群歸圈，身後的大山寂寥曠遠，人們即將喝酒吃肉，大聲歌唱。

從巴爾魯克山返程，我們去了哈爾墩四道巷哈力旦家的小院。推開院門，長棚下的餐桌擺滿了水果點心，幾位當地手風琴演奏家、歌唱家歡愉地奏唱著草原歌曲和《我和我的祖國》。前一天我在手風琴博物館看到了來自十幾個不同國度的三百多臺不同年代的手風琴，收藏它們的主人能講述每一臺手風琴背後的故事，也能將每一臺手風琴奏出美妙旋律。我沒有想到漸漸淡出人們視野的手風琴樂器在這裡竟如此風靡，每年的千人手風琴合奏還上了吉尼斯世界紀錄。在這個「手風琴之城」，哈力旦記得她小時候，父親在牧場上拉響手風琴，成群的巴什拜羊都會安靜地抬頭聆聽。她少女時代擁有的第一架紅色 32 貝斯的百樂小手風琴，就是家裡賣掉一隻巴什拜後買的。父親無數次說起，閉上眼，還記得那隻羊的模樣。

第二輯 荒野裡

　　為了這頓晚餐，哈力旦和家人準備了一個禮拜。高大魁梧的丈夫大清早起來，第一件事就是趕去附近的牧民家中，殺了三隻巴什拜羊。烤肉的火爐架設在紅圍牆下，看不見炭火的燃燒，但羊肉沾灑孜然的香味很快飄繞在農家小院和呼吸之間。食量厲害的人，可以吃掉一整隻羊。哈力旦的弟弟皮膚黝黑，咋咋呼呼地炫耀那些饕餮者。

　　院子裡支開了幾張餐桌，上面擺放著六個民族的特色美食。這些美食來源於哈力旦的奇妙家庭組成。她的丈夫艾則孜哈比布拉是烏孜別克族，大姐嫁給了塔塔爾族，妹妹和哈薩克族組建了家庭，弟弟娶了一個蒙古族。從海邊城市來的客人喝了兩杯酒，就跑去題寫「玫瑰莊園」書法匾額送給哈力旦。他把四個字寫得遒勁有力，又生動活潑。喝彩者聲響震動，哈力旦滿臉笑容，她從廚房端著菜碟走在院子裡，十幾米的路上，每一步邁出的都是舞蹈。她天生就是一個舞者。

　　她說在塔城歌舞團做過十多年的舞蹈演員，三十五歲那年離開舞臺去了北京，帶著女兒租住在中央音樂學院附近的一間地下室，開始了陪讀生活。喜歡小提琴的兩個女兒先後考上了中央音樂學院。依洪達喜歡帶著兩個孩子在草原上拉琴，琴聲跑得像風一樣快，從浪流般的草尖上滾向遠方。他凝視著孩子，湧上面龐的笑容，彷彿能把時光的褶皺抻平，又像是一潭安靜的湖水，把所有經歷的苦難溶解。

巴什拜上山嘍

　　幾年前，這位被稱為巴爾魯克山區最誠實勤勞的牧羊人，留下幾百頭羊走了，離世之際，他牽掛著哈力旦的「漢族弟弟」。站在餐桌旁，哈力旦回憶起三十多年前的往事，彷彿老人就坐在院子的另一角落裡，懷裡捧著手風琴，拉響草原上的歌。

　　貧窮小夥兒阿杜隨鄉友從山東濟寧來到了塔城，找不到工作，無處落腳，囊中空空，依洪達知道後把他請來當了牧工，教會他牧羊。日久情深，依洪達非常喜歡阿杜，認他做了乾兒子。哈力旦從此有了這麼一位漢族弟弟。

　　依洪達對阿杜有一種奇怪的深厚感情。有一次阿杜騎馬放牧，到傍晚巴什拜羊自個兒回了圈，人卻不見了。他發動全家外出尋找，遇見後二話不說，就拉進醫院急診檢查，說是擔心他在外受了傷。其實阿杜是途中貪玩忘記了羊。他一路上膽怯地打聽，路人故意逗這位年輕人：「巴什拜上山嘍！」

　　那是在塔城牧羊生活的四年裡阿杜唯一一次丟掉了羊。他把塔城當成了自己的家，把依洪達一家當成親人。家鄉接二連三的電報催促阿杜回家的時候，誰也不知道依洪達有多糾結，他承諾過要給這個「兒子」蓋房娶妻。他捨不得阿杜走。阿杜那些天早起把羊趕到草兒最肥的牧場，寸步不離地看著它們吃得肚子圓滾滾的。臨別前，依洪達讓妻子把家中

全部存款一萬七千塊錢縫在了棉衣裡層，叮囑阿杜兒子回去後再拆開，拿著錢去蓋房買地，娶妻生子。三十年前的阿杜不知道衣服裡藏著一筆鉅款。像一團暖融融的光，在他的心裡再也沒有熄滅過。二〇一六年冬天，當他興高采烈地再次回到塔城時，從沒斷過的牽掛思念，卻因老人離世成為一段孤獨的回憶。

哈力旦去年帶著家人去了趟濟甯，阿杜的女兒結婚，婚禮上擺滿了她帶去的葡萄、拉條子、巴什拜羊肉串等新疆特產，兩個女兒現場用小提琴拉起了明快悅耳的新疆音樂，賓客開心地歡歌載舞，像是辦了一場新疆婚禮。

年過五旬的阿杜依稀記得當年放牧的那一群巴什拜羊，他給牠們取過古怪的名字，雖然牠們早就不在了，但還經常會走在他夢到的草原上。

8

都不知道夜是怎樣黑下來的。

天空像在搖動一把小摺扇，在晚風中收走最後一縷夕光。走出小院，我朝巴爾魯克山望瞭望，朝塔爾巴合臺山望瞭望。我朝綿長白晝望瞭望，也朝短暫黑夜望瞭望。彷彿還在草原上，看著屬於塔城的風景，風吹過來，動人的歌唱和歡笑帶你去往更遠的遠方。

　　「去喝奶茶吧！」有人突然在耳旁吆喝了一聲。又一個
聲音浮上來：「羊兒都上山嘍！」

第二輯　芃野裡

後記
士別的缺失，或萬象森羅

後記　士別的缺失，或萬象森羅

　　她走後，缺失吞噬美好，變成珍貴的代名詞。那段日子難以言述，夜裡輾轉難眠，時間被截斷，裁鋸成一小段一長段，彷彿我的夜晚是缺失的。睡不著，我會躺在床上數綿羊，數星星，數著過往，或者踅下床看書，書頁上是一片水的空白。我在中國人民大學宿舍的床是懸在寫字桌上的，有幾次翻越時徑直從爬梯上滑落，骨關節在體內撞響，像復仇者的突襲回擊。屋裡屋外都是虛晃的夜色，坐臥椅上，身體在濃釅的墨黑裡浮起，也在不易察覺中沉落。有時會不由自主地想到寫作為何出發，從來看作是生命中最有意義和力量的事，漫漫長路，黑夜中同行者的身影四處閃躲，於是就有了慌張，有了兔子撞進陌生菜園子的惶亂。也像颱風暴雨後存活的植物，身體裂裂炸響，根苑搖搖晃動。

　　人近中年，竟然變得如此惶惑！是經歷的死亡所致，或是太多的缺失紛至遝來。時間的缺失，生活的缺失，親人的缺失，寫作中的缺失，一度盯咬著你躲閃的身影，讓你遺憾嗟嘆。四年前，丟棄一份眾人眼中未來可期的工作，那是不負我心的頓悟。彷彿固執的戀者，前任仍約轉身，但戀情已經終結，絕是不回頭的。遙想更早的出發，阡陌縱橫或是莽莽荒漠，走到那個洞穴前的跌落，從那裡陷入，並非被迫，實屬自願。現如今非得朝前走不可，人都須為選擇而背負好的或壞的、輕的或重的、對的或錯的。前面雖有風景搖曳，

也得先穿過荊棘和叢林、沼澤與溝塹、黑暗與破碎。

　　十七八歲開始第一次發表，爾後卻有八年是停滯的。像是擁有另一段不可自拔的溺愛，而忽略了原來的傾心。又像暗夜行路，走著走著天就亮了，聽從內心召喚的意識愈發明晰。遠行者總得有備而去。而起初，我像《基督山恩仇記》中的愛德蒙‧唐泰斯，將自己囚禁於孤島上的伊夫城堡。是的，我們無從俯瞰城堡的全貌，在巨大的岩石築起的城堡裡，在森羅萬象的壁壘中，我們甚至不知自己走的路在眾多的道路上是不是有出口。也許永遠找不到出口，誰知道呢？

　　每當我安靜地面對內心，坐在書桌前敲打鍵盤時，我像愛德蒙一樣，聽到了來自岩石牆裡的聲音。住在隔壁的法里拉神父，敲打著鶴嘴鋤，即使是一次次選擇錯誤的路線。我也是被囚禁者，也是法里拉。沒有出路，但總有出路，出路不在外面，就在裡面。我如此慰藉。那時讀《基督山恩仇記》，覺得法里拉是一個人身體裡最堅固、最深奧的部分，「他身上所有的一切都沒有弄皺——他的白髮，他起了黴的綠色鬍鬚，他遮在胯間的破麻布片」。在我眼中，他是一位不怕失敗的詩人，是一心想遠行的少年。應該說，時至今日，耳畔還時常響起鶴嘴鋤撞敲岩石的聲響。在法里拉心中，一切障礙都是不存在的。他向龐大堅固的伊夫城堡發出挑戰，他無處不在無時不在。他以自己的錯誤說明我們畫出

後記　士別的缺失，或萬象森羅

伊夫城堡的正確地形圖。最後，也許我們也成了堡壘，自身的界限不打破，出路必無處尋覓。

多年之後我才懂得，文學的界限與出路不在那些獎項、身分、名利，而是在文學精微的內部被不斷打開的廣袤空間裡。更不該被外置的強光造成眼盲迷失，以至撲光而去，炙烤而死。就該像愛德蒙，從法里拉的錯誤記錄中受到啟示，在某一天不再對被監禁的不幸和卑鄙苦思苦想，而明白了，「要想逃離監禁，唯一的辦法是弄清這個監獄的建築結構」。從表層的紛亂中轉而專注內心世界，這何嘗不是另一種意義上的突圍。作家與創作之間，如同愛德蒙和法里拉之間關係的另一面鏡子，總覺得每一次寫下的都是不足的、有缺失的，總是不足以繪出伊夫城堡的全貌，靈感不斷犯錯，推理總是窮途末路。

文學是多面的，小說也好，散文也好，避躲不開的生活、思想、創新和語言等諸多面向，都有多處抵達之地。福斯特曾寫過一本《小說面面觀》，雖然談了很多小說的不同層面問題，但仍不敢說全部窮盡。而散文呢，被捧作光明端莊的側面，是影像浮動，斑斕遊弋，聲響四起。我時常被這兩種文體裹挾著跑，跌撞向前，磕疼膝蓋，刮傷臂膀。寫作就是如此，一個寫作者能占據最好的一面，抵達幾面，也很是了得。也可以這麼說，還有很多缺失的面，總是暗夜浮動

中扮著漂亮的鬼臉，唱出塞王般的聲音，吸引你前去探尋。也正是在探尋中，令人窒息的寫作透進了光。又有哪位寫作者心中不想像在暗無天日的苦力勞作中懷揣野心的法里拉那樣，決心從牆上打開一個缺口，寫下一部偉大的手稿，寫下屬於人間萬物的過去、現在和未來。

或許，缺失的那部分，也是森羅萬象的那部分，是被我們曾經忽略的通往好的文學之途。寫作者的尊嚴，也正是需要扎根在這「失去」之上。保有對人的處境的清醒認識，傾聽人性裡山呼海嘯不折不從的衝動，然後我們會發現，文學像那沒有等級的星座永遠在位移，你矢志不移，才有可能得到自由出入那堅如磐石且深奧微妙的伊夫城堡的通行證。

寫作之路，也是生命之途。談的是寫作，也是生命的冷暖。我常被躚行的孤獨襲擊，像牙齒，在乾涸的牙床上，既是孤獨的個體，又可視作一個倔強的群體。人是渴望有所依傍或給人依傍的，被圈限後的那些富有深意的空曠感、無從附著感，其實也正符合我散文中對他人對自我的哀悲之切、熱望之切。我在這些篇章裡寫下的記憶、情感、經歷、遭遇、疼痛以及思考諸種，或有著堅硬的殼卻不堪碰觸、摧枯拉朽，或貌似脆弱薄單卻綿延密實、生生不息。無從精準把握的人生從不依性情來安頓你，而是要你斂著性情，從生活的重重壁壘的左腔右室裡，奮勇廝殺，把自己搬離出去。有

後記　士別的缺失，或萬象森羅

理想的人是不會輕易倒下的，是不會在曠野裡走散的，是不會丟掉端莊的影子的……

還要繼續寫下去，不可停歇踅返，不敢萬千感慨，而屢屢回望，扶持相助過我的眾多師友，身影閃爍，總令人暖意叢生。我的心田裡儲蓄著那一滴滴感恩的水珠，將在接踵而至的黎明黑夜流向來處的他們。

這些篇目多數集中寫在停頓期之後的四五年，那時她還陪伴身邊。她是第一個聽到我敲擊鍵盤，誕生它們的人。這本書必須獻給的人，若只可唯一選擇的話，就是先我而去的她。我在萬般煎熬中終於懂得，我們來此世界，就是生死場上觀摩人間世道情態，也將自我表演給別人看。有什麼可懼怕的呢？萬人如海，一身藏，卻無處，孰知悲喜。這麼領悟，她不是拋棄了我，而是以另一種方式照耀我、拯救我。

我不說出她的名字。她的名字，雕刻在山間的石碑上，也銘記於我心裡。

—— 此般言說，是為後記。

二〇一九年一月十七日

258

電子書購買

國家圖書館出版品預行編目資料

世間以深為海：人在時光中的萬千種方式 / 沈
念著 . -- 第一版 . -- 臺北市：崧燁文化事業有限
公司 , 2023.05
面； 公分
POD 版
ISBN 978-626-357-321-5(平裝)
855　　　112005526

世間以深為海：人在時光中的萬千種方式

臉書

作　　　者：沈念
發 行 人：黃振庭
出 版 者：崧燁文化事業有限公司
發 行 者：崧燁文化事業有限公司
E - m a i l：sonbookservice@gmail.com
粉 絲 頁：https://www.facebook.com/sonbookss/
網　　　址：https://sonbook.net/
地　　　址：台北市中正區重慶南路一段六十一號八樓 815 室
Rm. 815, 8F., No.61, Sec. 1, Chongqing S. Rd., Zhongzheng Dist., Taipei City 100,
Taiwan
電　　　話：(02) 2370-3310　　　傳　　　真：(02) 2388-1990
印　　　刷：京峯彩色印刷有限公司（京峰數位）
律師顧問：廣華律師事務所 張珮琦律師

定　　　價：375 元
發行日期：2023 年 05 月第一版
◎本書以 POD 印製